dtv

premium

Wolfgang Brenner

Bollinger

und die Barbaren

Ein neuer Grenzfall

Deutscher Taschenbuch Verlag

Von Wolfgang Brenner
sind im Deutschen Taschenbuch Verlag erschienen:
Die schlimmsten Dinge passieren immer am Morgen (20728)
Stieber (20903)
Ich dachte schon, es ist was Schlimmes (20952)
Der Adjutant (24355)
Bollinger und die Friseuse (24579)

FSC
Mix
Produktgruppe aus vorbildlich bewirtschafteten Wäldern und anderen kontrollierten Herkünften
Zert.-Nr. GFA-COC-1298
www.fsc.org
© 1996 Forest Stewardship Council

Der Inhalt dieses Buches wurde auf einem nach den Richtlinien des Forest Stewardship Council zertifizierten Papier der Papierfabrik Munkedal gedruckt.

Originalausgabe
Februar 2008

www.dtv.de
Umschlagkonzept: Balk & Brumshagen
Umschlaggestaltung: Stephanie Weischer unter Verwendung eines Fotos von mauritius images/Nordic Photos
Satz: Fotosatz Reinhard Amann, Aichstetten
Gesetzt aus der Palatino 10,25/12,75˙
Druck und Bindung: Kösel, Krugzell
Gedruckt auf säurefreiem, chlorfrei gebleichtem Papier
Printed in Germany · ISBN 978-3-423-24634-7

1. KAPITEL

Ich habe den Fehler gemacht zu glauben, alles sei so, wie es aussieht. Aber nichts ist so, wie es aussieht. Es gibt hinter allem eine andere Wahrheit. Die Vergangenheit.

Schauren war ein schwerer Brocken. Ich war nach Schauren gekommen, weil ich in Saarbrücken einen Menschen erschossen hatte. Der Mann war Juwelier gewesen, er hatte einen Waffenschein besessen und eine Waffe getragen, um sich vor Überfällen zu schützen.

Sie hätten mich gerne in die Wüste geschickt, aber Dr. Backes, mein alter Lehrer auf der Polizeischule, hatte seine Hand über mich gehalten. So war ich nach Schauren gekommen.

Ich hatte geglaubt, das Revier an der deutsch-französischen Grenze in ein paar Monaten auf Vordermann bringen zu können. Dann wollte ich meinen Nachfolger einarbeiten und wieder in die Stadt zurückkehren. Dorthin, wo mich andere Aufgaben erwarteten. Je länger ich aber in Schauren war, desto mehr Arbeit musste ich bewältigen. Wenn man erst einmal in das Leben an der Grenze eintaucht, kommt man so schnell nicht wieder nach oben.

Ich gebe zu, ich habe Schauren unterschätzt. Nicht, dass ich dort mit großen Kriminalfällen zu tun gehabt hätte – das Revier wurde auf den europäischen Polizeiakademien immer wegen seiner Kriminalstatistiken lobend erwähnt: Über Jahrzehnte hinweg war die Kriminalitätsrate hier gleich null. Das, was mich mehr und mehr aufsog, war der Alltag. Die vielen Kleinigkeiten.

Meine französischen Kollegen machten es sich einfach. Ich aber war nicht nach Schauren gekommen, um mir den Schlendrian von Louis Straßer und Alain Miller anzugewöhnen – ich war gekommen, um zu beweisen, dass ich in der Lage war, dieses verkommene Revier auf den Stand moderner Polizeiarbeit zu bringen. Nur – das kostete mehr Kraft und Zeit als vorgesehen. Ich kam nicht mehr zu meiner theoretischen Arbeit, ich ließ die Fortbildungen an der Akademie sausen, ich vergrub mich ganz und gar in die Probleme von Schauren. Ich war mir sicher, dass ich sie würde lösen können. Ich wollte Schauren als Sieger verlassen. Ich wollte mich nicht geschlagen geben. Nicht in Schauren. Nicht in diesem Nest. Aber ich wusste ja auch noch nicht, was mich erwartete. Ich wusste nicht, dass ich bisher nur die Spitze des Eisberges gesehen hatte.

Abends kam ich immer wie gerädert nach Hause. Meistens war es schon so spät, dass ich sogar die Hauptnachrichten im Fernsehen verpasste. Am Mittag gingen wir ins »Forêt de Schauren« zum Stammessen, und abends ernährte ich mich bescheiden, denn ich hatte zugenommen, seit ich in Schauren war. Ich las die ›Saarbrücker Zeitung‹ vom Tage, die ich morgens nicht einmal hatte aufschlagen können, und aß dabei eine Scheibe Toast mit Käse – etwas anderes hatte ich selten im Haus.

Normalerweise bekam ich in meiner kleinen Einliegerwohnung im Haus des Bürgermeisters keinen Besuch. Wer etwas von mir wollte, fand mich im Polizeirevier. Privaten Umgang hatte ich hier keinen. Mit wem auch? Ich hatte kein Privatleben – sieht man mal von den heimlichen Treffen mit Lotte ab.

Als es an diesem denkwürdigen Abend klingelte, hatte ich mich gerade mit einem Bier vor meinen tragbaren Fernseher gesetzt, um die Spätnachrichten anzuschauen. Wenigstens das. Der Mensch setzt seine Würde aufs Spiel, wenn er vor lauter Hast seine Gewohnheiten vergisst.

Lotte war in ihrer weißen Küchenschürze, die mit den Rüschen. Ihre Stirn glänzte – offensichtlich hatte sie eine Schönheitscreme aufgetragen. Ihre Oberarme waren nackt. Den Lippenstift musste sie frisch nachgezogen haben – so unternehmungslustig, wie ihr Mund leuchtete.

»Ich habe ein bisschen was gekocht und dachte ...«

Ich stellte die Bierflasche zurück in den Kühlschrank, nahm das Jackett von der Garderobe und wollte hineinschlüpfen – es war schon spät, und ich wollte keine Zeit mit vielen Worten verlieren. Lotte zog mir das Jackett weg.

»Nicht doch! Ganz formlos. Wir sind unter uns ... Pierre ist weg, auf Dienstreise in Deutschland.«

»Aber ich kann doch nicht in Hemd und Pantoffeln zum Abendessen kommen.«

»Und ob du das kannst. Wie gesagt: Wir sind unter uns.«

»Wie sieht denn das aus, wenn ich bei dir in der Küche sitze – wie dein Gatte?«

»Wenn dich jemand sieht, dann fragt er sich sowieso, was du so spät abends noch bei der Frau des Bürgermeisters treibst – ob du nun im Schlafanzug bist oder im Frack.«

Sie führte mich an der Hand durch den dunklen Garten. Die Grillen zirpten, die Luft war schwer und gesättigt wie das gechlorte Wasser in einem Schwimmbecken. Lotte zog mich in ihre Wohnung. Ins Esszimmer des Bürgermeisters.

Auf dem Sideboard stand afrikanische Kunst: schwarzes Holz, düstere Gestalten mit gereckten Gliedmaßen. Im Schrankregal der Grand Larousse in 24 Bänden, in Leder gebunden.

Der Tisch war für zwei Personen gedeckt. Sie hatte eine weiße Tischdecke mit Spitzenrändern aufgelegt. Für mich. Für uns beide. Für ein intimes Nachtmahl. In der Mitte des Tisches brannte eine faustdicke Altarkerze. In Schauren hatte selbst die Lust eine schwermütige Seite.

»Du sorgst für Musik«, ordnete sie an und verschwand in der Küche. Die Schiebetür zog sie hinter sich zu.

Pierre Brück liebte Märsche und seichte Klassik. Ich entschied mich für Vivaldi, die ›Vier Jahreszeiten‹. Das kleinere Übel.

Die Schiebetür öffnete sich. Lotte brachte zwei Teller mit der Vorspeise.

»Schön«, hauchte sie und horchte eine Sekunde regungslos und mit geschlossenen Augen auf Vivaldis Flöten.

Geschickt wie eine geübte Kellnerin platzierte sie die Vorspeisen auf den Platztellern. Sie ging dabei ein wenig in die Knie – und ich fragte mich, ob ich das wirklich verdient hatte. Diese Frau tat das alles für mich. Nur für mich. Während ihr Gatte jenseits der Grenze in Dienstgeschäften unterwegs war. Sie strahlte mich an. Ich konnte mich nicht an ihr sattsehen. Dann bemerkte ich, dass sie auf etwas wartete, sie zeigte mit einer federleichten Bewegung auf meinen Stuhl.

»Wir sollten anfangen.«

Das klang so, als hätten wir noch einiges vor. *Nach* dem schönen Essen, das sie für mich zubereitet hatte. Lotte schenkte Wein in die schweren Kristallgläser, die Pierre Brück sicher liebte. Natürlich Roten. Etwas anderes kam dem Bürgermeister nicht ins Haus. Er war schwer und pelzig. Ich mag keinen Rotwein, dennoch schnalzte ich nach dem ersten Schluck mit der Zunge.

»*Bon appétit*«, sagte Lotte und lächelte.

So hatte ich sie noch nie lächeln sehen. So selig. Früher waren mir Frauen, die so selig lächelten, immer etwas naiv erschienen. Doch bei Lotte war dieses Lächeln ganz anders. Kraftvoll. Weise. Mit sich und der Welt im Reinen. Ich wünschte mir, in diesem Lächeln zu versinken.

Lotte zog die Schürze aus. Der schwarze Seidenpullover war tief ausgeschnitten. Ihr Busen wogte bei jeder Bewegung. Ich musste mich zwingen, nicht hinzuschauen. Ich wurde unruhig. Es lag etwas in der Luft.

Schweigend aßen wir die Vorspeise. Es war eine selbst gemachte Paté. Aus Hasenleber. Mit schwarzen Waldpilzen und Kräutern aus Lottes Garten. Das dunkle, noch etwas feuchte Brot stammte vom Schaurener Bäcker Rousseau. Ich genoss das Essen. Jetzt erst wurde mir bewusst, wie hungrig ich war.

Als ich nach einer Weile, von der Stille etwas verwirrt, aufsah, bemerkte ich, dass sie mich anschaute. Ihr Blick ruhte auf mir. Das machte mich noch nervöser. Aber ich sah in ihren Augen etwas, was mir gefiel: Stolz und Wohlwollen. Es behagte ihr, dass ich andächtig aß, sie erfreute sich an meinem Genuss. Sie war die Göttin der Ernte und der Fruchtbarkeit – und ich war ihr Knecht, den sie beschützte.

Danach gab es *terrine au canard*.

»Pierre geht alle vierzehn Tage auf Entenjagd. Meistens verschenkt er seine Beute. Aber diesmal profitieren wir von der Treffsicherheit meines Mannes«, flötete sie und nahm einen Schluck Bordeaux.

Das traf mich wie ein Blattschuss: *meines Mannes*. Warum redete Lotte mit mir in diesem Hausfrauen-Jargon? Wollte sie mich durch ihre Bodenständigkeit beeindrucken? Oder wollte sie mich abkühlen? Spürte sie, wie weit ich bereits war? Dass ich drauf und dran war, ihr zu verfallen? War das der gesunde Instinkt der Bürgermeistersgattin? Ihr schönes Familienleben, ihre Honoratiorenexistenz – wollte sie mich mit der Nase darauf stoßen? Damit ich es gar nicht erst wagte, sie zu bitten, das alles für mich aufzugeben?

Was für ein Elend. Ich war bereit, alles aufs Spiel zu setzen. Die Welt aus den Angeln zu heben für Lotte Brück aus Schauren. Und sie parierte meine Gefühle mit einer läppischen Bemerkung über ihren treffsicheren Gatten, nahm mir den Wind aus den Segeln. *Mein Mann. Mein Mann. Mein Mann.* Diese zwei Worte waren wie Peitschenschläge. Ich witterte etwas. Ein Unglück.

Lotte schien das alles gar nicht zu bemerken. Sie war die Fee, die nicht sah, was sie mit ihrem Zauberstab anrichtete. Sie räumte bereits den Tisch ab, sie musste in die Küche zurück. In der Schiebetür wandte sie sich, in jeder Hand einen Teller, noch mal um.

»Fühl dich wie zu Hause!«

Ich habe noch nie viel mit diesem Satz anfangen können. Im Gegenteil, er bewirkte bei mir, dass ich mich auf der Stelle verkrampfte. Ich sprang auf und lief im Zimmer umher, um ruhiger zu werden. Wer weiß, was dir noch bevorsteht, dachte ich. Du kannst nicht den ganzen Abend dasitzen wie ein Ölgötze. Du siehst doch, welche Mühe sie sich gegeben hat.

Vielleicht kommt er überraschend zurück, fiel mir plötzlich ein. Der Bürgermeister betritt sein Esszimmer, und ich sitze da, esse von seinem Teller, trage seine Pantoffeln, habe seine Frau auf dem Schoß und eine Hand an dem Busen, der eigentlich ihm gehört. Ich musste mich wieder hinsetzen, weil mir die Knie zitterten.

Lotte riss die Schiebetür auf. »Tata!«, trompetete sie. Aus irgendeinem Grund war sie jetzt barfuß. Sie trug die Terrine zum Tisch, stellte sie ab, öffnete den Deckel und sagte stolz: »*Coq au vin*.«

Ich lehnte mich vor, schnupperte, roch den würzigen Geruch des gebeizten Fleisches, schloss die Augen – und hätte mich beinahe entspannt.

»Nach Art des Bürgermeisters!«

Ich ließ mich kraftlos in den Stuhl zurücksinken. Lotte aber tat, als sei nichts geschehen, nahm meinen Teller und bediente mich. Es waren die gleichen runden Bewegungen, die gleiche mütterliche Sorgfalt, mit der sie auch ihn bediente. *Coq au vin. Nach Art des Bürgermeisters.* Am liebsten hätte ich mich in meiner Einliegerwohnung eingeschlossen und mich unter die Bettdecke verkrochen, damit ich ihr Klingeln und Klopfen nicht hörte. *Coq au vin. Nach Art des Bürgermeisters.* Hätte sie mir nicht einfach Spaghetti mit Tomatensoße kochen können? Musste es *Coq au vin nach Art des Bürgermeisters* sein?

Das Fleisch war zart und hatte einen deftigen Geschmack.

»Man muss wissen, welchen Wein man nimmt und wie viel. Und die Zwiebel. Man muss sie karamelisieren. Ich mache es auf der Herdplatte. Wie …«

»Es schmeckt wirklich hervorragend!«, unterbrach ich sie.

Sie strahlte. »Wo sie doch bei uns zu Hause im Saarland den Hahn höchstens grillen können, im schlimmsten Fall frittieren sie ihn.«

Ich nahm mein Glas und stieß mit ihr an. Es tat gut, sich an gewisse Formen zu halten.

»Tja, wir kommen eben aus einem anderen Land.«

Dabei beließen wir es. Wir aßen still weiter.

Ich vergaß den Bürgermeister. Der *coq au vin* war vorzüglich. Nicht, dass ich ihn zum ersten Mal gegessen hätte. Aber niemals hatte der Rotwein so mit dem Fleisch harmoniert: kein aufdringliches Aroma am Hähnchen.

Die CD war zu Ende. Lotte tupfte sich die Lippen ab, stand auf und suchte im Regal. Warum war sie bloß barfuß?

Leonard Cohen. Für diesen Moment besser als Vivaldi. Wir prosteten uns zu.

Irgendwie wurden wir an diesem Abend nicht so richtig warm miteinander. Vielleicht spürte sie meine Reserve. Vielleicht lernte sie auch, vielleicht gab es nächstes Mal *coq au vin* nach Art von Lotte. Sie stellte das Glas ab und machte ein nachdenkliches Gesicht. Auf einmal wirkte sie jung, sehr jung und verletzlich. Sie wollte mir etwas sagen. Ich ermunterte sie mit einem Lächeln.

»Es ist so«, begann sie, »Pierre …«

»Können wir nicht mal von was anderem reden als von deinem Gatten!?«

Sie erschrak.

»Entschuldigung.« Immerhin war ich Gast hier. »Es ist nur …«

Sie wischte es mit einer Handbewegung weg. »Schon gut. Du hast ja recht. Ich wollte dir auch nur sagen, dass er zwei ganze Tage weg ist.« Sie tupfte sich die Lippen ab, stand auf, kam um den Tisch herum und nötigte mich, den Stuhl zurückzurücken. Lotte setzte sich auf meinen Schoß. Ich roch ihr Parfüm. Ein Allerweltsparfüm für Frauen über vierzig. Dennoch wütete dieser Duft in meinem Hirn wie Opium.

»Was können wir uns jetzt alles erlauben«, hauchte sie und küsste mich vorsichtig auf die Wange.

Ich wollte aufspringen – vor Begeisterung und weil sie schwer war, wirklich schwer. Doch sie drückte mich nieder.

»Lass uns wegfahren!«, flüsterte ich ihr ins Ohr. Das dünne Schläfenhaar kitzelte meine Nasenlöcher.

»Ich kann doch nicht einfach wegfahren. Wie stellt sich der Herr Polizeichef das vor? «

»Warum nicht?«

»Mein Haushalt. Und denk doch mal an die Nachbarn!«

Da läutete es. Lotte sprang auf, fuhr sich durch die Haare und rannte hinaus. Ich hörte sie laut und falsch lachen. Mein Herz schlug wie eine Boxerfaust. Sollte ich schnell durch die Küchentür verschwinden? Oder sollte ich den Unschuldigen mimen? Ich machte mir nichts vor – nach dem, was in den letzten Minuten mit mir geschehen war, würde mir das nicht gelingen.

In der Stadt, in meinen Kreisen, war diese Situation unverfänglich wie eine Postwurfsendung. Man saß halt abends bei seiner Nachbarin und aß *coq au vin*. Niemand kam auf dumme Ideen. Aber in Schauren war alles anders. So viel hatte ich schon gelernt. Wenn man uns hier so zusammensitzen sähe, wäre das schon Beweis genug, dazu müsste ich mich nicht einmal zu Lotte ins Ehebett legen.

Mir wurde übel. Das Essen drohte mir hochzukommen. Ich musste mich beruhigen. Musste mir klarmachen, dass es für einen wie mich immer einen Ausweg gab. Aber welchen?

Pierre Brück würde jedenfalls nicht an seiner eigenen Haustür klingeln. Diese Erkenntnis ließ mich aufatmen. Ich schenkte mir Rotwein nach und trank einen großen Schluck. Dann noch einen. Und noch einen. Der Wein stieg mir in den Kopf. In der Flasche war nur noch ein Glas. Lotte würde sich wundern. Aber mir ging es etwas besser. Ich streifte unterm Tisch meine Schuhe ab und streckte mich. Wohlig. Ich schaute mich um. *Fühl dich wie zu Hause!*

Zuerst würden ein paar Bücher in die Schrankwand kommen. Wohnzimmer ohne Bücher haben keine Atmosphäre, finde ich. Dann würde der afrikanische Völkerkunde-Kitsch verschwinden. Ich stand auf und ging zum Sideboard. Das Holz der Maske war brüchig. Ich hob sie hoch und drehte sie um. Sie war gar nicht so schwer, wie ich geglaubt hatte. *Made in Spain.* Das war typisch für einen Franzosen aus Pierre Brücks Generation. Keinen Stil.

»Gefällt's dir?«, fragte Lotte. Sie stand in der Tür und rauchte. Die Hüfte abgeknickt, einen Arm auf den Hintern gestützt. Sie sah wundervoll aus. »Das ist eine Fruchtbarkeitsgöttin, sagt ... heißt es.«

Ich stellte das schreckliche Ding zurück. »So heißt es immer«, sagte ich und nahm wieder Platz.

Sie musterte mich von der Tür aus. Ich streckte die Beine aus. Ich wurde immer mutiger. Das machte der Rotwein.

»Wer war an der Tür?«

Sie inhalierte tief und schaute versonnen dem ausgeatmeten Rauch hinterher.

»Die Nachbarin. Sie wollte wissen, ob wir zum Kartenspielen rüberkommen. Sie wusste nicht, dass Pierre ... dass ich allein bin.«

»Und? Was hast du gesagt?«

Sie drückte die Zigarette in einer Schale mit Zierkürbissen aus.

»Dass ich keine Zeit habe.«

Nach dem Dessert machten wir es uns bequem und hörten bei einer zweiten Flasche Rotwein noch einmal die Leonard-Cohen-CD. Dann sagte sie:

»Heute verbringen wir zum ersten Mal eine ganze Nacht miteinander. Wie Mann und Frau.«

Es war schon ein Uhr. Mir war nicht wohl dabei, Pierre Brück spukte wieder in meinem Kopf herum. Ich nahm einen tiefen Schluck – und fand mich in mein Schicksal.

»Aber wir bleiben hier! Ich möchte, dass du neben mir in meinem Bett schläfst ...«

Ich fuhr hoch. »Was?!«

»Ja, das will jede Frau: Ihren Liebhaber in ihrem eigenen Bett haben.«

Ich ließ mich von ihr an der Hand ins eheliche Schlafzimmer führen. Zwei Flaschen Rotwein; in meinem Kopf ging es drunter und drüber. Die Möbel waren hellbraun. Hellbraun und schwer und kitschig. Es fehlten nur noch die nackten Putten.

»Ich habe das Bett extra frisch bezogen«, sagte sie und sah mich an wie ein Backfisch bei seiner Premiere.

»Und morgen? Wirst du dann auch frische Bettwäsche nehmen?«

Sie legte mir den Zeigefinger auf die Lippen.

Ich glaube, es ist jetzt Zeit, dass ich dir etwas gestehe«, sagte ich danach.

Das Licht hatten wir gelöscht, nur der gelbliche Schein der Straßenlaterne drang durch die Rollladenritzen herein. Es war still. Still wie auf dem nahen Friedhof.

Lotte hatte die Augen geschlossen, sie atmete ganz ruhig. Meine Hand lag auf ihrer Brust, ich spürte ihr Herz schlagen.

»Ich habe mich in dich verliebt.« Ihr Herz begann zu rasen. »Ich weiß, dass ich das nicht sagen sollte. Es ist alles schwierig genug. Aber nach dem, was eben geschehen ist ... ich meine, es ist ja nichts Ungewöhnliches geschehen, außer dass wir uns ganz nahe waren ... da muss ich es dir einfach sagen.«

Ihr Herz – es war außer Rand und Band, als würde es jeden Moment zerspringen.

»Ich weiß sehr wohl, wie aussichtslos das ist. Dazu kommt, dass ich deinen Gatten zu sehr respektiere, um ihn vor vollendete Tatsachen zu stellen. Wenn du verstehst, was ich meine. Und natürlich will ich dich auf keinen Fall dem Tratsch des Dorfes aussetzen.« In mir war etwas, was nach außen drängte. »Es tut mir leid, dass ich dich damit belaste. Aber es ist nun mal so: Ich bin in dich verliebt, Lotte. Ich möchte immer mit dir zusammenbleiben. Du bist die Frau meines Lebens.«

Ich atmete auf. Jetzt ging's mir besser, viel besser.

»Du liegst in meinem Ehebett, Felix.«

Ich drückte mich an sie. Ihre Schenkel, ihre Hüften, das warme Fleisch – ich hatte so etwas noch nie so stark gespürt. Es war etwas völlig anderes als das, was ich jemals zuvor bei irgendeiner Frau empfunden hatte. Es war – ja, als wäre ich in den Schoß der Mutter zurückgekehrt. Wobei ich natürlich, was Lotte angeht, keinerlei kindliche Gefühle hegte. Im Gegenteil: Obwohl sie älter war als ich, war sie für mich immer die jüngere gewesen.

»Felix!«

Ihr Herz hatte wieder zugelegt. Es ratterte geradezu. Meine Botschaft war angekommen.

»Felix!!!«

»Ja, mein Schatz?«

»Felix, sieh mal, das Licht!«

»Das ist doch nur die Straßenlampe.«

»Aber es ist … es ist so … hell.«

Die gelbliche Straßenlampe schien sich zu einer kleinen Sonne gemausert zu haben.

»Das ist unsere Glut«, flüsterte ich. »Spürst du es? Wir beide, wir gehören zusammen.«

Sie richtete sich auf. Ihre rechte Brust rutschte mir unter der Hand weg.

»Es brennt!«

»Was?«

Lotte setzte sich auf. Ihr Gesicht war bleich und voll Angst.

»Draußen brennt es, Felix!«

Ich sprang auf und zog den Rollladen hoch. Es wurde unnatürlich hell im Zimmer.

Ein kaltes, böses Licht. Ich zog die Gardinen zurück und öffnete das Fenster. Von der Hauptstraße her waren aufgeregte Stimmen zu hören, aber in unserer Gasse konnte ich niemanden sehen. Der Friedhof mit den weißen Grabsteinen und die Kirche leuchteten wie bei einem Feuerwerk.

Lotte riss mich vom Fenster weg. »Bist du wahnsinnig? Wenn dich jemand sieht!«

»Aber ich bin der Polizeichef, ich muss …«

»Gar nichts musst du! Oder hat dich jemand gerufen?«

»Ich muss sofort zum Brandherd! Wer weiß, vielleicht sind Menschen in Gefahr.«

»Das ist der Wackesberg. Gleich hinterm Friedhof. Man sieht von hier die Spitze mit der Ruine. Dort ist niemand, und wenn der Schandfleck abbrennt, ist es eine Wohltat für Schauren.«

Ich fuhr täglich daran vorbei. Der Wackesberg war ein heruntergekommenes Areal am Ortsausgang von Schauren. Dort wucherte über Mauerresten meterhohes Unkraut. In Deutschland wäre der Besitzer eines solchen Grundstücks behördlich gezwungen worden, es vom Unrat zu räumen. Aber hier war eben alles anders, hier kümmerte sich kein Mensch um den Dreck am Ortsrand. Immerhin war der Wackesberg abgesperrt, ich hatte sogar ein Warnschild gesehen: »Vorsicht! Baufällige Ruine.«

»Ich muß trotzdem hin. Es ist meine Pflicht.«

Ich schlüpfte in meine Hose.

Lotte war schon wieder im Bett.

»Komm doch! Dort treiben sich bloß Ratten herum. Die Gemeinde versucht seit Jahren, einen Käufer zu finden. Aber die Makler aus Metz und Saarbrücken winken alle ab, wenn sie das Gelände sehen und erfahren, dass ein Käufer den Abriss der Ruine zu bezahlen hätte.«

»Soll das heißen, dass der Wackesberg Gemeindeeigentum ist?«

»Was glaubst du denn? Ein Privatmann hätte längst etwas darauf gebaut. Aber Pierre hat kein Geld ...«

Pierre. Pierre. Pierre. Ich konnte diesen Namen nicht mehr hören. Warum konnten wir nicht ohne ihn sein? Warum sprach sie ständig von ihm? Sogar jetzt, wo das Feuer auf dem Wackesberg unser Glück so jäh gestört hatte, fiel zuerst sein Name.

Aber Pierre hat kein Geld ... Als ob es sein Geld wäre, das die Gemeinde ausgab. In Schauren ging nichts ohne Pierre Brück. Der große Pierre Brück hat's gegeben, der große Pierre Brück hat's genommen.

Zum Teufel mit Pierre Brück.

2. KAPITEL

Die Lösung von allem liegt in der Vergangenheit. Das wird mir immer klarer. Ich bin in Schauren, weil ich mich meiner eigenen Vergangenheit stellen muss. Das ist schwer zu verstehen, weil es so therapeutisch klingt. Man kommt der Sache aber nur auf die Schliche, wenn man sich von den therapeutischen Sichtweisen löst. Das jedenfalls sagt Dr. Backes, mein Mentor in Saarbrücken. Ich habe ihm vor ein paar Tagen am Telefon erzählt, dass alles wieder hochkommt, dass mir nachts der tote Juwelier erscheint, dass ich in Schauren immer schlechter zurechtkomme. Dass mein Privatleben mir Probleme bereitet. Nun denkt er darüber nach. Er sagt, es dauere ein paar Tage, dann werde er von sich hören lassen.

Dr. Backes ist der einzige Mensch, zu dem ich rückhaltlos offen sein kann. Nicht einmal zu Lotte, die ich ja liebe, bin ich so offen. Gerade weil ich Lotte liebe. Ich muss sie schützen. Ich muss sie vor mir und meiner Vergangenheit schützen.

Dr. Backes weiß alles über mich und meine Vergangenheit. Wir haben nächtelang darüber gesprochen – vor allem nachdem ich in Saarbrücken in Ausübung meines Dienstes den Juwelier erschossen habe, weil ich glaubte, einen Autoknacker vor mir zu haben, der bewaffnet war und Widerstand gegen die Staatsgewalt leisten wollte. Aber es war nur ein Juwelier, der bewaffnet war, weil in Saarbrücken alle Juweliere bewaffnet sind, um ihren Besitz gegen Räuber schützen zu können. Und der Wagen, den er aufbrach, war sein eigener. Er hatte bloß den Schlüssel abgebrochen, aber das wusste ich nicht. Ebenso wie der Juwelier nicht wusste, dass ich ein junger und ehrgeiziger Polizist in Zivil war, der sich in der dritten oder vierten Nacht auf der Jagd nach einer gefährlichen Autoknackerbande befand. Das war unser Verhängnis. Der Juwelier verlor sein Leben und ich meine Reputation als tadelloser Polizeibeamter. Um ein Haar hätten sie mich in den vorzeitigen Ruhestand versetzt. Oder sogar in die Klapsmühle gesteckt – aber zum Glück hielt Dr. Backes zu mir.

Dr. Backes erst brachte mir bei, wie alles läuft. Man muss das Leben eins zu eins nehmen, lehrte er mich. Es gibt keine Symbole im Leben und folglich auch keine Symbolhandlungen. Es gibt nur dich und mich – und das, was wir miteinander tun. Man muss alles voneinander wissen. Wenn ich mehr von dem Saarbrücker Juwelier gewusst hätte – oder er von mir, dann wäre das schreckliche Unglück nicht geschehen. Und um keine verhängnisvollen Fehler zu machen, muss man alles über sich selbst wissen. Deshalb hat Dr. Backes mich nach Schauren geschickt. Ich soll in Schauren herausfinden, wer ich bin, woher ich komme, wohin ich gehe.

Das hat er mir natürlich so nicht gesagt. Er wollte die Sache ja nicht verderben. Hätte ich von Anfang an gewusst, was ich in Schauren sollte, wäre ich ganz anders an die Sache herangegangen. Mit mehr Ungeduld. Ich hätte wahrscheinlich nur an mich gedacht. An mich und mein Ziel. Ohne klaren Blick für die Wirklichkeit.

So aber war ich ganz und gar mit Schauren beschäftigt. Das ist die beste Voraussetzung dafür, sich selbst auf die Schliche zu kommen. Alle Leute, die ähnliche Probleme mit ihrer Vergangenheit haben wie ich, müssten nach Schauren. Für ein paar Wochen bloß. Ich glaube, dann gäbe es weniger Kranke und Gescheiterte auf der Welt.

Dr. Backes hat das alles schon vorher gewusst. Ich habe meine Zeit dafür gebraucht. Ich musste mich erst selbst entdecken. Zum Beispiel habe ich erst in Schauren entdeckt, dass ich ein Liebhaber bin. Durch Lotte. Und ein wenig auch durch Agneta.

Vor Schauren habe ich mich für einen Mann gehalten, der mit Frauen nicht viel anzufangen weiß. Nicht dass andere Interessen stärker gewesen wären, nein, es war bloß so, dass ich niemals eine ermutigende Resonanz verspürt habe. Keine Frau hat mir je das Gefühl gegeben, dass sie mich begehrt, dass sie mich braucht, dass sie ohne mich nicht mehr sein kann.

Ich habe mir dennoch kaum Körbe eingefangen. Ich bin eine gepflegte Erscheinung, ich verstehe es, Frauen zum Lachen zu bringen, und wenn es darauf ankommt, weiß ich, was zu tun ist. Ich bin nicht tapsig oder so. Ganz und gar nicht. Deshalb haben mich bisher nur wenige Frauen abgewiesen. Sie haben mich fast alle dazu ermuntert, es weiter bei ihnen zu probieren, was ich dann ja auch mit einem gewissen Erfolg getan habe. Aber keine hat mir jemals das Gefühl gegeben, dass sie es nicht mehr erwarten kann. So wie Lotte.

Erst Lotte hat den Mann in mir geweckt. Unter ihren Händen bin ich zu dem geworden, der ich immer hatte sein wollen, ohne dass man mir Gelegenheit dazu gegeben hätte. Das habe ich Dr. Backes nicht erzählt. Aber er muss ja auch nicht alles wissen.

3. KAPITEL

Am Wackesberg waren zwei Löschzüge im Einsatz. Die Feuerwehrleute aus Metz hielten mit vier Rohren auf die Ruine, doch das alte Gemäuer brannte immer noch lichterloh und strahlte eine gewaltige Hitze aus. Als ich die Einsatzfahrzeuge erreichte, die am Straßenrand parkten, spannte sich meine Gesichtshaut. Der Schmerz wurde mit jedem Schritt, den ich näher kam, schlimmer.

Alain Miller lief geschäftig herum, sein Gesicht war schwarz – ich wusste nicht wovon, an das Feuer konnte er nicht näher herangekommen sein als ich. Er brüllte die wenigen Schaurener an, die sich in Schlafanzügen aus ihren Häusern gewagt hatten: Sie sollten bloß vom Feuer wegbleiben. Dabei dachte kein Mensch daran, die Straße zu überqueren, die zwischen dem Wackesberg und den Häusern verlief. Miller war überall gleichzeitig – zumindest versuchte er diesen Eindruck zu erwecken.

Louis Straßer erschien noch nach mir am Wackesberg. Übellaunig und verschlafen. Er blieb in seinem Wagen sitzen und schaute sich, ohne jemanden zu grüßen, die Sache aus der Entfernung an.

Ich ging zu Straßers Wagen hin und grüßte ihn. Er kurbelte die Scheibe halb herunter.

»Ich bin durch die Löschzüge geweckt worden. Keine Ahnung, wer die Metzer gerufen hat. Hier im Ort hat kein Mensch bemerkt, dass der Wackesberg brennt. Unsere Freiwillige Feuerwehr pennt noch«, erklärte er.

Doch da erschien auch schon ein Fahrzeug mit der Aufschrift *»Les Pompiers de Schauren«*. Es hielt in einiger Entfernung. Dann quälte sich jemand aus dem blutroten Kleinbus und trottete zum Einsatzleiter der Metzer. Man besprach sich eine Weile. Dem Schaurener standen die Scheitelhaare zu Berge. Mir schien, er hatte seine blaue *Pompiers*-Uniform über den Schlafanzug gezogen – in der Hoffnung, schnell wieder ins warme Bett zurückzukommen. Der Schaurener legte seine rechte Hand an die Mütze und ging zu seinen Kameraden, die auch weiterhin keine Anstalten machten, ihr Fahrzeug zu verlassen. Er stieg wieder ein. Der Kleinbus wendete und tuckerte davon.

»Ich fahre wieder nach Hause«, sagte Straßer und gähnte.

»Aber wir müssen doch den Brandherd sichern.«

»Alain macht das schon. Sie sehen doch: Als hätte er sein Leben lang darauf gewartet.«

Trotz der lauten Pumpen der Berufsfeuerwehr und des mächtigen Knisterns und Berstens der Holzbalken hörte man Alain Miller brüllen. Noch immer beschimpfte er die Schaulustigen, die sich seiner Meinung nach zu weit vorwagten, und erteilte den Feuerwehrleuten Befehle, die diese jedoch nicht beachteten. Wenn ich richtig hörte, schrie er immer das Gleiche: Befehle, die man aus dem Fernsehen kannte. Alle Rohre auf den Brandherd! Vorsicht, Funkenflug!

»Wir können uns doch nicht einfach wieder ins Bett legen, solange hier noch das Feuer wütet, Straßer.«

»Alain schafft das allein. Glauben Sie mir!«

Louis Straßer legte den Gang ein und fuhr grußlos davon. Der Mann hatte ein großes Herz, aber wenn man ihn außerhalb der Dienstzeiten störte, wurde er grantig.

An der Einfahrt zum Friedhof flammten seine Bremslichter auf. Er streckte den Kopf aus dem Fenster und sprach mit jemandem, der ihm im Auto entgegenkam. Es war Lotte. Sie hatte also nicht mehr einschlafen können. Wäre auch ein Wunder gewesen, nach dieser Nacht.

Ich ging zum Einsatzleiter der Metzer Feuerwehr und stellte mich vor.

»Das ist keine große Sache für uns«, erklärte der Feuerwehrhauptmann ruhig. »Sieht schlimmer aus als es ist – und es besteht ja auch keine Gefahr für die Anwohner. Eigentlich hätten das die Hiesigen erledigen können. Aber wenn die mal wieder nicht aus den Betten kommen …«

»Man hat Sie offenbar gerufen, bevor hier jemand den Brand bemerkt hat. Hat der Anrufer seinen Namen genannt?«

Der Mann zuckte mit den Achseln.

»Keine Ahnung.« Er wirkte etwas gelangweilt. Er musterte mich abschätzig, offensichtlich hielt er Schauren für einen hoffnungslosen Fall. »Das haben wir oft. Wenn der Anruf so früh kommt, deutet das auf Brandstiftung hin. Aber das ist Ihre Sache, *monsieur le commissaire*. Jedenfalls ist der Brand so gut wie gelöscht.« Plötzlich straffte er sich, lüftete den Helm und strich seine schweißnassen Haare glatt. »Ich sehe, da kommt jemand, den ich begrüßen muss. Pardon.«

Er schob mich zur Seite und eilte Lottes Wagen entgegen.

Sie trug ein schwarzes Kleid, über das sie eine dünne Weste gezogen hatte. Ein solcher Brand war in Schauren ein gesellschaftliches Ereignis. Zumindest für die Honoratioren, nicht so sehr für die freiwillige Feuerwehr.

Ein paar Tage zuvor war auf der Lokalseite der Metzer Zeitung ein Bericht darüber erschienen, dass die Schaurener Gemeindeverwaltung gewisse Zuwendungen für die freiwillige Feuerwehr gestrichen hatte. Es war deshalb zu einem handfesten Krach gekommen. Die Feuerwehrleute – in den Dörfern der Region hoch geachtete Leute, die einem regen Vereinsleben nachgingen – hatten sich bitter darüber beschwert, dass ihnen die Kommune, für deren Sicherheit sie sorgten, ausgerechnet die Unterstützung verweigerte, die sie traditionell für ihre sozialen Aufgaben erhielten. Die Gemeindeverwaltung hatte darauf erwidert, angesichts knapper öffentlicher Kassen sei es nicht zu verantworten, dass Steuergelder für Grillfeste und Besäufnisse verschwendet würden.

Mir war das etwas kleinlich vorgekommen – immerhin unterhielt die freiwillige Feuerwehr eine Jugendbrigade, sie ging in

Schulen und war auch in Katastrophenfällen für die technische Unterstützung zuständig. Doch die Gemeindevertreter hatten die Kritik der Feuerwehrleute pariert – sicher nicht ohne die Billigung des Bürgermeisters: Eine Feuerwehr sei weniger fürs Festefeiern als für die Brandbekämpfung da, und dabei habe sich die Freiwillige Feuerwehr Schauren in den letzten Jahren nicht gerade hervorgetan.

Eine Welle der Entrüstung war daraufhin durch das Dorf gegangen, und mir war es so vorgekommen, als ob Pierre Brück diesmal zu weit gegangen wäre. Nach dem Auftritt der Schaurener Feuerwehrleute am Wackesberg verflüchtigte sich dieser Eindruck jedoch wieder: Offensichtlich lag unser Bürgermeister mit seiner Einschätzung der Freiwilligen Feuerwehr Schauren gar nicht so falsch. Wahrscheinlich war sie am Abend wieder ihrem kulturellen Auftrag nachgegangen und hatte bei einem Grillfest kräftig Alkohol konsumiert. Das erklärte auch das späte Erscheinen der Truppe und ihr derangiertes Aussehen.

Lotte stieg aus, begrüßte ein paar Schaurener, stöckelte um den Wagen herum, öffnete den Kofferraum und holte eine Kiste mit kleinen Gläsern hervor. Dann zog sie eine Flasche Schnaps aus einer Kühlbox, goss davon in die Gläser und reichte eines dem Feuerwehrhauptmann. Der rief seine Männer zusammen, die sofort alle Schläuche fallen ließen und zur *madame le maire* eilten. Lotte wurde von jedem der Herren mit Handschlag begrüßt und musste natürlich mit der Metzer Berufsfeuerwehr anstoßen. Angesichts der Querelen um die örtliche freiwillige Feuerwehr konnte man diesen Auftritt der Frau Bürgermeister nur als eine Unterstützungsaktion für die unpopuläre Sparpolitik ihres Gatten werten.

Lotte musste natürlich den Einsatzleiter abküssen. Wie ich diese affige Sitte der Franzosen hasste! Dagegen war die deutsche Distanziertheit nobel und hygienisch. In Deutschland würde auch kein Einsatzleiter seine Leute mit der Bürgermeistergattin Schnaps trinken lassen, während der Brandherd noch glühte. Wir waren eben in Frankreich.

Hinter der gut gelaunten Gruppe brannte derweil die Ruine des Wackesberges nieder. Ich hatte mir bisher nur wenige Gedanken über das verkommene Gelände gemacht. Nun fragte ich mich aber, wozu das fabrikähnliche Gebäude mit den hohen Backsteinmauern und den schmalen Fenstern einmal gedient hatte. Vielleicht hatte hier die landwirtschaftliche Kooperative ihren Sitz gehabt, die jetzt draußen auf der Hochebene – durch ihre beachtlichen Silos weithin sichtbar – in einem modernen Komplex aus Stahl und Glas residierte. Oder es war die Keimzelle der Alugros-Werke gewesen, die nun in chromblitzenden Hallen ihre Verblendungsbleche produzierten und, wie Louis Straßer mir erzählt hatte, einmal als kleine Schmiede in Schauren begonnen hatten.

Auf einmal bemerkte ich etwas am Fuß des Gemäuers. Eine Veränderung in der Asche. In einem Erdloch bewegte sich etwas. Trotz der Hitze, die im Innern der Ruine herrschte. Ein Lebewesen.

»Alarm!«, schrie ich.

Die Feuerwehrleute wandten sich mir nur widerwillig zu.

»Da ist etwas! Dort … dort an der Mauer.«

Sie tranken ihre Gläser leer und schauten hinein, als könnten sie darin die Zukunft erkennen.

»So tut doch was!«

Das Lebewesen kroch vom glühenden Mauerwerk weg. Wie konnte jemand in dieser Glut überlebt haben?

Ich rannte zu Miller hin und machte ihn darauf aufmerksam, dass sich etwas in der brennenden Ruine regte. Miller verstand nicht. Ich zog ihn näher an den Wackesberg heran. Die Hitze war schon nach wenigen Schritten so unerträglich, dass wir mit den Unterarmen unser Gesicht schützen mussten. Aber immerhin – Miller sah es jetzt auch.

Er rannte los, packte einen der Schläuche, die die Feuerwehrleute abgelegt hatten, und zog daran, doch der Schlauch war voller Wasser und schwer. Als ich verstand, was er vorhatte, packte ich mit an. Gemeinsam schafften wir es. Wir brachten den

Schlauch in Position, und Alain gelang es, ihn aufzudrehen. Er hatte Probleme, den Strahl zu kontrollieren. Doch nach einigen Versuchen lenkte er das Wasser zu der Stelle, an der sich das Lebewesen befand. Er vermied es, dieses Etwas, das über und über mit Asche bedeckt war, direkt zu treffen, er wässerte nur die Umgebung, um die Hitze etwas zu dämpfen.

Inzwischen hatten die Feuerwehrleute bemerkt, dass Miller sich ihres Schlauches bediente. Sie begannen zu murren, aber im Beisein der Frau Bürgermeister wollte wohl niemand wirklich laut werden. Einer von ihnen richtete den Scheinwerfer, der bisher das Dach der Ruine erleuchtet hatte, auf die Stelle, die Alain im Visier seines Schlauches hatte. Im gleichen Augenblick traf der Wasserstrahl das unglückliche Opfer.

Es sprang auf und schüttelte sich.

Ein Hund. Es war ein Hund. Ein ziemlich großes Tier von undefinierbarer Rasse. Das Feuer hatte ihm das Fell weggesengt. Seine nackte Haut war an einigen Stellen schwarz verbrannt. Jetzt erst sah ich, dass der Hund etwas zwischen den Zähnen hatte. Einen Schuh. Einen klobigen Herrenschuh. Der Hund schleuderte den Schuh gegen die Mauer und rannte davon, verschwand in den Feldern, die bis an den Wackesberg heranreichten.

Ein Schuh!

»Wir müssen sofort den Wackesberg durchkämmen!«, forderte ich den Einsatzleiter auf.

Doch seine Leute hatten mittlerweile schon mehr als einen Schnaps getrunken. Der Brand interessierte sie nicht mehr sonderlich. Einige schwatzten noch mit der Frau Bürgermeister, andere drängten zum Aufbruch und rollten bereits die Schläuche ein. Die Straße war voller Wasser, das weißlich aus den Hydranten und aus den Schlauchenden quoll – aber der Wackesberg glühte noch.

»So tun Sie doch was! Möglicherweise hält sich ein Mensch in der Ruine auf!«, brüllte ich und packte den Feuerwehrhauptmann am Arm.

Der Einsatzleiter schaute mich kopfschüttelnd an.

»Das alte Gemäuer glüht wie ein Hochofen. Ich kann keinen meiner Männer hineinschicken. Im Übrigen hätte kein Mensch diesen Brand überlebt.«

Lotte war hinzugetreten. Ein Grund mehr, entschlossen zu bleiben.

»Falls wir später eine Leiche auf dem Wackesberg finden, werde ich Sie zur Verantwortung ziehen«, drohte ich.

Der Feuerwehrhauptmann schaute erst mich an, dann Lotte.

»Alle Schläuche wieder ausrollen!«, schrie er zum Wagen hinüber.

Seine Leute maulten. Als sie aber sein verbissenes Gesicht sahen, schlossen sie die Schläuche wieder an die Hydranten an.

»Alles auf die Mauerreste richten!«, befahl der Einsatzleiter. Ich sah ihm an, dass er die Schläuche am liebsten auf mich gerichtet hätte.

Die Feuerwehr aus Metz zeigte, was sie draufhatte. Noch einmal gingen ungeheure Wassermassen auf den Wackesberg nieder. Die Nachtluft war voller Dampf, feine Tröpfchen setzten sich auf der Kleidung ab. Dann ein fürchterliches Knirschen. Alles erstarrte – der Einsatzleiter befahl augenblicklich den Stopp der Wasserkanonade.

Es war erst ganz still. Dann brach die Außenmauer der Ruine heraus und gab den Blick ins Innere frei. Wie in einer großen Oper. Der Scheinwerfer der Metzer irrte ziellos umher. Dann schrie jemand hell auf. Ich glaubte, Lottes Stimme zu erkennen. Der Schweinwerfer suchte zaghaft seinen Weg zurück. Er blieb stehen.

Im Dachgebälk des Hauptgebäudes hing ein Mensch.

Ich bat Alain Miller, zur Bewachung des Wackesberges zurückzubleiben. Er protestierte nicht. Offensichtlich wäre er sowieso nicht nach Hause gegangen. Solange auf dem Wackesberg noch ein Funken glimmte, wollte er dabei sein und für Ordnung sorgen. Ich wunderte mich wieder einmal, wie unterschiedlich meine beiden französischen Kollegen doch waren: der eine ein fanatischer Pflichtmensch, dem nichts wichtiger war als seine Arbeit, der andere ein Müßiggänger, dessen einzige Kunst darin bestand, den Mühen aus dem Weg zu gehen und nur das Allernötigste mit dem geringsten Aufwand zu erledigen.

Es war inzwischen früher Morgen. An Schlaf war nicht mehr zu denken. Ich fuhr ins Revier und informierte meine vorgesetzten Dienststellen in Metz und Saarbrücken. Es galt nun, schnellstens Spuren zu sichern. Doch in Metz zögerte der Kollege von der Kriminalpolizeidienststelle, die für Kapitalverbrechen in der Region zuständig war.

»Wahrscheinlich hat der Kerl sich erhängt«, sagte er und gähnte. »Das kann der Amtsarzt klären.«

»Und was ist mit dem Feuer? Auf dem Wackesberg gab es nichts Brennbares. Da waren nur alte Mauern. Das riecht nach Brandstiftung. Die Feuerwehr war schon alarmiert, da haben wir hier alle noch friedlich geschlummert.«

Der Mann in Metz lachte böse. »Das kann aber auch an euch liegen, Kollege.«

Er sprach das Wort »Kollege« so aus, dass es wie ein schlechter Witz klang. Ich wurde wütend.

»Hören Sie, wenn Sie keinen Erkennungsdienst kommen lassen, werden wir hier die Spuren sichern – soweit uns das mit unseren Kräften möglich ist.«

Als ich nach Hause kam, war es halb sieben.

Die Rollläden bei Lotte waren geschlossen. Im Flur waren alle Lichter gelöscht. Ich ging in meine Wohnung, um noch zwei Stunden zu schlafen. Allein – so schwer mir das an diesem grauen Morgen auch fiel.

Um halb neun war ich wieder draußen am Wackesberg. Der Erkennungsdienst aus Metz war mittlerweile eingetroffen. Die Beamten arbeiteten sich in weißen Overalls durch die noch heiße Ruine.

Alain Miller saß in seinem Wagen. Als ich zu ihm ging, um ihn ins Bett zu schicken, musste ich feststellen, dass er bereits schlief.

Kurz vor neun erschien auch Straßer. Er gähnte und schien sich nicht sonderlich für die Vorkommnisse der Nacht zu interessieren.

»Das machen doch die Kollegen aus der Stadt«, sagte er.

»Ich überlege, ob wir den Fall nicht an uns ziehen.«

»Das wird nicht gehen«, entgegnete Straßer gelangweilt. »Das ist hier nicht anders als in Deutschland.«

Zwei Männer in weißen Overalls und Kapuzen grätschten mit ihren Alukoffern über das Absperrband. Sie hatten etwas in einem Klarsichtsack. Als sie näher kamen, sah ich, dass es sich um eine tote Ratte und eine Konservendose handelte. Der Kollege warf den Sack in die Böschung am Straßenrand.

Auch Dr. Chariot hatte seine Arbeit beendet. Miller und Straßer legten den Toten in einen Zinksarg. Der Schaurener Arzt drückte Straßer die Hand – es sah aus, als kondolierte er ihm.

»Der Leichnam soll in die Schaurener Leichenhalle. Er ist so verkohlt, dass seine Identität nicht ohne Weiteres festzustellen ist. Ich kann nicht mal sagen, ob er aus Schauren ist oder ein Auswärtiger. Auf jeden Fall kann ich als Mediziner guten Gewissens bestätigen, dass er tot ist – und zwar schon mindestens acht bis zehn Stunden. Der Tod ist durch Strangulation eingetreten. Selbstmord durch Erhängen, schätze ich. Aber das soll der Gerichtsarzt entscheiden. Ich stelle bloß den Totenschein aus. Der Gerichtsarzt soll ihn ebenfalls unterschreiben, damit alles seine Richtigkeit hat. Ach, übrigens – der Tote trägt nur einen Schuh.«

Ohne auf meine Entgegnung zu warten, schlurfte der Arzt zu seinem Wagen, einem alten 2 CV, und tuckerte missmutig davon. Ich schaute mir den Schuh am Fuß der Leiche genauer an: Es war das Gegenstück zu dem Schuh, den der verbrannte Hund im Maul gehabt hatte.

Ich ging zur Böschung und suchte den Plastiksack des Erkennungsdienstes. Miller und Straßer schauten mich groß an.

»Wetten?«, sagte ich.

»Wetten was?«, fragte Straßer.

»Dass das kein Selbstmord war.«

»Wieso nicht?«

»Der hat sich aufgehängt und anschließend den Wackesberg in Brand gesteckt?«

»Und umgekehrt? Erst der Brand, dann der Selbstmord?«

»So eine Ruine kann man nur mit Brandbeschleuniger zum Brennen bringen. Und der Tote hing genau über dem Brandherd. Das müssen Sie mir aber zeigen, Straßer, wie er das geschafft haben soll ...«

»Und wenn jemand anderer, der mit dem Toten gar nichts zu tun hatte ...«, begann Miller vorsichtig.

»Was?«

»... den Brand gelegt hat?«

»Das wäre aber ein sehr merkwürdiger Zufall! Ein Selbstmord und eine Brandstiftung am gleichen Abend. Beides am gleichen Ort.«

Je länger ich darüber nachdachte, desto sicherer wurde ich mir, dass etwas nicht stimmte.

»Aber wer soll denn den Wackesberg anstecken?«, fragte Miller. »Die Ruine, da ist doch nichts.«

»Wer schon? Derjenige, der den armen Kerl aufgeknüpft hat.«

»Und warum? Der Typ war ja schon tot.«

»Das liegt doch auf der Hand: Um seine Tat zu vertuschen.«

»Gewagt«, sagte Straßer.

»Sehr gewagt«, echote Miller.

4. KAPITEL

Nach dem Brand auf dem Wackesberg herrschte eine eigenartige Stimmung in Schauren.

Ich bemerkte es sofort, als ich in der Mittagspause durch den Ort ging. Es waren viel mehr Leute als sonst auf der Straße. Sie standen in kleinen Gruppen zusammen und redeten durcheinander. Ich konnte nicht ausmachen, ob die Leute verängstigt waren – schließlich hatte es einen Toten gegeben – oder ob ihre Aufregung etwas damit zu tun hatte, dass sie noch weitere Sensationen erwarteten.

Schon am Vormittag waren Bürger auf dem Revier erschienen, um sich nach dem Stand der Dinge zu erkundigen. Louis Straßer hatte jeden geduldig beschieden, dass in Anbetracht der kurzen Zeit noch keine Ermittlungsergebnisse vorliegen konnten.

Die Leute waren völlig aus dem Häuschen. Dabei schien es ihnen weniger um das Schicksal des Erhängten zu gehen als um den Wackesberg selbst. Dieses verkommene Grundstück hatte eine besondere Bedeutung für den Ort, das spürte ich. Aber ich konnte mir nicht erklären, was genau es damit auf sich hatte. Ich bemerkte jedoch, dass sich etwas tat. Mit der kleinen Gemeinde ging eine Verwandlung vor sich: Die Vergangenheit war durch das Feuer erwacht.

»Der Wackesberg ist verwunschen«, behauptete Alain Miller. »Dort gehen Geister um.«

»Quatsch«, widersprach Straßer. »Da war früher eine große Schmiede. Für Landwirtschaftsmaschinen. Aber durch den Maschinenring können sich die Bauern heute ihre Traktoren und Mähdrescher leihen, wenn sie sie brauchen, *leasen* sagt man. Das ist günstiger, als sie zu kaufen und dann teure Reparaturen zu bezahlen. Die Schmiede hat schon in den Achtzigern schließen müssen. Heute ist der Wackesberg nur noch ein Schandfleck, der den Leuten auf der Seele lastet wie eine Hypothek. Deshalb sind sie so aufgekratzt. Jetzt, da das alte Dreckloch abgebrannt ist, könnte sich dort was tun. Wäre nur zum Wohl der Gemeinde.«

»Die Alten sagen, wer dort hingeht, zieht den Tod an«, erklärte Miller düster. »Es ist exterritoriales Gebiet. Die Schaurener haben da nichts verloren, und wer alle Warnungen in den Wind schlägt, den holt der Teufel. Wie den Schmied, der bankrottgegangen ist. Er hat sich totgesoffen.«

Ich fand es an der Zeit, mich einzumischen. »Vielleicht hat der Brand ja auch was Gutes: Wenn es wirklich so einen Aberglauben gibt, dann haben die Ereignisse den Knoten gelöst – und man kann jetzt daran gehen, aufzuräumen. Mit der Ruine und mit dem Aberglauben.«

»Und der Tote?«, fragte Miller.

»Tja, das ist eine Sache für sich. Wenn er sich erhängt hat, warum ausgerechnet dort? Und wenn er ermordet worden ist ...«

»Dann waren es die Geister vom Wackesberg!«, brach es aus Miller heraus.

Irgendwie wirkte er anders als sonst. Hatten ihn in der Nacht die Aufregungen des Einsatzes noch völlig vereinnahmt, so wurde er jetzt immer nervöser, je mehr die Anspannung von uns wich. Ich führte das darauf zurück, dass er nicht geschlafen hatte.

»Alain, ich glaube, es ist Zeit, dass Sie sich aufs Ohr legen.«

Miller erschrak. »Wollen Sie mich loswerden, *patron?*«

»Ich möchte, dass Sie zur Ruhe kommen. Sie sind übernächtigt. Ist ja auch kein Wunder. Na los, gehen Sie schon nach Hause!«

Miller schaute Straßer an. »Er hat recht«, sagte der. »Leg dich aufs Ohr!«

»Das geht nicht. Ich muss heute noch nach Forbach. Meinen neuen Wagen abholen.«

»Das kannst du morgen auch noch«, sagte Louis.

Doch Miller war schon in seine Jacke geschlüpft.

»Soll ich später noch mal vorbeischauen?«

»Ist nicht nötig, Alain«, sagte ich. »Wir kommen schon klar hier.«

Als es ruhiger wurde, rief ich Lotte an. Ich musste das Telefon lange klingeln lassen, bis sie abhob. Sie klang verschlafen und übellaunig.

»Sehen wir uns heute Abend?«, fragte ich.

»Das geht nicht. Mein Gatte kommt vorzeitig von seiner Reise zurück.«

»Wieso das denn?«

»Wegen des Brandes natürlich. Die Schaurener sind völlig durcheinander. Da gehört der Kapitän auf die Brücke.«

Sie war ganz anders als am Abend zuvor.

»Was ist geschehen? Du bist so verändert.«

Sie entzog sich mir mit Ausflüchten – Migräne, das Wetter, das Feuer. Aber ich blieb hart, ich wollte wissen, was los war.

»Du warst nicht sehr diskret heute Nacht, Felix. Stell dir vor, jemand hätte dich gesehen, am Fenster meines Schlafzimmers! Ich bin die Frau des Bürgermeisters. Und dir würde das auch schaden.«

Ich hatte Mühe, mich zu beherrschen. »Was heißt da schaden? Wir lieben uns und ...«

»Du vergisst, wo du bist! Das ist Schauren, nicht das Nauwieser Viertel in Saarbrücken.«

Im Nauwieser Viertel wohnten die Studenten und Künstler der Stadt. Wie sie es sagte, klang es so, als spräche sie von der Landesnervenheilanstalt. In der Nacht zuvor hatte ich ihr meine Liebe gestanden – und jetzt zeigte sie mir die kalte Schulter. Wir verabschiedeten uns kühl, ich legte zuerst auf.

Wir wollten nach diesem langen Tag gerade Feierabend machen, als draußen gehupt wurde. Straßer schaute aus dem Fenster und grinste.

»*Patron*, da tut sich was. Lassen Sie uns vor die Tür gehen.«

Vor dem Revier parkte Alain Miller mit seinem neuen Wagen. Einem VW Sharan. Viel zu groß für den Junggesellen.

»Warum haben Sie nicht was Kleineres genommen?«, fragte ich.

Eigentlich interessierte ich mich nicht für Autos. Aber Alain war ein Fanatiker. Louis trug dem Rechnung, indem er so tat, als würde er sich von der Autoleidenschaft unseres jungen Kollegen mitreißen lassen, obwohl er mir dabei listig zuzwinkerte. Vielleicht konnte ich mein schwieriges Verhältnis zu Alain Miller etwas entkrampfen, wenn ich mich an der Fachsimpelei beteiligte.

»Ich kenne den Händler. Ein Schulfreund, der jetzt in Forbach eine VW-Vertretung hat. Er hat mir Prozente gegeben. Ein Schnäppchen, sozusagen. Der Sharan hat bei allen Tests besser abgeschnitten als die anderen Modelle der gleichen Klasse. Da dachte ich, ich springe mal über meinen Schatten.« Alain riss die seitliche Schiebetür auf. »Und Platz hat man da. Wenn ich meine Mutter zum Arzt bringe, hat sie's jetzt so bequem wie in einem Krankenwagen.«

Das stimmte allerdings, der Wagen bot Platz für eine kleine Fußballmannschaft. Miller schlug stolz die Faust auf einen der Sitze.

»Und diese Verarbeitung! Das bekommt man eben nur in der oberen Klasse. Da lohnt sich die Anschaffung.«

»Aber du kannst für deine Mutter doch den Geländewagen benutzen«, sagte Straßer.

»Erstens ist das ein Dienstwagen«, sagte Miller, indem er mir einen bedeutungsvollen Blick zuwarf, »und zweitens, wie sieht das denn aus, wenn ich ständig mit dem Polizeiauto rumkutschiere? Zum Einkaufen nach Bitche. Zum Arzt nach Metz.«

»Ins Eros-Center nach Saarbrücken«, sagte Straßer mit einem Grinsen. Er umkreiste den Großraumwagen und musterte ihn eingehend. Er ging sogar in die Knie und schaute den Unterboden an. »Sieht anständig aus, Alain. Da hast du keinen Fehlgriff getan.« Ächzend kam er wieder hoch und klopfte anerkennend gegen die Karosserie. »Silbermetallic. Macht ganz schön was her. Mensch, Alain, mit so einem Wagen gelingt es dir vielleicht sogar, eine Frau aufzureißen, was?«

Straßer zwinkerte mir wieder zu. Ich schaute weg, mir war dieser Ton peinlich. Alain Miller war rot geworden.

»Wie gesagt: Ich habe mir den Sharan vor allem wegen meiner Mutter gekauft.«

»Aber deine Mutter willst du doch nicht flachlegen, Alain, oder?«

»Louis, bitte!«, sagte Miller und tat so, als müsste er etwas am Armaturenbrett kontrollieren.

Straßer stieg hinten ein. »Sehr bequem. Und edel. Mensch, Alain, hier hast du's noch besser als zu Hause in deinem Bettchen.«

Alain Miller drehte sich zu ihm um. »Zum Verreisen ist der Wagen ebenfalls ideal. Schade nur, dass meine Mutter nicht mehr so weit fahren will. Sie hat auch was dazugegeben. Von ihrem Ersparten. Ohne sie hätte ich mir die teure Kiste gar nicht leisten können ...«

»Deine Mutter, deine Mutter«, sagte Louis und brachte seinen Sitz in eine flache Position. »Schau mal, wie gut man da liegt. Lass deine Mutter bloß zu Hause.«

»Wie wär's mit einer kleinen Probefahrt?« Alain Miller wollte ablenken.

»Warum nicht?«, sagte Straßer. »Fahren wir rüber zum ›Forêt de Schauren‹, und du gibst einen auf deinen Sharan aus.«

»Einverstanden«, sagte Alain, dankbar dafür, dass Straßer endlich mit dem Gerede über seine Mutter aufhörte.

»Leute!«, sagte ich. »Wir haben einen harten Tag hinter uns und sollten ...«

»Spielverderber«, zischte Miller leise.

Am Abend fand eine Bürgerversammlung in der Mehrzweckhalle von Grand-Schauren statt. Der Bürgermeister hatte sie kurzfristig einberufen und über die regionalen Radios, den SR und die französische und die deutsche Tageszeitung bekanntgeben lassen. Überhaupt wurde über das nächtliche Feuer auf dem Wackesberg und den Toten, der dort im Gebälk gehangen hatte, sehr ausführlich berichtet. Es kam sogar ein Fernsehteam aus Saarbrücken, das für die ARD tätig war. Sie machten ein Interview mit mir, das im ›Aktuellen Bericht‹ des SR gesendet wurde. Die junge Reporterin hatte mir versprochen, dass ich auch in die ›Tagesschau‹ kommen würde – oder zumindest nachmittags in ›Brisant‹.

Ich war nicht traurig darüber, dass es beim ›Aktuellen Bericht‹ blieb, denn sie hatten meine ausführlichen Darlegungen der Kriminalitätsproblematik im Grenzgebiet rausgeschnitten. Was blieb, war nur ein kurzes Statement, in dem ich mich zweimal versprochen hatte und bloß verkündete, dass wir noch nichts über die Identität des Toten wussten. Und dafür hatte ich meinen Nachmittag geopfert. Die Sache bestätigte noch einmal meine schlechten Erfahrungen mit den Medien: Kaum jemand interessierte sich heutzutage noch für die Hintergründe.

Abends strömte ganz Schauren in die Mehrzweckhalle. Alle schwatzten aufgeregt durcheinander, und man beeilte sich, einen guten Platz zu ergattern. Im Eingangsbereich der schmucklosen Halle stauten sich die Bürger, und es kam zu einem Gedränge.

Ich spürte, dass sich die Menschen von diesem Abend etwas erwarteten. Sie hatten sich herausgeputzt, und viele lachten laut – es war wie bei einer Adventsfeier. Schauren war voller Erwartung. Ich hielt mich mit meinen beiden Kollegen im Hintergrund. Louis Straßer schien der Einzige zu sein, der einen kühlen Kopf bewahrte. Ich kannte ihn schon gut genug, um zu wissen, dass er nichts mehr hasste als Neuerungen. Dieser Abend verhieß jedoch Neuerungen. Bei Alain Miller stellte ich weiterhin eine leichte Nervosität fest. Entweder glaubte er wirklich an die über den Wackesberg kursierenden Geistergeschichten, oder aber er fieberte der Chance entgegen, endlich mal seine polizeilichen Fähigkeiten bei einem großen Fall unter Beweis zu stellen.

Lotte saß im blauen Kostüm in der ersten Reihe und wurde von den Honoratioren mit Wangenkuss begrüßt. Auch Pierre Brück war im Sonntagsstaat erschienen. Er stand, während die Halle sich füllte, auf einem provisorischen Podium und schaute unbewegt zu, wie seine Bürger sich in die engen Sitzreihen quälten. Seinem Gesichtsausdruck war nicht anzumerken, ob er eine gute oder eine schlechte Nachricht zu verkünden hatte.

Pierre Brück bekam ein schnurloses Mikro. Die Verstärkeranlage pfiff. Nachdem der Techniker das geregelt hatte, dankte Brück ihm mit einem gravitätischen Nicken und wandte sich dann dem Publikum zu. Der Bürgermeister wirkte jetzt ernst und besorgt.

»Liebe Mitbürgerinnen und Mitbürger. Es hat einen Brand gegeben. Leider auch einen Toten. Wir wissen nicht, wer der Mann war. Sicher ist nur, er war keiner von uns ...«

Beifälliges Gemurmel. In der ersten Reihe steckten sie die Köpfe zusammen.

»... wie ich höre, hat der Mann sich selbst umgebracht. Das ist sehr bedauerlich. Ich bin sicher, dass unsere tüchtige Polizei bald wissen wird, wo er herkommt ...«

Ohne lange zu überlegen, meldete ich mich zu Wort.

»Pardon, aber noch ist nicht klar, wie der Mann zu Tode gekommen ist. Es kann Selbstmord gewesen sein, es kann aber auch ein Fremdeinwirken vorliegen.«

Natürlich drehten sich alle zu uns um. Miller wurde rot, Straßer wippte stolz auf den Zehenspitzen. Der Bürgermeister wirkte verärgert. Er ignorierte meinen Zwischenruf.

»Ich weiß, dass einige Schaurener sehr beunruhigt sind. Wegen des Brandes. Möglicherweise auch wegen des Toten. Das verstehe ich. Aber ihr sollt eines wissen: Euer Bürgermeister ist wieder da, und ich habe die Sache unter Kontrolle. Nichts ist geschehen, was unsere Gemeinde gefährden könnte. Und es besteht auch in Zukunft keine Gefahr. Dafür verbürge ich mich.«

Schauren atmete hörbar auf. Es wurde sogar zögerlich applaudiert. Pierre Brück wollte seine Schäfchen beruhigen – und das war ihm gelungen. Doch er war noch nicht fertig.

»Wie alles unter Gottes Firmament hat auch dieser Brand etwas Gutes. Diese unansehnliche Ruine, mit der die Gemeinde sich herumschlagen musste, ist aus dem Ortsbild verschwunden.«

Jetzt klatschten alle begeistert. Angesichts des Erhängten fand ich diese Reaktion recht dickfellig. Brück schien damit jedoch keine Probleme zu haben – er strahlte, und das ohne pietätlos zu wirken. Das konnte nur ein Kommunalpolitiker. Ich meldete mich erneut zu Wort. Der Bürgermeister übersah mich geflissentlich.

Doch ich gab mich nicht geschlagen. »Darf ich auf etwas hinweisen?!«

Alle Köpfe drehten sich zu mir um. Der Bürgermeister kniff die Augen zusammen, um mich besser sehen zu können.

»Was gibt's denn, Herr Bollinger? Ich bin noch nicht fertig.«

»Ich wollte nur etwas richtigstellen. Wie gesagt: Es ist noch nicht klar, wie der Mann zu Tode gekommen ist. Ich bin der Meinung, dass einiges auf ein Gewaltverbrechen hindeutet.«

Ein mächtiges Geraune setzte ein. Jemand rief etwas, was nicht zu verstehen war.

»Herr Polizeichef, ich bin sicher, das wird sich schnell klären. In unserer Gemeinde gab es noch nie ein solches Verbrechen. Und ich kann es mir, ehrlich gesagt, auch in diesem Fall nicht vorstellen.«

Er bekam dafür Applaus, vor allem von den Bürgerinnen, wie ich feststellen musste. Das Schlimmste aber war: Auch Lotte klatschte.

»Aus kriminalistischer Sicht ...«

»Darf ich jetzt fortfahren?!«, bellte der Bürgermeister ins Mikrofon.

Ich nickte unwillig und setzte mich auf den nächstbesten Stuhl. Meine Knie zitterten.

Pierre Brück führte das Mikrofon wieder zum Mund. Es sah aus, als wollte er es aufessen. Das Raunen der Menge verstummte. Alles lauschte gespannt.

»Wie ihr sicher wisst, war ich in der Brandnacht nicht vor Ort. Ich habe eine Dienstreise nach Deutschland unternommen. Nach Frankfurt am Main.«

Er ließ seine Worte wirken.

»Den Grund meiner Reise habe ich für mich behalten. Ich wollte keine verfrühten Erwartungen wecken. Umso mehr freut es mich, dass ich euch nun berichten kann: Meine Reise war erfolgreich.«

Erneutes Raunen. Dann herrschte wieder erwartungsvolles Schweigen.

»Ich habe für unsere Gemeinde ein gutes Geschäft auf den Weg bringen können. Der Wackesberg ist so gut wie verkauft – endlich!«

Schauren tobte. Ich schaute Straßer an, selbst er klatschte, wenn auch sehr verhalten. Miller hingegen war völlig aus dem Häuschen; er klopfte den Umstehenden auf die Schultern, als wären sie allesamt in Frankfurt gewesen und hätten dort dem Bürgermeister beigestanden. Brück gebot Ruhe.

»Der bedauerliche Brand hat keinen wirklichen Schaden angerichtet. Sieht man mal von dem alten Gemäuer ab. Die Kaufverträge sollen schon in den nächsten Tagen unterzeichnet werden. Sobald die Abrissarbeiten abgeschlossen sind. Ich werde dafür sorgen, dass das sehr schnell vonstatten geht. Und nun kommt die Krönung der Botschaft, meine lieben Freunde: Es ist mir gelungen, den bekannten Konzertveranstalter Cyril Schwierz für Schauren zu begeistern.«

Die Leute verstanden noch nicht, was das zu bedeuten hatte, was ihnen ihr Bürgermeister da so stolz berichtete. Es wurde still im Saal.

»Cyril Schwierz versucht seit Jahren, in der Grenzregion die Genehmigung für den Bau eines Musicaltheaters nach Wiesbadener und Bochumer Vorbild zu bekommen. Die deutschen

Behörden waren bisher nicht sehr kooperativ, wie er mir sagte. Nun, ich habe ihn davon überzeugen können, seine Aktivitäten auf die französische Seite der Grenze zu verlagern. Auf den Wackesberg. Unser Schauren wird reich und berühmt!«

Diese Nachricht schlug ein wie eine Bombe. Vor allem die jüngeren Dorfbewohner sprangen auf und jubelten dem Bürgermeister zu. Die älteren Schaurener aber blieben eigenartig reserviert. Ich beobachtete, dass einige ungläubig die Köpfe schüttelten.

Rauber, der Sparkassenleiter, meldete sich. Brück übersah auch ihn geflissentlich. Doch Rauber trat aus der Sitzreihe und ging nach vorn, wo er sich, ohne auf Brück zu achten, an die Schaurener wandte:

»Das Problem ist nicht zu lösen, indem man das Grundstück einfach verkauft.«

Die Jungen begannen zu tuscheln, die Alten nickten bedächtig. Brück schob Rauber vom Podium.

»Nun hör dir doch erst einmal an, was Cyril Schwierz vorhat, Rauber! Er will groß investieren. Sicher profitiert auch deine Bank davon. Zuerst werden die Reste des Gemäuers abgetragen. Dann beginnen die Baumaßnahmen. Es soll ein Neubau entstehen. Mit allem Drum und Dran. Ein Dienstleistungsgebäude, das Besucher aus dem ganzen Saar-Lor-Lux-Raum anzieht. Ja, Schwierz ist sich sicher, dass sogar im Rhein-Main-Gebiet und in Paris Interesse besteht. Leute, das ist der Aufschwung, auf den wir schon so lange warten. Schauren wird ein stinkreicher Ort werden.«

Der Jubel war unbeschreiblich. Brück wurde von begeisterten Bürgern abgeküsst – und ebenso seine Frau, die First Lady. Ich musste feststellen, dass Lotte diesen Trubel genoss. Sie badete geradezu in der Begeisterung, die ihr Gatte unter den Schaurenern ausgelöst hatte. Sie strahlte wie an einem runden Geburtstag und bekam sogar feuchte Augen.

In diesem Augenblick begriff ich, dass Pierre Brück ihr etwas bot, was ich ihr nie würde bieten können: im Mittelpunkt der öffentlichen Aufmerksamkeit zu stehen, von allen Seiten Bewunderung und Respekt zu erfahren. Und sei es auch nur für etwas, was nicht sie, sondern ihre Gatte, der Bürgermeister, zustande gebracht hatte. Die beiden gehörten enger zusammen, als ich geglaubt hatte.

Ich konnte mir das nicht länger anschauen. Es machte mich traurig – zeigte es mir doch, wo Lotte wirklich hingehörte. Ich war schon am Ausgang der Halle, da entstand vorn ein Gerangel. Stimmen überschlugen sich. Es wurde sehr laut. Der Ton hatte sich schlagartig geändert, er war nicht mehr freudig und gelöst, er war hart und bedrohlich geworden. Es rumorte in der Mehrzweckhalle. Ich drehte mich um. Dabei beobachtete ich, wie ein vierschrötiger Mann sich durch die Menge zwängte und alle, die sich ihm in den Weg stellten, unsanft beiseite stieß.

Pierre Brück sah den Mann auf sich zukommen. Herrisch winkte er Straßer und Miller zu: Sie sollten ihm zu Hilfe kommen.

Die beiden Kollegen stürmten sofort los. Aber sie hatten einen weiten Weg zurückzulegen, quer durch die gesamte Halle. Der dicke Alain Miller stieg über Stuhlreihen, und selbst Straßer spurtete. Doch die Polizisten konnten nicht verhindern, dass der Alte vor ihnen Bürgermeister Brück erreichte und ihm das Mikro entriss. Seine Stimme klang über die Verstärkeranlage wie ein Gewitter.

»Hört mir zu, Schaurener! Der Wackesberg wird nicht in deutsche Hände fallen. Nicht solange ich lebe!«

Jetzt erst erkannte ich ihn: Es war der alte Hagenau, ein Säufer, den ich schon oft mit einer Flasche Wein auf dem Marktplatz hatte sitzen sehen.

Brücks Parteifreunde aus dem Gemeinderat packten ihn und wollten ihm das Mikro wegnehmen. Aber plötzlich standen zwei kräftige, junge Kerle, die ebenso abgerissen aussahen wie der Alte, neben ihm und vertrieben die Honoratioren mit Faustschlägen.

Die Nase des Alten – ein Hüne von fast zwei Metern, knochig und grob wie ein Klotz – war feuerrot vom Wein, seine grauen

Haarstoppel standen wirr nach oben, seine Haut war faltig und wirkte ungesund. Seine Stimme klang rau und böse. Er schien sich jeden Moment an seiner Zunge zu verschlucken.

»Ich sage euch. Ihr werdet es büßen! Dafür werde ich sorgen, das schwöre ich euch. Joseph Hagenau und seine Söhne werden nicht hinnehmen, dass ihr den Wackesberg den Nazis überlasst!«

Jetzt hatten Miller und Straßer das Podium erreicht. Sie fackelten nicht lange. Schließlich ging es um den Bürgermeister. Die Polizisten setzten ihre Gummiknüppel ein, die schwarzen Stöcke tanzten über den Köpfen.

Der Alte ging sofort zu Boden. Die beiden Kerle an seiner Seite – offenbar Joseph Hagenaus Söhne – wollten ihrem Vater zu Hilfe eilen, aber Straßer stellte sich ihnen in den Weg. Vor dem alten Dorfpolizisten mit dem Schlagstock hatten sie Respekt. Die Kampfhähne standen sich eine Weile regungslos gegenüber – von den Schaurenern ängstlich beobachtet. Doch als niemand mehr einen Angriff wagte, entspannte sich die Situation. In der Halle kehrte Ruhe ein.

Alain half dem Alten auf und führte ihn zu seinen Söhnen, die ihn sofort unterhakten. Dann drängten Straßer und Miller die Hagenaus zum Ausgang. Die Schaurener wichen vor ihnen zurück.

Pierre Brück hatte sich überraschend schnell wieder gefangen.

»Nun, wir kennen unsere Pappenheimer und wissen, was wir von solchen Auftritten zu halten haben. Da unser Polizeichef sich vorhin so engagiert hat, kann er jetzt gleich seines Amtes walten.« Er wedelte mit der Linken, als müsste er mich ermutigen, näher heranzutreten. »Ich möchte vor Zeugen zu Protokoll geben, dass der hier ansässige Joseph Hagenau, ein polizeibekanntes Subjekt, und seine vorbestraften Söhne gedroht haben, den Verkauf des gemeindeeigenen Gebietes Wackesberg mit Gewalt zu verhindern. Nur falls was passiert. Haben Sie das verstanden, Herr Bollinger?«

Alles schaute auf mich.

»Sicher, Herr Bürgermeister.«

Pierre Brück blickte mich lange schweigend an – viel zu lange. Er machte nicht den Eindruck, als wäre er sehr zufrieden mit mir.

Draußen war alles ruhig. Schauren lag wie im Schlummer. Als wäre nichts geschehen. Nur der Brandgeruch, der immer noch in der Luft lag, irritierte meine Nase ein wenig.

Miller und Straßer hatten die Hagenaus zu dem kleinen Parkplatz neben der Halle gebracht. Jetzt waren sie dabei, die Störenfriede auf ihren Traktor zu bugsieren.

Kaum saß er oben, begann der Alte wieder zu schimpfen. Worauf, war nicht ganz klar. Er drohte damit, alles in die Luft zu sprengen. Und immer wieder kam er auf Pierre Brück zurück.

»Der Verräter! Deutschenfreund! Sitzt mit ihnen an einem Tisch. Kein Wunder, im Bett hat er ja auch eine Deutsche. Ich habe mein Leben lang immer genau gewusst, wo ich meinen Schwanz reinstecken kann und wo nicht.«

»Das geht zu weit«, sagte ich und schaute Louis Straßer an.

Doch Straßer zuckte nur mit den Achseln.

»Das ist bloß ein alter Schwätzer. Der hat Lotte Brück höchstens mal von weitem gesehen.«

»Die deutsche Sau!«, schimpfte der alte Hagenau und spuckte aus.

Miller packte das Handgelenk des Alten und zog ihn mit einem Ruck vom Traktor.

Hagenau schlug sich an der Verkleidung des rechten Hinterrades die Stirn auf. Sofort floss Blut. Miller ließ ihn los und nahm ein paar Schritte Abstand. Mit fremdem Blut wollte er nicht in Berührung kommen.

Seine Söhne halfen dem Alten auf die Beine und drückten ihm ein zerfleddertes Tempotaschentuch auf die Wunde. Von uns rührte sich niemand. Ich hatte zwar eine ganze Packung Taschentücher in meiner Jackentasche, aber nach den üblen Beschimpfungen dachte ich nicht daran, dem Alten eines davon anzubieten. Schließlich hatte er Lotte beleidigt. Egal, wie sie sich auch benahm, seit der Wackesberg abgebrannt war: Sie war immer noch meine Lotte. Aber ich hätte mich auch für jede andere Frau eingesetzt. Ein Mann sollte nicht zulassen, dass ein verkommener Kerl wie der alte Hagenau in aller Öffentlichkeit eine Frau derart beschimpft.

Die beiden Söhne schoben ihren Vater auf den Traktor. Dann stiegen sie, ohne uns eines Blickes zu würdigen, ebenfalls auf. Einer der beiden startete die Zugmaschine – und schon tuckerten die drei grußlos davon.

Meine Kollegen wichen nicht von der Stelle, bis die Hagenaus am Ende der Schaurener Hauptstraße in dem kleinen Wäldchen verschwunden waren, in dem sie hausten. Erst danach kehrten wir in die Halle zurück.

Drinnen scharten sich die Schaurener um ihren Bürgermeister. Sie bemitleideten ihn – als hätte er bei dem Vorfall die schlimmsten Blessuren davongetragen. Lotte saß wieder auf ihrem Platz in der ersten Reihe. Sie war bleich. Ihr Blick war starr nach vorne gerichtet, sie schien nicht wahrzunehmen, was auf dem Podium vor sich ging.

Die Mitglieder des Gemeinderates setzten sich nieder. Pierre Brück nahm das Mikrofon zur Hand und beendete – deutlich derangiert – die Gemeindeversammlung.

»Wenn jemand noch Fragen zu dem Projekt hat, so bitte ich ihn, sich an mich oder den Gemeinderat zu wenden. Wir werden uns alle Mühe geben, etwaige Bedenken zu zerstreuen. Und nun, kommt gut nach Hause und vergesst nicht: Auch wenn es schwarze Schafe unter uns gibt, wir sind doch eine Herde und rücken eng zusammen, wenn Gefahr droht. Gute Nacht, Leute.«

Auf dem Weg zum Revier erklärten mir meine Kollegen knapp und – wie es ihre Art war – drastisch, was es mit den Hagenaus auf sich hatte.

Die Familie lebte schon seit Jahrzehnten abseits des Dorfes auf einem heruntergekommenen Hof. Mit nichts als ein paar alten

Hühnern und einem Pferch mit einigen mageren Schweinen. Die Mutter, die nur Geschimpfe, Schläge und harte Arbeit hatte aushalten müssen, war nach der Geburt des Jüngsten gestorben. Dieser Charles sei etwas aus der Art geschlagen, meinte Straßer, er käme nach der Mutter, die unter der Isolation der Hagenaus gelitten habe.

Aber der Alte, Joseph, habe halt immer seinen Kopf durchgesetzt. Nicht einmal Dr. Chariot, der sonst die Güte und Menschenliebe in Person sei, setze noch einen Fuß über die Schwelle des verkommenen Anwesens im Wald. Die drei Männer lebten dort in einer unvorstellbaren Verwahrlosung. Sie würden sich nur selten waschen und seit Jahren dieselben alten Kleider tragen. Sie bezogen keine Zeitung, sie besaßen kein Radio und erst recht keinen Fernseher. Warum auch? Wenn die anderen Bewohner Schaurens sich abends müde in ihren Sesseln niederließen, um die letzten Nachrichten anzuschauen oder Musik zu hören, seien die Hagenaus schon sturzbetrunken.

Die Familie lebte von der Sozialhilfe. Sie lag der Gemeinde auf der Tasche, was viele Bürger besonders aufbrachte, wenn die Hagenaus sich wieder mal in der Mittagsonne auf dem Marktplatz breitmachten und Wein aus Tetrapaks süffelten.

Seit dem Tod der Mutter habe sich höchstens mal eine der Säuferinnen, die ziellos durch die Gegend zogen, in das Haus der Hagenaus verirrt. Diese Frauen seien aber nur verprügelt und im Suff herumgereicht worden. Deshalb habe es keine lange dort ausgehalten.

Vor ein paar Wochen aber hätten die Hagenaus eine Fremde angeschleppt. Angeblich hatte Charles sie in Polen aufgegabelt. Eine Weile sah es so aus, als bewirke die sorgende Hand der jungen Polin, die da draußen nun den Haushalt führte, ein Wunder: Die Hagenaus hätten sich die Haare geschnitten, sie hätten ihre alten Klamotten weggeschmissen und sich neue Kleider gekauft. Sie seien sogar ab und zu in Geschäften des Ortes gesichtet worden – nüchtern. Und gestunken hätten sie auch nicht mehr.

Allerdings sei das arme Ding bald ebenso verkommen wie die

Hagenaus. Die Männer ernährten sich also wieder von Schnaps und begingen noch öfter als vorher kleine Gaunereien – schließlich hatten sie jetzt ein Maul mehr zu füttern. Allerdings achtete der alte Hagenau darauf, dass seine Bagage niemals in Schauren kriminell wurde. Sie seien wie wilde Tiere, und die würden ihr eigenes Nest auch nicht beschmutzen, erklärte Alain Miller lakonisch.

Miller war es auch, der sich noch daran erinnern konnte, dass Charles, der jüngere Sohn, in der Schule gerne Gedichte vorgetragen hatte und vom Lehrer dafür oft gelobt worden war. Als er aber einmal mit einem Wisch nach Hause kam, auf dem der Schulleiter dem Vater ans Herz legte, seinen begabten Sohn aufs Gymnasium nach Metz zu schicken, habe der ihn so verprügelt, dass Charles von Stund an ebenso dumm und faul wurde wie sein älterer Bruder Luc.

In Schauren fielen die Hagenaus nur selten auf. Meistens bei Dorffesten oder an der Kirmes. Dann ließen sie sich volllaufen und randalierten. Auch auf politischen Veranstaltungen seien sie – wegen des Freibieres, das da ausgeschenkt wurde – häufig Gäste. Wenn man ihnen den Alkohol verweigerte, wurden sie laut. Die politische Farbe der Partei spielte dabei keine Rolle. Der Alte sei, wenn er was getrunken habe, jedenfalls ein schreckliches Großmaul und ein Quertreiber durch und durch, was er heute ja mal wieder bewiesen habe.

»Die drei kommen mir vor wie eine Bande Ganoven aus einem Märchen«, sagte ich amüsiert.

Straßer wies mich jedoch darauf hin, dass ich die Hagenaus nicht unterschätzen dürfe. In St. Avold und selbst in Pirmasens seien sie den Kollegen schon öfter durch ihre außergewöhnliche Aggressivität aufgefallen.

»Im Übrigen wissen wir nicht, was die sonst noch so alles treiben. Nur eines ist klar: Arbeiten tut keiner von denen.«

»Na ja, so ist es auch nicht, Louis«, wandte Alain ein. »Sie flicken kaputte Autos. Schwarz natürlich. Nicht wenige Schaurener wissen das zu schätzen – bei den Preisen in der Werkstatt.«

Straßer wollte etwas entgegnen, aber in diesem Moment betrat Pierre Brück das Revier. Der Bürgermeister war immer noch sehr erregt. Er musste sich setzen und bat um ein Glas Wasser. Miller beeilte sich, ihm seinen Wunsch zu erfüllen.

»Diese Hagenaus. Dass uns ausgerechnet diese Brüder in die Parade fahren!«, seufzte Brück.

Ich hatte den Eindruck, dass er schauspielerte. Grandios zwar, aber nicht ohne Kunstanstrengung.

Louis Straßer versuchte den Bürgermeister zu beruhigen. Aber auch er klang sehr angestrengt.

»Pierre, um die musst du dir keine Sorgen machen. Die haben wir im Griff.«

Brück schüttelte fassungslos den Kopf.

»Das hätte nicht passieren dürfen. Niemals!« Er krallte sich in Straßers Uniformärmel und sprach fast flehend: »Mensch, Louis, stell dir bloß vor, der Investor hätte diesen Auftritt der Hagenaus miterlebt!«

Straßer klopfte ihm auf die Schulter. »Wird nicht wieder vorkommen, Pierre. Mein Wort drauf!«

Brück schaute mich und Miller an. »Was ist mit euch beiden? Seht ihr das auch so?«

Das war es also, was der Bürgermeister brauchte. Einen Pakt. Deshalb die Schauspielerei. Alain Miller war verlegen, er bekam nur ein Nicken zustande. Brück sah mich an.

»Herr Bollinger, Sie wissen, was auf dem Spiel steht. Ich will nicht, dass die Investoren verschreckt werden. Es hat einige Raffinesse gekostet, ein zahlungskräftiges Konsortium für den heruntergekommenen Flecken zu interessieren. Im Übrigen hat Schwierz auch ein Baugrundstück auf der deutschen Seite der Grenze im Blick. Es herrscht also Konkurrenzdruck.« Er wandte sich wieder Straßer zu. »Vielleicht wäre es von Vorteil, wenn ihr den Hagenaus einen Besuch abstatten und sie noch einmal gehörig zusammenstauchen würdet.«

Das ging zu weit. Wir waren dazu da, die öffentliche Ordnung zu sichern, aber wir waren nicht der Stoßtrupp des Bürgermeisters, wenn es um die Grundstücksgeschäfte der Gemeinde ging.

»Warum hat die Familie Hagenau denn so heftig auf den Verkauf des Wackesberges reagiert?«, erkundigte ich mich.

Brück schaute zu Straßer, zu Miller, dann wieder zu mir.

»Mein Gott, Bollinger, das fragen Sie noch? Die Hagenaus sind Querulanten und Unruhestifter aus Prinzip.«

»Wir sind momentan etwas überlastet, *monsieur le maire*«, erklärte ich steif. »Schließlich haben wir einen Toten am Hals. Vielleicht sogar einen Mordfall. Zumal solche Hausbesuche meiner Ansicht nach nicht zu den Aufgaben der Polizei gehören ...«

Pierre Brück trank sein Glas leer. Er hustete, stellte es ab – und lächelte. Er lächelte uns an, als hätten wir bei einer Flasche Rotem über etwas ganz und gar Belangloses wie Politik oder das Wetter gesprochen.

»Sie haben ja recht, Herr Bollinger. Bitte entschuldigen Sie die Störung. Ich bin eben auch nur ein einfacher Bürgermeister, der seine Sorgen hat ...«

»Ich kann ja abends mal privat bei dem alten Joseph vorbeischauen«, schlug Straßer vor.

»Ach, lass es gut sein, Louis, ihr habt wirklich genug zu tun. Mit dem Toten im Gebälk.«

Brück ging zur Tür, die Last der ganzen Welt ruhte auf seinen Schultern. Dann wandte er sich noch einmal um.

»Aber wenn nur die kleinste Kleinigkeit passiert, wenn unser Partner aus Frankfurt verstimmt wird, Bollinger – dann mache ich Sie dafür verantwortlich. *Au revoir!*«

Am nächsten Tag machten wir die Probefahrt mit Millers Sharan. Ich durfte vorne neben ihm sitzen. Der Wagen gefiel mir. Man saß wie in einem klimatisierten Reisebus.

Wir fuhren die kerzengerade Strecke von Schauren nach St. Avold. Es handelte sich um eine dieser typischen nordfranzösischen Straßen – dreispurig und endlos fraß sie sich über unzählige Hügel, durch unzählige kleine Täler. Und manchmal konnte man über die Unebenheiten der Weidelandschaft hinweg bis zum Horizont sehen. Vor allem von meiner privilegierten Position auf dem erhöhten Beifahrersitz aus.

Miller gab Gas. Im Nu war der Sharan auf 140 Stundenkilometern. Alain war in seinem Element.

»Wollt ihr Musik hören? Ich habe mir einen CD-Player einbauen lassen.«

»Sie wissen aber, dass hier nur 100 Stundenkilometer erlaubt sind?«, fragte ich.

»Aber für uns doch nicht«, entgegnete Alain.

Ich sah ihn an – und bemerkte, dass er es ernst meinte. Er drückte irgendwelche Knöpfe an der CD-Anlage, dabei geriet er auf die Mittelspur, die beiden Fahrtrichtungen zum Überholen vorbehalten war.

Die Bässe dröhnten, ich hielt mir die Ohren zu. Doch es nützte wenig, die enormen Schwingungen durchdrangen den ganzen Körper.

»Was ist das denn?!«, brüllte Louis hinter mir.

Alain Miller strahlte vor Stolz. »Habe ich mir von Amazon kommen lassen. Richtig harter Rock.«

Es war ein höllischer Lärm. Der Text war nicht zu verstehen. Nur französische Wortfetzen drangen durch. Ich hörte etwas von der Größe der Nation, von den fremden Giften, die das gesunde Frankreich auffraßen.

»Stell das ab!«, befahl Louis.

Miller reagierte nicht. Louis beugte sich über meine Schulter und drückte auf den Powerknopf.

Stille. Nicht mal das Motorengeräusch des Sharan war noch zu hören.

»Was hast du denn bezahlt für die Kiste?«, wollte Straßer wissen.

»Das ist eine Anschaffung fürs Leben«, beteuerte Miller. »Ich habe einen Kredit aufgenommen. Und wie gesagt, meine Mutter hat …«

»Ja, ich weiß, sie hat was dazugegeben«, unterbrach Straßer genervt. »Und was ist, wenn du die Kiste zu Schrott fährst oder man sie dir klaut? Dann hast du ein kleines Vermögen verschleudert.«

»So einen Wagen kannst du gar nicht zu Schrott fahren. Das ist wie bei einem LKW. Wenn du damit gegen einen Baum fährst, ist der Baum hin – und deine Stoßstange, mehr aber auch nicht.«

»Also ich schwöre auf meinen alten Citroën«, maulte Straßer. »So eine Rostlaube klaut keiner.«

Miller wandte sich langsam zu ihm um – bei 140 km/h.

»Der VW Sharan hat eine Wegfahrsperre, den bewegt nicht mal Arsène Lupin von der Stelle. Wenn die Deutschen eines wirklich können, dann Autos bauen.« Der letzte Satz war für mich bestimmt.

»Man kann jedes Auto stehlen«, sagte ich.

»Das hier nicht!«, fuhr Miller mich an. »Der Sharan hat ja nicht nur eine übliche Wegfahrsperre. Er hat irgendwo in der Karosserie einen Chip versteckt. Wenn jemand den Wagen nur einen Meter gegen meinen Willen bewegt, beginnt dieser Chip, Signale an einen Navigationssatelliten zu senden. In zehn Minuten hat die nächste Polizeistreife den Dieb samt Auto gestellt. Die Technik, die dieser Sharan an Bord hat, ist das Ende der Autodiebe. Es ist einfacher, eine Bank zu überfallen und sich von der Beute ein gutes Auto zu kaufen, als dieses Auto zu stehlen.«

»Wollen wir hoffen, dass dein Kumpel aus Forbach dir keinen Quatsch erzählt hat«, sagte Straßer. »Du weißt ja, dass im Grenzgebiet gerade viele Autos gestohlen werden.«

»Vielleicht Daimler und Renaults. Aber kein VW Sharan!«

»Gut«, sagte Straßer und schaute gelangweilt aus dem Fenster. »Dann führ uns an der nächsten Kreuzung mal den Wendekreis von diesem Wunderauto vor. Wird Zeit, dass wir nach Hause kommen. Oder glaubst du, du kommst drum rum, im ›Forêt de Schauren‹ eine Runde auf deinen neuen Sharan auszugeben?«

5. KAPITEL

Endlich hatte ich einen Internetanschluss. Es hatte Wochen gedauert, bis die Leitung vom Hauptraum, in dem hinter einem großen Tresen die Kollegen Straßer und Miller residierten, in mein Büro gelegt worden war. Die beiden machten keinen Hehl daraus, dass sie die Investition für überflüssig hielten. Schließlich stand ein netzfähiges Terminal bei ihnen, das so gut wie nie benutzt wurde: Louis Straßer hielt Computer für eine Verirrung der technischen Intelligenz; seiner Meinung nach würde sich diese »Erfindung« auch nie durchsetzen, was man an der geringen Computerdichte in Schauren sehen könne. Alain Miller hingegen war zwar ein wahrer Computerfanatiker, und ich hatte zu Anfang sogar die leise Hoffnung, mit seiner Hilfe einen Großteil unserer Routinearbeiten auf Computerbasis verrichten zu können. Dann stellte sich jedoch heraus, dass er die Zeit, die er an dem Terminal saß, ausschließlich mit Spielen oder auf Pornoseiten verbrachte, was ich ihm daraufhin per dienstlicher Weisung strikt untersagte. Seither tat er so, als existierte auf unserem Revier kein Computeranschluss.

Eine Weile hatte ich den Verdacht, dass sich die Installation meines Anschlusses durch Louis Straßers Verschulden hinauszögerte. Der Elektriker, der den Auftrag bekommen hatte, war – natürlich – ein Freund von ihm. Der Mann kam alle paar Tage vorbei, um Straßer ein neues Ersatzteil für die Elektropumpe seines Aquariums einzubauen – die Pumpe funktionierte dennoch nicht, und Morgen für Morgen schwammen tote Zierfische in der Brühe. Tote Zierfische, die die Steuerzahler bezahlen mussten. Wenn ich den Elektriker aber danach fragte, wann ich endlich meinen Internetanschluss bekäme, redete er sich immer heraus: Mal waren die Kabel noch nicht da, mal hatten gerade andere Aufträge Vorrang.

Aber wie gesagt: Jetzt hatte ich endlich meinen Anschluss und konnte morgens erst mal per Internet die Situation sondieren, bevor ich anfing, den Stand der laufenden Ermittlungen zu überprüfen.

So stieß ich in der Woche nach dem Brand bei ›Spiegel Online‹ auf eine interessante Meldung. Ein britischer Wissenschaftler hatte das Hormon Oxytocin untersucht und nachgewiesen, dass Sex bis zu einer Woche lang Nervosität lindern konnte. So waren die Probanden eines Großversuches bei öffentlichen Auftritten weit weniger aufgeregt, wenn sie vorher Sex gehabt hatten. Stuart Brody, so hieß der Sexualwissenschaftler, hatte bei seinen Forschungen entdeckt, dass die allgemein bekannte euphorisierende Wirkung nicht etwa nur, wie bisher angenommen, ein paar Stunden anhielt, sondern bis zu einer Woche. Der Wissenschaftler hatte 22 Männer und 24 Frauen über 14 Tage hinweg sich sexuell betätigen lassen. Dann mussten die Versuchskaninchen vor einem größeren Publikum eine Rede halten oder Rechenaufgaben lösen. Der Wissenschaftler unterschied drei Arten von sexueller Betätigung: Petting, Verkehr mit vaginaler Penetration und Selbstbefriedigung.

Das Ergebnis war verblüffend: Diejenigen, die richtigen Geschlechtsverkehr gehabt hatten, zeigten die wenigsten Anzeichen von Stress bei ihren öffentlichen Auftritten. Ihr Blutdruck wurde während der Tests ständig gemessen und aufgezeichnet. Sie hätten die stabilsten Werte gehabt, und es wäre kaum zu Ausschlägen nach oben gekommen, schrieb Brody im Fachblatt ›Biological Psychology‹. Selbstbefriedigung und Petting hätten auch eine gewisse beruhigende Wirkung gehabt, seien aber weniger effektiv gewesen. Am schlimmsten sei das Lampenfieber bei den Teilnehmern gewesen, die in den zwei Wochen vor ihrem Auftritt gar keinen Sex gehabt hätten. Der Wissenschaftler vermutete, dass die beruhigende Wirkung von Sex durch das Oxytocin hervorgerufen wurde; dieser Botenstoff werde im Volksmund »Kuschelhormon« genannt und entfalte eine euphorisierende, aber eben auch eine beruhigende Wirkung. Die Oxytocin-Ausschüttung könne auch erklären, warum die Stress senkende Wirkung von Sex nicht nur unmittelbar nach dem Orgasmus auftrete, sondern lange anhalte. Um Verzerrungen der Studie auszuschließen, hatte Brody für jeden Probanden ein psychologisches Profil erstellt, das über die Anfälligkeit für Stress und Angstzustände Auskunft gab. Auch die Zufriedenheit in der Partnerschaft und die Arbeitssituation wurden berücksichtigt. Dennoch blieb die sexuelle Aktivität zwischen liebenden Partnern laut Brody die beste Erklärung für die Nervenstärke während der Stresszustände.

Als ich das las, wusste ich sofort, was mit mir geschehen war. Ich hatte einen Weg gefunden, meine darniederliegende Oxytocin-Ausschüttung zu erhöhen. Dank Lotte. Seither ging es mir besser.

Natürlich war mir schon lange klar gewesen, dass meine asketische Lebensweise ein Grund für die Unausgeglichenheit und die Fehleinschätzungen in meinem Leben war. Ich hatte auch etwas dagegen unternommen – nicht zuletzt auf die Ratschläge von Dr. Backes hin. Allerdings war ich von einer falschen Voraussetzung ausgegangen. Ich hatte angenommen, dass mir nur Sex fehlt. Ganz normaler heterosexueller Sex.

Den habe ich in Saarbrücken gesucht. Krampfhaft. Ich bin mir sicher, dass ich dabei nicht die übliche Figur abgegeben habe: also nicht den sabbernden, ausgehungerten Junggesellen. Schließlich trieb mich nicht mein Testosteron-Überschuss an – in dieser Hinsicht bin ich eher unterdurchschnittlich ausgestattet. Mich hat noch nie ein starker Sexualtrieb gequält. Nein, was mich auf die Partys meiner Kollegen getrieben hatte, war die Gewissheit, dass sich mein Zustand verbessern würde, wenn ich endlich Sex hatte. Mir hing die Zunge nicht aus dem Mund, ich hinterließ eher einen relaxten, einen sehr gefestigten und überlegenen Eindruck bei der Saarbrücker Damenwelt. Trotzdem kam ich, außer im Eros-Center an der Brebacher Landstraße, kaum zum Zug.

Vielleicht muss man, um heutzutage sexuell anzukommen, einfach so etwas wie plumpe Geilheit verströmen. Damit konnte ich nicht dienen, also reagierten die jungen Frauen, mit denen meine Kollegen verkehrten, auch nicht auf mich. Und die, die reagierten, wollten eigentlich keinen Sex (zumindest nicht mit mir), sondern gute Gespräche. Und wenn es trotz aller negativen Vorzeichen dennoch zum Vollzug kam, so war der nicht dazu geeignet, meine geistige Verfassung wirklich zu verbessern.

Ich hatte mich immer gefragt, wieso, denn ich hatte doch alles richtig gemacht. Heute weiß ich es: Es kommt darauf an, mit wem man Sex hat. In Saarbrücken habe ich die Partnerin, die meine Oxytocin-Ausschüttung nachhaltig hätte anregen können, nicht gefunden. Ich will nichts Schlechtes über die Frauen sagen, die mir in dieser schweren Zeit begegneten: Sie waren schön und klug und hatten Charme. Aber was ihnen fehlte, war eine göttliche Seele.

Lotte hatte so eine Seele.

Die Ausbeute der Spurensicherung war ziemlich dürftig gewesen. Nicht, dass ich den Kollegen aus Metz misstraut hätte. Aber mir erschienen die knappen zwei Stunden, die sie das Gelände durchkämmt hatten, doch etwas wenig Zeit zu sein angesichts der Schwere der Tat, mit der wir es zu tun hatten.

Ich telefonierte täglich mit der Kriminalpolizei. Aber diese Telefonate wurden immer einsilbiger. Man war in Metz zu der Auffassung gelangt, dass es sich um Selbstmord handelte. Die Identität des Toten konnte auch nach einer Woche noch nicht festgestellt werden – die Kollegen nahmen einfach an, dass wir es mit einem Landstreicher zu tun hatten. Mit einem Menschen ohne Verwandte, die ihn vermissten. Mit einem Heimatlosen. In solchen Fällen hätten die Ermittler wenig Möglichkeiten, sagte man mir. Und dann deutlicher: Ich sollte endlich Ruhe geben und mich um meine eigentlichen Aufgaben als Leiter eines ländlichen Polizeireviers kümmern.

»Aber es gibt Hinweise auf ein Gewaltverbrechen.«

»Welche denn?«

»Den Brand.«

»Den hat der Blödmann wahrscheinlich selbst ausgelöst.«

»Das ist technisch nicht möglich. Er muss gelegt worden sein.«

»Brandstiftung ist eine andere Baustelle. Für uns ist die Sache erledigt, Kollege.«

»Aber dieser Tote – man muss doch feststellen, wie er zu Tode gekommen ist. Auch wenn er ein Landstreicher war. So jemand hat doch auch eine Geschichte. Warum hat er sich erhängt?«

»Keine Ahnung. Wahrscheinlich war er besoffen. Wir haben andere Probleme als besoffene Idioten.«

»Unter jedem Grabstein ruht ein Stück Weltgeschichte.«

»Was?«

»Unter jedem Grabstein ruht ein ...«

Es knackte. Der Metzer Kripomann hatte aufgelegt.

Auch zwei Tage nach dem Ereignis war das Gelände noch abgesperrt. Der Bürgermeister hatte einen mobilen Bauzaun aufstellen lassen. Er wolle nicht, dass jemand in der Ruine herumstreunte und sich verletzte, hatte er erklärt.

Ich schob zwei Betonfüße des Zaunes auseinander und betrat das Grundstück. Es roch immer noch nach dem Brand. Der Boden war mit schwarzer Asche bedeckt.

Im Bericht der Metzer Berufsfeuerwehr war von einer Feuerstelle die Rede gewesen, von der aus der Brand sich ausgebreitet haben könnte. Ich fand in dem Gemäuer wirklich ein tiefschwarzes Loch, das mit Steinen umgeben war. Über den Steinen lag ein Rost. Darauf hatte die Konservendose gestanden, die ich zusammen mit dem Schuh in meinem Schreibtisch aufbewahrte – die einzigen Fundstücke vom Tatort. Wahrscheinlich hatte sich der Tote etwas zu essen aufgewärmt.

Aß man sich noch satt, wenn man vorhatte, sich aufzuhängen? Ein Henkersmahl, das gab es in US-Gefängnissen – kurz vor der Vollstreckung der Todesstrafe. Aber ein Landstreicher oder einer, der auf der Flucht war und sich umständlich ein karges Essen in einer Dose über dem Feuer erhitzen musste – der verzichtete doch lieber auf die aufreibende Prozedur, wenn er wenig später sowieso von irdischen Bedürfnissen erlöst war. Wenn etwas dagegen sprach, dass der Mann sich selbst erhängt hatte, dann die Feuerstelle. Allerdings musste ich mir auch eingestehen: Nichts bewies, dass diese Feuerstelle am Abend des Brandes benutzt worden war. Vielleicht hatten öfter Landstreicher in der Ruine des Wackesberges übernachtet und sich dort etwas gebrutzelt.

Ich hatte einen Klappspaten dabei und begann, vorsichtig die oberste Schicht Asche rund um die Feuerstelle abzutragen. Es dauerte nicht lange, da stieß ich auf einen Löffel – von der Hitze grotesk verbogen. Ein weiteres Indiz. Möglicherweise hatte der Tote also doch hier gegessen oder es zumindest vorgehabt. Ein anderer Landstreicher hätte seinen Löffel nicht zurückgelassen.

Ich ging zu der Stelle, wo die Leiche gefunden worden war. Dort war die Rußschicht noch dicker. Ich schippte etwa zwanzig Zentimeter in die Tiefe – da stieß ich auf etwas, was metallen schepperte, sobald es mit dem Spaten in Berührung kam. Es war noch warm – so tief hatte es gelegen. Ich begutachtete es von allen Seiten. Ein deformiertes Stück Metall. Nicht größer als ein Dessertteller. Wie das Objekt eines modernen Künstlers. Schwer zu sagen. Ich legte es zur Seite und schippte weiter.

Der Staub wirbelte hoch. Es wurde mir heiß. Der Ruß verklebte mir Nase und Augen. Nach etwa einer halben Stunde gab ich es auf. Nichts. Außer dem Löffel und dem undefinierbaren Stück Metall, das einmal alles Mögliche gewesen sein konnte. Vielleicht ein Überbleibsel aus der Zeit, als auf dem verwunschenen Wackesberg noch gearbeitet worden war.

Ich musste mich ein paar Schritte von der Ruine entfernen, um freier atmen zu können. Von der Rückseite des Wackesberges aus hatte man einen schönen Blick über die Felder, bis hinunter zum

Fluss. Vielleicht hatte der Investor aus Frankfurt ja einen guten Griff getan. Hier konnte wirklich etwas entstehen.

Ich ging noch ein paar Schritte in Richtung der Felder. Da sah ich es. Eine Fußspur führte vom Zaun herüber auf den Wackesberg. Es waren klobige Schuhe, die gleichen, wie der Erhängte sie getragen hatte. Und was mir sofort auffiel: Die Spur war unregelmäßig, er hatte einen Fuß nachgezogen. Unser Toter hatte gehumpelt.

Ich hatte ihn: den Zipfel, den man braucht, um eine Ermittlung in einem Mordfall zu beginnen.

Louis und Miller bestaunten das Metallstück. Louis rieb sich das Kinn.

»Sieht aus wie eine Trophäe. Vielleicht etwas, was mit Sport zu tun hat. Wenn der Tote ein Sportler war und seine Siegertrophäe mit sich rumgeschleppt hat ...«

Ich hielt das für verstiegen. Welcher Sportler nimmt seine Trophäen mit, wenn er seinen letzten Weg antritt?

»Landstreicher haben manchmal eine Sammlung von verrückten Dingen dabei, die sie aus ihrem alten Hausstand behalten haben«, erklärte Louis.

»Aber dann hätten wir sicher noch mehr gefunden als diese Trophäe«, warf ich ein.

»Und wenn der Rest verbrannt ist?«

Louis hatte recht: Das Metallstück konnte durchaus das Überbleibsel aus dem verbrannten Hab und Gut eines Landstreichers sein.

Alain Miller hatte sich noch gar nicht geäußert. Mir schien, ihm fehlte einfach die nötige Fantasie, um aus diesem zerbeulten Etwas die Vision eines Gebrauchsgegenstandes zu entwickeln. Er war eben doch bloß ein fleißiger Fußgänger, wie wir die Kollegen nennen, die sich mangels Inspiration ihre bescheidenen Erfolge mühsam erlaufen müssen.

Immerhin nahm er das Fundstück in die Hand und drehte es

mehrmals nach allen Seiten. Dann hatte er plötzlich eine Position gefunden, die ihm zusagte. Wie ein Kind, das ein fremdes Spielzeug ausprobiert. Miller richtete die Spitze des Beweismittels auf mich und sagte: »Peng!«

Straßer und ich schauten uns an. Straßer nickte.

»Alain hat recht. Es war mal eine Waffe!«

Ich ließ mich auf einen Stuhl fallen.

»Also doch – ein gewaltsamer Tod.«

»Nur langsam mit den jungen Pferden«, sagte Louis unwirsch. Er witterte die Arbeit, die nach diesem Fortschritt auf ihn zukam. »Die Waffe kann seit ewigen Zeiten dort gelegen haben, sie muss nichts mit dem Erhängten zu tun haben.«

»Der Hund!«, fiel mir ein. »Der verbrannte Hund. Darüber haben wir uns noch gar keine Gedanken gemacht. Wo kam er her? Und wo ist er hin?«

Louis breitete die Arme aus. »Ich dachte, das wüssten Sie, *patron*.«

»Was?«

»Das war Petrus – der Hund der Hagenaus. Deshalb haben wir auch kein Wort mehr darüber verloren.«

6. KAPITEL

Das Haus war einstöckig und unverputzt. Das Gemäuer bestand aus schweren, kantigen Bruchsteinen – wie viele Bauernhäuser in der Gegend. Nur machte dieses abseits stehende Haus einen selbst für hiesige Verhältnisse ungewöhnlich heruntergekommenen Eindruck. Fensterläden fehlten, die rostigen Scharniere, an denen sie einmal gehangen hatten, ragten schief aus den Fugen. An einigen Stellen war das Dach notdürftig mit Plastikplanen ausgebessert.

Die Straße, die zu dem Anwesen führte, war ein schlammiger Waldweg. Eine tief eingefahrene Spur endete direkt vor dem Haus. Dahinter war nur noch dichter Wald. Vor dem Anwesen verrotteten ausgeschlachtete Autowracks. Sie sahen aus wie Großwildkadaver. In einem ummauerten Geviert bedeckten unzählige Autoreifen eine schmutzige Plane.

Wir stellten unseren Wagen etwa hundert Meter vor dem Grundstück ab, die Straße war zu schlecht.

»Wenn sie uns kommen hören, verrammeln sie Türen und Fenster«, sagte Straßer. »Dieser Familie ist nicht mehr zu helfen. Sie sind wie ein Krebsgeschwür. Unheilbar. Wir würden wer weiß was dafür geben, dass sie endlich verschwinden. Aber sie haben einen Narren an Schauren gefressen, diese Hagenaus.«

Ich mochte es nicht, wenn er so redete. »Vielleicht sind die Hagenaus nur verwahrlost. Und vielleicht hat es sich Schauren auch zu leicht mit ihnen gemacht. Wissen Sie, Louis, jeder Ort hat seine Hagenaus. Und wenn man näher hinsieht, sind das oft nicht die Schlechtesten.«

Wir hatten das Haus erreicht. In einem Holzverschlag neben der Tür rumorte es. Ich klopfte gegen die Wand.

»Monsieur Hagenau!«

Drinnen wurde es still. Der Alte war sicher schwerhörig. Ich klopfte wieder. Da schoss ein Hund aus dem Verschlag hervor. Ich wich zurück. Er riss das Maul weit auf und zeigte seine alten, enterhakenähnlichen Reißzähne. Das Tier bellte mich wütend an. Das Echo des Bellens verhallte in den Wipfeln der hohen Bäume über uns. Seine schwarzen Augen schienen aus den Augenhöhlen zu fallen. Es war der kahle Hund vom Wackesberg. Petrus.

Zum Glück lag das Biest an einer schweren Kette. Doch es schien diese aus der Verankerung reißen zu wollen. Zwischen mir und ihm waren noch ein, zwei Meter, das Tier machte mich nervös.

Ich rief erneut nach Hagenau. Nichts.

Straßer rührte sich nicht. Ich musste etwas unternehmen, ich konnte mich nicht durch einen Hofhund von meinen Ermittlungen abhalten lassen. Aber der Köter bellte sich die Seele aus dem Leib. Seine stumpfen Augen wurden immer größer. Er war in dem Feuer auf dem Wackesberg irre geworden.

Ich ging ein paar Schritte um das Haus herum und rief noch mehrmals nach Hagenau.

Straßer stand derweil neben dem Auto auf dem Waldweg und wartete. Er ließ mich machen. Das war die Quittung dafür, dass ich ihn zur Vernehmung des alten Hagenau mitgeschleppt hatte. Obwohl Pierre Brück ihm die Überwachung der Familie ans Herz gelegt hatte, hätte Louis die Angelegenheit lieber mir überlassen.

Hinter dem Haus stieß ich auf einen trostlosen Pferch, in dem Schweine, Hühner und Gänse im Matsch herumirrten. Die Tiere waren schmutzig und ausgehungert. Dem Geflügel fehlten Federn. Das Vieh fand in dem Morast nichts mehr zu fressen.

An der Rückfront entdeckte ich eine Hintertür. Ich hatte sie noch nicht erreicht – da wurde sie aufgerissen.

Eine junge Frau erschien. Sie trug ein schmuddeliges Kleid, das einmal grün gewesen sein mochte. Ihre Beine waren nackt, und sie war barfuß. Ihr langes blondes Haar lag strähnig auf ihren Schultern.

Die Frau rannte an mir vorbei zu dem Pferch. Die Gänse und Hühner flatterten auf, die Schweine liefen quiekend davon.

Luc, der ältere der beiden Hagenau-Söhne, kam aus dem Haus. Ohne auf mich zu achten, jagte er hinter der Frau her.

Die Frau flüchtete in Richtung Wald. An der Grundstücksgrenze blieb Luc stehen. Er ballte die Faust.

»Bleib stehen!«, brüllte er. Dann flehend: »Lauf nicht weg!«

Sie aber rannte weiter. Sie war in Panik – wie sonst wäre sie auf die Idee gekommen, barfuß und mit nackten Beinen das Gestrüpp zu durchqueren, das hier am Waldrand wucherte?

Luc spurtete los. Er holte die Frau bei den ersten Buchen ein. Er riss sie herum. Er flehte, sie solle bleiben. Die Frau schlug ihm ins Gesicht. Luc erstarrte.

Plötzlich stand Joseph Hagenau neben mir.

»Was wollen Sie hier?«, fuhr der Alte mich an.

»Ich will mit Ihnen über den Wackesberg sprechen.«

»Verschwinden Sie!«

Ich versuchte, ruhig zu bleiben. »Warum wollen Sie verhindern, dass das Gelände verkauft wird?«

Der Alte schaute mich böse an. »Das verstehen Sie nicht, Sie kommen aus Deutschland …«

»Was ist mit Ihrem Hund? Waren Sie mit ihm dort?«

Der alte Hagenau musterte mich, dann grinste er hämisch und pfiff kurz und laut.

Instinktiv wandte ich mich um – und erstarrte vor Schreck: Der verrückte Hund erschien in der Hintertür. Ohne Kette. Der Alte musste ihn vorne ins Haus gelassen haben.

Ich war wie gelähmt: Ich sah nur die irren Augen des Tieres. Es bückte sich zum Sprung. Ich schützte meine Hoden, für meine Waffe war es zu spät. Ich schloss die Augen.

Ein Schuss fiel. Ich riss die Augen auf. Der Hund lag vor mir auf der Erde. Blut floss aus seinem Maul. Er röchelte. Es dauerte zwei, drei Sekunden, dann war er verendet.

An der Ecke des Hauses stand Louis Straßer. Seine Dienstpistole mit ausgestreckten Armen im Anschlag.

Der alte Hagenau brüllte und ging auf Straßer los. Straßer schwenkte die Pistole nur leicht. Er zielte jetzt auf den Alten. Joseph Hagenau blieb sofort stehen. So eine Pistole wirkt Wunder. Vor allem, wenn schon ein Schuss gefallen ist und man in ihre Mündung schaut.

Ich trat vorsichtig den Rückzug an. Als ich auf Straßers Höhe war, flüsterte ich: »Danke!«

»Los«, sagte er, »wir verschwinden hier, bevor die durchdrehen. Ich bin sicher, sie haben Waffen im Haus. Und der Alte hing an dem Köter.«

Straßer hatte gerade den Motor gestartet, als die Frau an die Scheibe klopfte.

Ich kurbelte die Scheibe herunter. Sie zeigte aufgeregt auf den Rücksitz – sie wollte mitgenommen werden.

»Steigen Sie ein!«

»Sind Sie wahnsinnig?«, zischte Straßer. »Das geht doch nicht.«

»Sollen wir sie etwa hier zurücklassen?«

»Was die Barbaren untereinander treiben, geht uns nichts an.«

Doch da war sie schon eingestiegen.

Straßer wendete und schoss davon. Ich wandte mich zu der blonden Frau um. Sie rieb sich die nackten Oberarme und zitterte. Dann sah ich es im Heckfenster: Die drei Hagenaus schoben eines der alten Schrottfahrzeuge an.

»Sie folgen uns«, sagte ich.

»Ich weiß.« Louis schaute in den Seitenspiegel und gab noch mehr Gas. Die Reifen drehten auf dem schlammigen Untergrund durch. Der Motor heulte auf. Auch die Frau im grünen Kleid schaute sich um. Als sie den Wagen der Hagenaus entdeckte, duckte sie sich auf der Rückbank – wie ein Tier in Todesangst.

Louis ächzte hinterm Steuer, und der Motor röhrte. Doch dann griffen die Räder, und wir wurden schneller. Als sie sich sicherer fühlte, setzte sich die Frau im Fond wieder aufrecht hin.

»Wie heißen Sie?«

Sie lächelte unsicher und schaute aus dem Seitenfenster – obwohl es dort nichts als Bäume und Gestrüpp, das gegen die Scheiben schlug, zu sehen gab.

Straßer klebte an der Windschutzscheibe. Er raste rücksichtslos durch die Schlaglöcher. Offensichtlich bedeuteten die Hagenaus hier draußen eine größere Gefahr für ihn als im sicheren Schauren. Er schien großen Respekt vor ihren Waffen zu haben.

»Das ist nicht in Ordnung«, sagte er mehrmals. Und: »Das hätten wir nicht tun dürfen. Die Hagenaus erschießen uns. Und wenn Sie mich fragen: Sie sind dabei nicht mal im Unrecht.« Er machte eine Kopfbewegung nach hinten. »Prügel gehören bei denen dazu wie bei anderen das Tischgebet.«

Wir gewannen Abstand zu unseren Verfolgern. Die Hagenaus wurden langsamer. Sie lenkten den Schrottwagen an den Straßenrand. Ich sah, dass sie heraussprangen und den Wagen wieder ein Stück schoben. Der Motor sprang nicht mehr an. Auch Straßer, der die Augen nicht vom Rückspiegel ließ, atmete auf.

Da piepste das Funkgerät. Es war Alain Miller.

»Kommt sofort zum Wackesberg! Der Bürgermeister verlangt nach euch.«

Louis ließ sich nicht davon abbringen: Wenn Pierre Brück rief, gab es keinen Umweg mehr. Also mussten wir die junge Frau zum Wackesberg mitnehmen.

Schon von Weitem sahen wir einen Wagen mit Frankfurter Kennzeichen am Bauzaun parken. Auf dem Gelände erwartete uns eine illustre Delegation. Pierre Brück war im blauen Anzug erschienen, er hatte sogar einen kleinen Ehrenstrauß am Revers – und an seinem Arm klebte die festlich herausgeputzte Gattin. Trotz der Mittagshitze trug Lotte ein hochgeschlossenes malvenfarbenes Kostüm und ein blaues Jägerhütchen. Sie war wohl am Morgen noch schnell beim Frisör gewesen.

Brück führte einen fremden Herrn in einem bordeauxroten Anzug über den Wackesberg. Sein rosafarbenes Hemd hatte Rüschen an den Manschetten und am Kragen. Er war klein und drahtig. Ich hatte den Eindruck, dass er eine Perücke trug. Der Fremde hatte ein scharf geschnittenes, aber etwas ausdrucksloses Profil. Seine Haut war weiß und weich wie bei einer Wachspuppe.

Auch er war in Begleitung. Sie war sehr, sehr schlank und einen guten Kopf größer als er. Ich sah sofort, dass es sich um eine Tänzerin handelte. Für so etwas habe ich einen Blick: die straffe Haltung, der leichte Schritt, der majestätisch vorgewölbte Brustkorb, die elegant durchgedrückte Wirbelsäule, die starken Schlüsselbeine. Auch das Gesicht war klassisch: unnahbar und sehr schön.

Mir lief es kalt über den Rücken, als ich dieses berückende Wesen zum ersten Mal sah. Der Haaransatz der Frau war hoch wie bei einer ägyptischen Göttin, ihre Beine waren unendlich lang, ihre Taille war mädchenhaft schlank. Sie hielt sich ein, zwei Schritte hinter dem Herrn im bordeauxroten Anzug, wobei sie sich mit ihren hochhackigen, eleganten Schuhen sehr vorsichtig bewegte, während ihr Begleiter mit einem Stock in der Hand so achtlos vorwegrannte, dass er jeden Augenblick auf dem steinigen Wackesberg hinschlagen und sich seinen teuren Anzug ruinieren konnte.

Ich sprang aus unserem Wagen und riss die hintere Tür auf, damit die junge Frau aussteigen konnte. Sie dankte mir mit einem zaghaften Lächeln. Zuerst dachte ich, sie würde in dem dünnen Kleid frieren. Aber sie rieb sich die Oberarme, weil sie verlegen war, nicht weil ihr kalt gewesen wäre.

»Wir haben hier zu tun«, erklärte ich ihr.

Sie schlug die Augen nieder.

»Wohin wollen Sie denn?«

Sie zuckte mit den Schultern.

Louis kam um den Wagen herum. Er signalisierte mir, dass der Bürgermeister uns erwartete. Jetzt erst bemerkte ich, dass die vier näher gekommen waren und uns musterten.

»Wen bringen Sie uns denn hier?«, fragte Brück etwas verärgert. Offenbar war er der Meinung, wir hätten ihn über Gebühr warten lassen. »Ist das nicht das Mädchen, das sich die Hagenaus in Polen gekauft haben?«

»Die junge Frau hat uns um Hilfe gebeten«, antwortete ich.

»Soso ... Nun haben Sie ihr ja geholfen und können sich wieder um Ihre Pflichten kümmern.«

Ich wollte etwas entgegnen, aber der Bürgermeister hatte den Fremden schon am Arm gepackt und stieg mit ihm den Wackesberg hinauf, um ihm den Vorteil der besonderen Lage auszumalen.

Lotte löste sich von der kleinen Gruppe und trat auf uns zu. Sie schaute sich die junge Polin sehr genau an. Sie musterte unsere Begleiterin von Kopf bis Fuß. Ihr Blick hatte dabei einen seltsam taxierenden Ausdruck; sie schien einen Gegenstand auf seinen Gebrauch hin zu prüfen, kalt und verächtlich. Das war nicht mehr die charmante, gewandte und kultivierte Bürgermeisterfrau. Zum ersten Mal erlebte ich das Landei Lotte. Jetzt umkreiste sie das verschämte Ding in dem kurzen Kleid sogar – wie eine Zuchtkuh auf der Landwirtschaftsausstellung.

Später habe ich gelernt, dass diese Art, Menschen zu mustern, auf dem Land nicht unüblich ist. Die Leute dort haben nicht die Hemmungen wie die Stadtmenschen, die enger zusammenleben müssen und öfter mit Fremden konfrontiert werden als die Bewohner von Dörfern. Auf dem Land sieht man nicht so häufig Fremde, man ist von lauter Nachbarn umgeben, die man von Kindesbeinen an kennt. Deshalb ist ein neuer Mensch eine kleine Sensation – die man dann auch hemmungslos begafft.

»Wollen Sie mir die junge Dame nicht vorstellen?«, forderte Lotte mich auf, als sie ihre Begutachtung beendet hatte. »Das ist doch die polnische Putzhilfe der Hagenaus, oder täusche ich mich da?«

Doch bevor ich etwas antworten konnte, rief der Bürgermeister sie zu sich.

»Nun komm schon, Lotte! Fräulein Ellinor möchte wissen, wie es mit den Einkaufsmöglichkeiten in Schauren bestellt ist.«

Lotte warf mir einen bösen Blick zu und folgte dem Ruf ihres Herrn.

Ich wollte die junge Frau beruhigen, die nach Lottes Musterung noch verstörter wirkte. Doch Pierre Brück verlangte die Aufmerksamkeit aller seiner Gefolgsleute.

»Bollinger, bitte, ich möchte Sie unserem Investor vorstellen!«

Darum ging es also: Pierre Brück führte den Käufer des Wackesbergs über das Terrain – und alle hatten dafür zu sorgen, dass es dem Investor in Schauren gefiel.

»Ich bin gleich wieder da«, erklärte ich der blonden Polin. Sie schaute mich mit großen Augen an.

»Lieber Herr Schwierz«, tönte Brück wie eine Fanfare, »das ist unser neuer Polizeichef Felix Bollinger.«

Ich musste im Laufschritt den Wackesberg hinaufeilen, um rechtzeitig zum Händedruck oben anzukommen.

»Herr Bollinger ist ein echter Gewinn. Er kommt aus Deutschland, ist ein hochdekorierter Polizeifachmann aus Saarbrücken und leitet unsere kleine Grenzstation mit ausnahmslos französischen Kollegen. Ja, lieber Herr Schwierz, Europa beginnt hier bei uns in der Provinz.«

Ich war etwas außer Atem, meine Handflächen schwitzten, ich rieb die Rechte an der Hose trocken, bevor ich sie dem Investor reichte. Sein Händedruck war weich, fast ängstlich, aber der Adlerblick, mit dem er mich musterte, war durchdringend und unnachgiebig. Ich spürte es sofort: Der erste Eindruck täuschte bei Schwierz. Wir hatten es mit einem knallharten Geschäftsmann zu tun, der es liebte, seiner Arbeit in einer etwas clownesken Aufmachung nachzugehen.

»Mein lieber Felix, das ist Cyril Schwierz, Konzertveranstalter aus Frankfurt. Sicher haben Sie den Namen schon mal gehört.«

Sein Blick ließ es gar nicht anders zu: Ich nickte.

»Und das hier, Felix, ist die entzückende Ellinor Piepenbrock. Man glaubt es gar nicht, aber die Dame ist nicht nur eine Schönheit, sie ist auch die künstlerische Leiterin aller Veranstaltungen von Cyril Schwierz – oder sage ich da was Falsches?«

Lotte verdrehte die Augen. Sie achtete nun darauf, etwas Abstand zu ihrem Gatten zu halten. Und zum ersten Mal hatte ich das Gefühl, dass sie meine Nähe suchte, ja, dass sie sich lieber auf meine Seite geschlagen hätte. Ich spürte, wie mir warm ums Herz wurde. Jeder Fußbreit, den sie mir näher kam, war eine Wohltat. Der Schatten, der sich seit dem Brand über uns gelegt hatte, verzog sich langsam.

»Ellinor ist das Herz des Unternehmens«, schwärmte Cyril Schwierz so haltlos, als wäre er mit seiner Begleiterin allein. »Die Geschäfte mache ich mit dem Kopf – aber ein gutes Geschäft ist nicht nur Kopfarbeit: Ohne Herzblut wird es nichts.«

Ellinor lächelte bemüht. »Sie können uns also garantieren, dass dieser Brand keinen kriminellen Hintergrund hatte?«, wandte sie sich an Pierre Brück. Offensichtlich war sie nicht nur fürs Herz zuständig.

»Bei uns gibt es keine Kriminalität«, erklärte Brück großspurig, »dafür ist Schauren berühmt. Hier leben nur glückliche Menschen, niemand kommt auf die Idee, zu stehlen oder gar einen Brand zu legen. Nicht wahr, Bollinger?« Ich war in einer Verlegenheit – und Brück ließ mir nicht einmal Zeit. »Und außerdem könnten einem Kriminelle bei unserer Polizei nur leidtun.«

Er lachte laut und falsch. Schwierz stimmte piepsend ein. Ellinors Gesicht blieb kalt und schön und ausdruckslos.

»Es ist ganz einfach, lieber Herr Bürgermeister«, erklärte sie bestimmt. »Wir wollen hier Geld investieren. Viel Geld. Das müssen wir uns beschaffen. Bei Banken und privaten Financiers. Und diese Herrschaften reagieren äußerst empfindlich auf atmosphärische Störungen. Brandstiftung ist eine erhebliche atmosphärische Störung. Wir müssten Sie regresspflichtig machen, falls Sie uns etwas verschwiegen haben sollten ...«

Pierre Brück war bleich geworden. Er schaute Schwierz Hilfe suchend an, doch der nickte nur heftig. Offensichtlich hatte die schöne Ellinor in der Firma nicht nur den Durchblick, sondern auch das Sagen.

»Nun sagen Sie doch auch mal was, Bollinger!«, flehte Brück.

Ich räusperte mich umständlich. Sollte ich jetzt den Erhängten erwähnen? Das wäre der sicherste Weg, den Investor und sein künstlerisches Herz zu vertreiben. Schauren würde wieder in der Bedeutungslosigkeit versinken und der Wackesberg würde weiterhin das Ortsbild verschandeln.

»Schauren ist ein ausgesprochen friedlicher Ort. Schon während meiner Tätigkeit in Saarbrücken haben mich die jährlichen Statistiken der Kollegen hier erstaunt: Es gibt in dieser Gemeinde einfach keine Kriminalität. Das Phänomen ist mittlerweile schon in die internationale Fachliteratur eingegangen.«

Brück klatschte zufrieden in die Hände. »Nun haben Sie es sogar vom Fachmann.«

Ellinors Augen strahlten mich an, ich fühlte mich wie unter einem Suchscheinwerfer.

»Schön. Dann können wir uns also auf Ihre Unterstützung verlassen?«

Cyril Schwierz schob sich vor. »Wir legen größten Wert auf einen reibungslosen Ablauf unserer Arbeit. Sollten irgendwelche Hemmnisse auftreten, würden wir uns unverzüglich zurückziehen.«

Nun war es Zeit zu intervenieren. Ich war der Chef der örtlichen Polizei, kein Boss einer Wach- und Schließgesellschaft. Noch waren wir nicht so weit, dass die Beamten ihre Anweisungen von Investoren bekamen. Doch wieder kam mir Brück zuvor.

»Machen Sie sich keine Sorgen! Felix Bollinger ist ein erfahrener Sicherheitsfachmann aus Deutschland. Er ist sogar der Beste auf seinem Gebiet.«

Ellinor schaute mich lange an und sagte dann: »Das haben wir längst bemerkt.«

Ich hätte in ihren Augen versinken können – und das überraschende Lob des sonst so kritischen Bürgermeisters vermittelte mir ein angenehmes Gefühl der Zufriedenheit und Stärke. Also beschloss ich, das gute Einvernehmen nicht durch Kompetenzgerangel zu trüben.

Cyril Schwierz setzte seine Wanderung über den Wackesberg fort. Wir anderen folgten ihm mit etwas Abstand – er sollte seine Visionen in aller Ruhe entwickeln können.

»Wir brauchen Parkplätze, Herr Bürgermeister. Was meinen Sie, kann die Gemeinde genügend Gelände bereitstellen – für die Reisebusse?«

»Also wenn wir etwas in Schauren im Überfluss haben, dann ist es Parkraum, nicht wahr, Bollinger?«

»Stimmt. Wir könnten locker Parkraum für ein Bundesligaspiel aufbieten.«

Schwierz blieb stehen und zeigte mit einem Metermaß, das plötzlich seiner Rechten entwachsen war, auf mich.

»Das müssen Sie auch, Herr Polizeichef. Es werden sehr, sehr viele Menschen nach Schauren kommen. Wahre Menschenmassen aus Süddeutschland und Nordfrankreich. Sie werden mit Reisebussen herangekarrt und müssen in Schauren versorgt und untergebracht werden.«

»Wir haben eine ausgezeichnete Gastronomie. Die Schaurener Esskultur ist berühmt in der Region ...«

»Wir setzen auf *international food*. Das bieten wir den Leuten selbst an. Im Foyer.«

»Foyer?«, fragte ich. »Sie wollen also wirklich ein Theater bauen?«

»Ganz recht, mein Freund. Wir werden auf dem Wackesberg ein Theater errichten. Ein Musicaltheater für das ganz große Publikum. Schauren wird Zuschauermassen aus ganz Europa anlocken. Es wird zur Hauptstadt der Kultur werden ...«

»Das freut mich ungemein«, entfuhr es mir. »Wenn etwas hier zu kurz kommt, dann ist es die Kultur. Und, wenn ich Sie das fragen darf, welche Musicals werden Sie hierherholen?«

Schwierz und Ellinor schauten sich amüsiert an.

»Wir verlassen uns ungern auf andere«, antwortete Ellinor. »Wir sind der Überzeugung, dass alles aus einer Hand kommen muss. Die Logistik und die Kunst. Wir haben Andrew Lloyd Webber einen Kompositionsauftrag erteilt.«

Mir blieb die Luft weg. »Sie wollen … Sie wollen extra für Schauren ein neues Musical produzieren?«

Cyril Schwierz klopfte mir auf die Schulter. »Schön, mit jemandem zu tun zu haben, der noch zu echtem Enthusiasmus fähig ist. Ja, wir werden hier ein funkelnagelneues Musical präsentieren. *Think big*!«

»Und das Libretto?«, fragte ich.

»Schreibe ich selbst«, antwortete Schwierz. »Vielleicht zusammen mit Süskind. Mal sehen.«

Ellinor nickte bedeutungsvoll. »Cyril ist ein begnadeter Autor. Er hat auch am ›Glöckner von Notre Dame‹ mitgeschrieben und an der Berliner …«

Das Handy von Schwierz läutete. Er ging ein paar Schritte, um das Gespräch entgegenzunehmen. Wir standen derweil verlegen da und lächelten uns an. Als Schwierz fertig war, sagte er zu Ellinor Piepenbrock: »Wir müssen los. Die Lemper wartet in Paris auf uns. Wir müssen Ute noch den Vertrag vorlegen, bevor sie nach London weiterfliegt.«

Er eilte zu seinem Wagen. Ein Chauffeur sprang heraus und riss den Schlag auf.

Doch Ellinor ließ sich Zeit. Irgendetwas zog ihre Aufmerksamkeit auf sich.

»Cyril!«

Schwierz stockte und wandte sich um. »Was ist denn noch?«

»Schau dir das doch mal an! Unsere Anna Leschinski. Wie aus dem Gesicht geschnitten, oder?!«

Ellinor Piepenbrock hatte die junge Polin entdeckt, die neben Straßer am Polizeiauto lehnte. Cyril Schwierz schlug die Autotür wieder zu und trat mit seiner Mitarbeiterin näher.

Die beiden musterten das Geschöpf im grünen Kleid eingehend. Sie schienen völlig gefangen zu sein von dem Anblick und hatten den Wackesberg, die Delegation aus Schauren und den wartenden Chauffeur vergessen.

Ich beobachtete das Paar genau – und bemerkte etwas Erstaunliches: In den Augen der beiden spiegelte sich die Schönheit der Polin wider. Schwierz und Ellinor waren Künstler. Sie hatten unter dem zerschlissenen Kleidchen und dem heruntergekommenen Äußeren das entdeckt, was man in Schauren übersehen hatte: Dass es sich bei der Fremden um ein außergewöhnliches Geschöpf handelte.

Doch ebenso schlagartig wie Schwierz und Ellinor der Polin verfallen waren, lösten sie sich auch wieder von ihr. Ellinor ging auf die verschreckte Frau zu, strich ihr mit einer federleichten Bewegung übers Haar und drückte ihr wortlos ein Kärtchen in die Hand. Dann folgte sie Schwierz zum Wagen, die beiden warfen den verdutzten Schaurenern noch schnell Kusshändchen zu – und waren weg.

Die Polin starrte auf das Kärtchen in ihrer Hand. Ich warf einen Blick über ihre Schulter. Es war eine Visitenkarte: *Ellinor Piepenbrock. Schwierz Entertainment. Künstlerische Leiterin.*

»Toll!«, sagte ich. »Ein Musical für Schauren.«

»Das wird viel Ärger geben«, sagte Louis bitter.

»Alter Griesgram!«, fuhr der Bürgermeister ihn an. »Morgen kommen die Leute von der Baufirma, die stellen einen richtigen Zaun auf und die Container für die Bauleitung. Ihr sorgt mir dafür, dass niemand dem Wackesberg zu nahe kommt, der dazu nicht befugt ist! Unsere Zukunft hängt davon ab.«

Mit diesen Worten stieg der Bürgermeister mit Lotte in seinen Wagen und fuhr davon.

Die Polin zupfte an meinem Ärmel. Nun war ihr in dem dünnen Kleid doch kalt. Sie zitterte.

»Am besten ist, wir bringen Sie erst mal zu uns aufs Revier«, erklärte ich aufgeräumt. »Dann sehen wir weiter.«

»Das gibt mächtigen Ärger«, brummte Straßer erneut.

Als das fremde Wesen in dem zerschlissenen Kleid mich anschaute, gleichzeitig hilflos und verführerisch – da glaubte ich Louis.

Ich brachte die Polin in mein Dienstzimmer und machte ihr einen Kaffee. Unserem Gast war immer noch kalt, sie wärmte sich die Hände an der Tasse. Ich bot ihr meine Uniformjacke an. Sie zögerte erst, dann nickte sie und machte Anstalten hineinzuschlüpfen.

»*Patron*, es geht mich ja nichts an. Aber wenn jemand hier reinkommt, und das halbnackte Ding sitzt da in Ihrer Uniformjacke – dann sieht das nicht sehr vorteilhaft für Sie aus.«

Louis hatte recht. Also schlüpfte ich wieder in meine Jacke. Immerhin lächelte sie über das Hin und Her – vielleicht verstand sie uns ja ein wenig.

»*Do you speak English?*«, fragte ich, nachdem ich mit Französisch und Deutsch keinen Schritt weitergekommen war.

Sie nickte heftig. Na also.

»*From where in Poland are you from?*«

Sie schaute mich entgeistert an.

»*Passport?!*«, verlangte Louis.

Sie schüttelte entschlossen und ernst den Kopf. So kamen wir nicht weiter.

»Sind Sie geschlagen worden?«, fragte ich und machte eine entsprechende Bewegung. Sie zuckte zusammen.

»Natürlich ist sie geschlagen worden. Schließlich war sie bei den Hagenaus. Und die haben sie nicht nur geschlagen, wenn Sie mich verstehen. Das sind Tiere, diese Hagenaus. Barbaren sind das.«

Eine schöne junge Frau, schwach und halbnackt. Die kräftigen blonden Haare waren verfilzt, offensichtlich hatte sie lange keine Gelegenheit gehabt, sie zu pflegen. Die Oberarme waren an einigen Stellen blutunterlaufen, die Hände rau und abgearbeitet. Die Schulterknochen sahen aus, als hätte man auf sie eingedroschen: tiefblau und grün. Ein hilfloses Geschöpf, das in die Fänge verwahrloster, asozialer Krimineller geraten war. Natürlich mussten wir ihr helfen. Sobald wir mehr über ihre Leidensgeschichte in Erfahrung gebracht hatten, würden wir uns diese Hagenaus vorknöpfen.

»Haben die Hagenaus Sie entführt? *Kidnapped, you understand?*«

Sie schaute mich wieder groß an, sie verstand gar nichts.

»Sie können erst mal hier auf dem Revier bleiben«, erklärte ich.

Sie lächelte dankbar. »*My name is Agneta. I'm coming from Poland*«, sagte sie in einem Englisch, dem man ihre slawische Herkunft anhörte.

»Na also«, jubelte ich.

»Wir können sie doch nicht in eine Zelle sperren, *patron*«, ermahnte Louis mich.

»Dann nehme ich sie mit zu mir.«

Louis schluckte – aber er schwieg. Mir fiel Lotte ein. Genau, die konnte helfen.

Ich ging zum Schreibtisch und wählte die Nummer der Frau Bürgermeister.

»Es geht um die junge Dame, die heute Mittag bei uns war. Wir müssen ihr helfen. Sie kommt aus Polen. Sieht so aus, als wäre sie entführt und misshandelt worden. Als Erstes braucht sie einen Mantel. Das ist eine Frage der Menschlichkeit, Lotte! Ich kenne niemanden sonst, den ich darum bitten könnte.«

Sie reagierte so, wie ich es erhofft hatte. Fünf Minuten später war sie mit einem Mantel auf dem Revier, einem knallroten Plastikregenmantel. Agneta musterte das gute Stück etwas skeptisch – aber sie schlüpfte hinein. Wohl fühlte sie sich in dem Mantel nicht, das sah man ihr an.

Lotte wartete, bis Straßer nach draußen ging, um einen Anruf entgegenzunehmen, dann bestürmte sie mich: »Was willst du mit dieser Person? Wieso interessierst du dich so für sie?«

Ich wagte schon gar nicht mehr, sie zu fragen, ob ich Agneta ein paar Tage bei mir unterbringen konnte.

»Sie ist in Not, sie wurde misshandelt. Es ist unsere Pflicht, ihr zu helfen.«

Agneta schaute mich mit großen Augen an. Ich hatte ein komisches Gefühl bei dem Gespräch – sicher verstand sie, dass wir über ihr Schicksal verhandelten.

»Soso, eure Pflicht?« Lotte stemmte die Arme in die Hüften wie eine eifersüchtige Ehefrau. »Dann sieh dir das Flittchen doch mal genauer an! Wer der einen Schnaps spendiert, kann sie in allen Lagen haben.«

»Lotte!«, fuhr ich sie an. »Sie versteht vielleicht den Sinn dessen, was du sagst.«

Doch Agneta wirkte nur etwas verängstigt und kratzte sich ihre nackte Schulter unter dem Regenmantel.

»Schau, dass du die so schnell wie möglich wieder loswirst! Das passt nicht zu einem Polizeichef von Schauren – so eine kleine Schlampe.«

Damit war Lotte weg.

»Und?«, fragte Straßer, als er zurückkehrte. »Nimmt die Frau Bürgermeister unsere Agneta auf?« Es klang, als hätte er gehorcht.

»Wir werden dafür sorgen, dass sie eine Fahrkarte in ihre Heimat bekommt.«

»Nein!«, sagte Agneta.

Louis und ich sahen uns erstaunt an.

»Nach Polen will ich nicht mehr«, erklärte Agneta in fast akzentfreiem Französisch.

In diesem Moment flog draußen die Tür auf, und es wurde laut. Straßer ging hinaus, um nachzusehen, was los war. Aber er kehrte schon nach wenigen Sekunden mit besorgter Miene zurück. Hinter ihm stürmten die Hagenaus in mein Büro. Sie waren in der Verfassung, in der sie auf der Kirmes Randale machten und Bierzelte räumten.

»Sofort lasst ihr Agneta laufen!«, brüllte der Alte.

Louis sagte nichts. Er überließ es mir. Gut, dachte ich, dann werde ich ihm zeigen, dass es auch anders geht als mit Drohungen und roher Gewalt.

»Monsieur Hagenau, diese junge Dame erhebt schwere Beschuldigungen gegen Sie und Ihre Söhne.«

Die jungen Hagenaus standen hinter dem Vater und taten so, als könnte nur der sie noch davon abhalten, alles kurz und klein zu schlagen.

»Welche Beschuldigungen denn?«

»Sie sagt, sie sei geschlagen worden ...«

Instinktiv holte der Alte zu einer mächtigen Ohrfeige aus, hielt dann aber inne und schrie Agneta an: »Was fällt dir ein, du Miststück?!«

Louis schob sich nach vorne. »Hör zu, Hagenau: Es reicht! Wenn du dich nicht zusammennimmst, bekommst du Ärger. Du weißt, Schauren ist für euch tabu.«

Der Alte schaute Louis lange an, seine Unterlippe bebte.

»Du hast meinen Hund erschossen, Gendarm. Dafür bezahlst du.«

»Du bekommst eine Anzeige wegen schwerer Körperverletzung, Alter. Du hast den Hund auf unseren *patron* gehetzt. Sei bloß froh, dass ich dich nicht auch gleich abgeknallt habe!«

Hagenau war kurz davor, zuzuschlagen – und ich hatte den Eindruck, Louis wartete darauf. Seine Hand lag auf dem Knauf der Dienstwaffe.

Der jüngere der Brüder packte die Schulter des Alten.

»Mach uns nicht unglücklich, *père*!«

Der Alte schien sich etwas zu beruhigen. Doch dann schüttelte er die Hand seines Sohnes unwillig ab und wandte sich mir zu: »Sie kommen aus Deutschland und glauben, Sie können hier alles machen, was? Aber wir gehen nicht ohne Agneta. Sie gehört uns.«

Agneta schaute wieder wie ein waidwundes Tier.

»Sie bleibt hier. Agneta ist ein freier Mensch, sie bestimmt selbst, wohin sie geht. Zu euch zurück will sie jedenfalls nicht.«

Der Alte griff an sein Herz. Ich dachte erst, er hätte eine Attacke. Doch er riss seine Jacke auf und suchte etwas in der Innentasche. Dann zog er ein schmuddeliges Dokument hervor und hielt es mir hin.

Ich nahm es und las. Es dauerte, bis ich verstand: Es handelte sich um eine Heiratsurkunde aus Katowice. Hagenaus Sohn Charles hatte Agneta auf dem dortigen Standesamt geheiratet. Ich war irritiert, reichte Louis das Papier, aber der hob nur hilflos die Schultern.

Der alte Hagenau hatte wieder Oberwasser. Er stellte sich in Positur, die Daumen in den Taschen der schmutzigen Weste, die Knie durchgedrückt, das Kinn so hoch, dass die Lippen nicht mehr schlossen und seine fauligen Zähne zum Vorschein kamen.

»Und was sagen Sie jetzt, Herr P o l i z e i h a u p t m a n n?« Er sprach das Wort deutsch aus.

Jetzt wagte sich auch Charles aus der Deckung heraus. »Geben Sie sofort meine Frau frei! Sie ist legal mit mir verheiratet und französische Staatsbürgerin.«

Langsam machte mich die Sache wütend. »Wo sind wir denn hier? Alle Welt tut so, als sei so eine Heiratsurkunde eine Art Freibrief. Wenn Agneta weg von euch will, werden wir ihr helfen. Sie mag zehnmal mit einem von euch verheiratet sein: Sie darf gehen, wohin sie will.«

Alle schauten Agneta an. Doch die verkroch sich in Lottes altem Regenmantel. Nur noch ihr blonder Wuschelkopf und die zierlichen Knöchel waren sichtbar. Charles sank vor ihr auf die Knie. Er begann zu weinen.

»Ich werde dir alles das bieten, was ich dir in Polen versprochen habe.«

Agneta hob leicht den Kopf und schniefte. Sie wich meinem Blick aus.

Das war zu viel. Ich durfte den Hagenaus nicht die Regie überlassen. Ich zog Charles hoch.

»Das ist jetzt zu spät. Wenn sie hierbleiben will, bleibt sie hier.«

Charles machte sich los. Er packte seine Frau an beiden Oberarmen und schüttelte sie.

»Agneta, sag doch endlich was! Sag, was du willst!«

Agnetas bleiches Puppengesicht schien aus einem bösen Traum zu erwachen. Ihr Blick wanderte von mir zu Charles und zurück.

»Ich gehe mit. Alles war ein Irrtum, Monsieur Bollinger. Ich möchte mit meinem Mann gehen. Sie sind ein guter Mensch. Gott wird es Ihnen lohnen.«

In dieser Nacht lag ich lange wach. Etwas Schweres lastete auf dem Land. Draußen war es taghell. Ein milchiges Mondlicht färbte Büsche und Bäume bläulich.

Ich dachte an Agneta. Ich versuchte mir vorzustellen, wie sie im Wald lebte, unter den Hagenaus, diesen Tieren. Sie war ein so zartes, verletzliches Geschöpf. Ich redete mir ein, dass solche Menschen wegen ihrer dünnen Haut mit einer besonderen Gabe gesegnet waren: dass sie weniger leiden mussten als normale Menschen. Dass sie einfach vieles, was ihnen das Leben zur Hölle machen könnte, nicht wahrnahmen. Warum war Agneta zu den Hagenaus zurückgekehrt? Hatte sie Angst vor ihnen? Hatte sie mir nicht vertraut? Hatten die Barbaren Agneta in der Hand?

Etwas kratzte an der Haustür. Ich stand auf und öffnete.

Lotte. Sie legte den Zeigefinger auf die Lippen und schlüpfte herein. Seit dem Brand war sie nicht mehr bei mir gewesen. Das war schon ein paar Tage her.

»Pierre ist vor dem Fernseher eingeschlafen.« Lotte hatte ein kleines Gerät mit einem Stecker dabei, es sah aus wie ein Föhn. Sie steckte es in die Steckdose.

»Ein Babyfon – aus den Babyjahren meines Neffen.«

Wir hielten beide den Atem an. Man hörte durch den Lautsprecher des Babyfons ein unruhiges, alptraumhaftes Schnarchen. Im Hintergrund lief der Fernseher.

»Hör mal, Lotte«, begann ich. »Wegen heute Mittag. Diese Szene auf dem Revier. Wegen der Polin. Das war nicht in Ordnung.«

Sie legte mir ihren Zeigefinger auf die Lippen.

»Pssst! Ich verzeihe dir. Du bist eben ein guter Mensch. Manche nutzen das aus.«

»Trotzdem ... es geht nicht, dass du mich so ...«

Sie küsste mich. Ich spürte ihre Lippen, ihre Zunge. Sie packte mich und zog mich an sich. Ich vergaß all den Ärger. Vergaß, dass sie mich vor Agneta und Louis bloßgestellt hatte. Vergaß, dass sie böse sein konnte und dumm. Ich hielt meine Lotte im Arm. Meine geliebte Lotte. Die Frau meines Lebens.

Wir zogen uns aus und sanken aufs Bett. Zuerst war alles wie früher. Wie vor dem Feuer. Wie vor Agneta. Doch dann dachte ich daran, dass Charles vielleicht gerade das mit seiner jungen Frau machte, was ich mit Lotte tat.

Alles ging schnell, schneller als sonst. Vielleicht wegen Agneta. Oder wegen des Brandes auf dem Wackesberg. Der hatte alle durcheinandergebracht in Schauren. Lotte stöhnte. Sie schrie.

»Mach!«

Ich tat es. Das heißt, ich wollte es gerade tun – da sagte eine tiefe Stimme in meinem Rücken: »Mausi!«

Ich hielt inne. Lotte stieß mich weg. Sie sprang auf.

»Das ist Pierre«, flüsterte sie und schlüpfte eilig in die auf dem Boden verstreuten Kleider.

»Aber wir waren doch gerade ...«

»Lotte!«, krächzte es im Babyfon.

Lotte küsste mich auf die Stirn und war weg.

Ich vergrub meinen Kopf wütend im Kissen. Ich weinte. Dabei wusste ich nicht einmal, warum. Weil Lotte mich schon wieder verraten hatte? Oder wegen Agneta, dem kindlichen, reinen Wesen, an dem sich draußen die Wölfe vergingen? Wegen der jungen Frau, die mich um Hilfe gebeten hatte, der ich aber nicht hatte helfen können? Eigentlich hätte ich die ganze Nacht weinen können. Bis dieser grässliche Eismond verschwand und die Sonne aufging und wieder etwas Wärme über das kalte Land legen würde.

»Schatz!«, sagte Lotte leise. Ich fuhr hoch.

Sie hatte das Babyfon vergessen. Es steckte noch in der Wand. Die Ladestandanzeige blinkte.

»Wo warst du denn, Mausi?«

»Nur mal kurz draußen. Die Fernsehsendung war so langweilig, und draußen ist Vollmond, mein Hase.«

»Vollmond?«

»Ja, mein Hase. Ein schöner, dicker Mond. Wie früher, wenn wir im Sommer nachts vom Tanzen nach Hause kamen.«

Pierre Brück grunzte. »Dann könnten wir ja mal wieder... Dann könnte die Häsin ihrem Hasen ja mal wieder... Du weißt schon, was dein Hase am liebsten mag...«

Es krächzte. Lotte hatte den Apparat entdeckt und den Stecker herausgezogen.

Ich stand auf, zog mich an, rannte hinaus, stieg in den Wagen und raste davon. Nur weg. Weit weg.

Ich fuhr die ganze Nacht. Lothringen war in ein taghelles metallenes Licht getaucht. Wenn irgendwo Nachtschwärmer nach Hause wankten, waren ihre Gesichter bleich. Wie Tote kamen sie mir entgegen.

In Bitche lenkte ich den Wagen hoch zur Zitadelle. Hier hatten die Franzosen den Deutschen 1870/71 am längsten getrotzt. Der legendäre Kommandant Teyssier soll die Übergabe der Festung sogar noch verweigert haben, als sein Land längst kapituliert hatte.

Oben stieg ich aus und lief eine Weile auf der Festungsmauer herum. Man hatte einen weiten Blick über die kleine Stadt am Hang und die umliegenden Berge. Die zahlreichen Wasserspeicher, die die Form von Stielhandgranaten hatten, sahen im Mondlicht aus wie Leuchttürme.

Ich dachte an Lotte. Schlief sie endlich, oder spielte sie noch immer die Häsin für ihren Hasen? So konnte es nicht weitergehen. Sie setzte mich einem schrecklichen Wechselbad aus. Sobald ich mich ihrer einigermaßen sicher fühlte, stieß sie mich zurück. Seit dem Brand war es noch schlimmer geworden. Diese Frau ruinierte mich, wenn ich nicht auf mich achtgab.

Und was war mit Agneta? Die Fremde, die ich erst seit ein paar Stunden kannte, beschäftigte mich fast noch mehr als die Misere mit Lotte. Ich sehnte mich nach ihr. Nach Lotte sehnte ich mich nicht mehr. Ihre Launen setzten mir so zu, dass ich wünschte, ich wäre ihr nie begegnet.

War das nicht eine klare Sache? Vielleicht brauchte ich dieses starke Gefühl, das Agneta in mir weckte, um von Lotte loszukommen. Vielleicht war Agneta ja meine Chance. Manchmal bekommt man in ausweglosen Situationen einen Wink. War Agneta in mein Leben getreten, damit das Leid mit Lotte ein Ende hatte? Oder spürte ich dieses Leid erst, seit Agneta in mein Leben getreten war? Sah ich Lotte mit anderen Augen, seit ich für Agneta entbrannt war?

Ich ging zum Wagen zurück. Es war vier Uhr. Nun herrschte Klarheit in meinem Kopf – und in meinem Herzen. Ich wollte wie ein Mann handeln.

Auf dem Rückweg raste ich mit 140 Stundenkilometern über die Hochebene. An den gelb blinkenden Ampeln, die dort standen, wo Landstraßen die Route Nationale kreuzten, bremste ich nicht ab. Mein Blick war stur nach vorne gerichtet. Im Nu war ich wieder in Schauren. Endlich wurde ich müde, die Augen brannten. Sie drohten mir zuzufallen.

Am Ortsausgang kam mir ein Wagen entgegen. Ein kleiner Transporter. Eigenartigerweise fuhr er ohne Licht, erst an der Ortsgrenze schaltete der Fahrer das Abblendlicht ein. Im Rückspiegel sah ich, dass er ein polnisches Kennzeichen hatte.

Ich bekam einen Schreck. Waren das Verwandte oder Freunde von Agneta? Hatte sie sie um Hilfe gerufen? War sie abgeholt worden?

Ich fuhr einen Umweg. Am Waldrand hielt ich. Ich stieg aus und lief die Böschung hinauf. Von oben konnte ich durch die hohen Bäume das Haus der Hagenaus erkennen.

Alles war dunkel und friedlich. Entweder hatten die Hagenaus nichts von der Entführung bemerkt, oder das polnische Fahrzeug hatte nichts mit Agneta zu tun. Ich blieb eine Weile reglos auf der Böschung stehen und starrte hinüber zu dem Haus.

Was, wenn Agneta nun weg war? Zurück nach Polen? Bei dem Gedanken, dass ich sie nie wiedersehen könnte, verspürte ich einen Stich in der Herzgegend.

Ich fühlte mich einsam.

7. KAPITEL

Es polterte laut. Jemand schien die Treppe heraufgefallen zu sein. Die Tür wurde aufgestoßen. Alain Miller. Schweißüberströmt.

»Kannst du mal kommen, Louis?!«

Straßer schaute erstaunt von seiner Zeitung auf.

»Ich habe dich gar nicht vorfahren hören. Wo hast du denn deinen Sharan?«

Miller biss die Zähne zusammen.

»Kommst du, bitte!?«

Straßer erhob sich umständlich und setzte seine Mütze auf.

»Die Schlüssel! Wir brauchen den Dienstwagen!«

Straßer schaute ihn erstaunt an. »Wie bist du denn hergekommen?«

Miller wischte sich mit dem Ärmel den Schweiß von der Stirn.

»Zu Fuß. Und zwar im Laufschritt.«

»Ist was mit deinem Wagen?«

Miller warf mir einen gequälten Blick zu.

»Nun mach schon, Louis!«

Die beiden verschwanden verdächtig leise.

»In zehn Minuten ist die Leichenschau«, rief ich ihnen hinterher.

Doch die beiden taten so, als hätten sie mich nicht gehört. Miller wollte gerade losfahren, als ich den Dienstwagen erreichte. Ich riss die Tür auf und stieg hinten ein.

Miller wandte sich um. »Das ist jetzt … privat.«

»Warum nehmen Sie dann den Dienstwagen?«

Miller sah Straßer an.

»Fahr schon!«, befahl der alte Kollege.

Miller schaltete Blaulicht und Martinshorn ein. Wir rasten quer durch Schauren. In der falschen Richtung durch eine Einbahnstraße und über Bürgersteige. Ich hielt mich am vorderen Sitz fest. Miller bog in das Viertel ein, in dem die verwinkelten Bauernhäuser standen. Die Gassen waren eng für den breiten Polizeiwagen. Wir hielten vor einem schmucklosen Einfamilienhaus. Hier wohnte Miller bei seiner Mutter.

»Da steht er doch – der Sharan«, sagte Straßer.

Miller stellte das Martinshorn ab, das Blaulicht ließ er weiter kreisen. Wortlos stieg er aus und ging die Gasse hinab zu dem Wiesengrundstück, auf dem er den Großraumwagen geparkt hatte.

Wir folgten ihm. Ich schaute Louis fragend an, doch der verstand auch nicht, was vor sich ging. Miller stellte sich breitbeinig vor dem Sharan auf.

»Sie haben es nicht geschafft, diese Bastarde. Sie haben die Wegfahrsperre nicht knacken können.«

»Wie du es vorausgesagt hast«, versuchte Straßer Miller zu beruhigen. Er schien sich Sorgen um seinen Kollegen zu machen.

Miller stampfte auf die Fahrertür zu. Er zog den Schlüssel aus der Tasche und betätigte den automatischen Türschlossöffner. Es knackte. Miller riss die Seitentür auf. Er trat zur Seite und schaute auf seine Füße. Alain Miller schluchzte.

Der Sharan war leer. Vollkommen leer. Ausgeräumt. Sie hatten alle Sitze abmontiert und gestohlen. Der schöne Wagen sah aus wie eine dieser riesigen Luftfrachtmaschinen, die nur aus einem Gerippe bestehen. Es war ein Jammer.

»Die kriegen wir, Alain«, sagte ich.

Alain knallte die Schiebetür zu und ging stumm in das Haus, in dem er mit seiner Mutter wohnte.

Ich blickte auf die Uhr. »Es ist höchste Zeit«, sagte ich zu Louis.

Louis schaute gequält.

»Können Sie nicht allein zur Leichenschau gehen?«

»Nein. Bitte, holen Sie Miller! Wir müssen los.«

Aus der Leichenschau machten die Franzosen eine Zeremonie. Es galt, genaue Vorschriften einzuhalten. Die betrafen weniger den Vorgang selbst als die Anwesenden. Alle an der Ermittlung beteiligten Beamten mussten antreten.

Miller, Straßer und ich warteten vor der quadratischen Leichenhalle. Um uns herum glühten die grauen Gräber mit den Lothringer Kreuzen in der Morgensonne. Nichts rührte sich. Die kleine Halle aus Betonplatten und Schmiedeeisen, die man erst vor ein paar Jahren errichtet hatte, war noch verschlossen. Millers Miene passte zum Anlass: Sie war so grau und bitter, als läge seine Mutter in der Halle.

Um Viertel nach zehn – zehn Uhr war der verabredete Termin – tuckerte der Clio des Leichenbeschauers den Friedhofsweg herauf. Er war signalrot und gelb, wie das Werbefahrzeug eines Zirkusunternehmens. Dafür trug der Leichenbeschauer aus Metz wenigstens schwarz.

Er nahm einen kleinen Arztkoffer aus dem Kofferraum und schloss den Wagen umständlich ab. Dann prüfte er noch einmal alle drei Türen und ging um das Fahrzeug herum, und erst als er sich sicher war, dass kein Reifen auf dem Bordsteinrand stand, kam er gemessenen Schrittes zu uns herüber. Er nahm Haltung an und stellte sich vor.

»Masson.«

Nicht mehr. Nur Masson. Dann drückte er jedem von uns dreien die Hand. Er machte dabei ein Gesicht, als hätte er es mit nächsten Angehörigen des Erhängten zu tun. Miller und Straßer gaben sich Mühe, diesen Eindruck zu bestätigen.

Danach wandte sich Monsieur Masson aus Metz nicht etwa der Leichenhalle und seiner Arbeit zu, nein, er stellte sich neben uns und wartete.

»Vielleicht sollten wir dann beginnen«, sagte ich und schaute auf meine Armbanduhr. »Ich habe heute noch andere Termine.«

Louis blickte ebenfalls auf seine Uhr und seufzte. Masson rührte sich nicht. Miller bohrte in der Nase. Eine groteske Situation.

»Haben Sie einen Schlüssel für die Halle?«, wandte sich Louis flüsternd an mich.

»Nein, natürlich nicht. Wie käme ich dazu?«

»Na also«, sagte Louis und streckte sich.

Wir warteten. Es wurde halb elf. Viertel vor elf.

»Haben Sie keine anderen Leichenschauen heute Morgen?«, fragte ich Masson.

»Jeder Tote ist mir der wichtigste«, antwortete er. Ich war ihm wohl auf den Schlips getreten.

Da endlich bog der schwere Daimler des Bürgermeisters von seinem Grundstück in die Straße ein und fuhr im Schritttempo die wenigen Meter bis zum Friedhof.

Brück parkte in der Einfahrt. Er stieg aus und betätigte mit dem Schlüssel die Fernbedienung. Die Zentralverriegelung rastete hörbar ein. Dann schlenderte er fröhlich, als handelte es sich um einen Besuch im Biergarten, auf uns zu.

Er umarmte Masson wie einen Kriegskameraden, was dieser sich seufzend gefallen ließ. Miller und Straßer nickte der Bürgermeister bloß pietätvoll zu, während er mir auf die Schulter klopfte – wie einem Waisenjungen, dem man nach dem Tod des Vaters besonders Mut machen musste.

Dann schritt Pierre Brück zum Portal der Halle, griff tief in seine Hosentasche und förderte einen kantigen Schlüssel hervor. Es folgte ein akrobatischer Akt: Brück stocherte eine Weile mit dem Schlüssel in dem Schloss herum. Es gelang ihm zwar aufzuschließen, er musste sich aber mehrmals gegen das schwere Portal werfen, bis es sich langsam öffnete.

In der Leichenhalle war es angenehm kühl. Aber es roch streng. Monsieur Masson stellte seine Tasche auf einen Steintisch und zog die Jacke aus.

»Wo ist der Proband?« Er kicherte wie eine alte Jungfer. Offensichtlich fand er seine Bemerkung witzig.

Brück öffnete einen Vorhang. Der Tote vom Wackesberg lag in einem weißen Hemd auf der fahrbaren Bahre. Masson krempelte sich die Ärmel hoch.

»Dann mal los, Herrschaften!«

Straßer und Miller schoben die Bahre zum Steintisch und hoben den Toten auf den Tisch. Masson kleidete die Leiche geschickt aus. Es handelte sich um einen alten Mann – zwischen siebzig und achtzig Jahre alt. Aber sein Körper war straff und wies kein Gramm Fett auf. Große Teile der Haut, vor allem an den Gliedmaßen, waren verkohlt. Die untere Gesichtspartie und der Hals waren blau angeschwollen. Die Augen traten unnatürlich aus den Höhlen, die Nase schien gebrochen zu sein.

Masson tastete erst den Brustkorb des Toten ab, dann schaute er sich die Augäpfel genauer an.

»Bitte umdrehen!«

Miller und Straßer taten es. Dabei entwich Luft aus dem Darm. Es stank grauenhaft. Ich machte unwillkürlich einen Schritt zurück und schaute mich um: Aber es gab nirgendwo einen Stuhl. Straßer drückte mir einen metallenen Flachmann in die Hand.

»Trinken Sie, bevor Sie umkippen!«

»Was ist das?«

»Quetsch.«

»Davon wird mir erst recht schlecht.«

Ich wankte und suchte Halt. Straßer stützte mich, gleichzeitig führte er mir mit der Linken die Metallflasche an die Lippen. Der erste Schluck brannte wie Feuer. Ich dachte, die Beine würden mir wegsacken. Sobald der Quetsch aber im Magen war, fühlte ich mich besser. Erheblich besser. Ich nahm noch einen Schluck. Wenig später hätte ich Bäume ausreißen können. Ich trat wieder an den Tisch. Masson schaute sich gerade die Wundmale am Hals an.

»Die Sache ist klar. Der hat sich selbst aufgeknüpft.«

Brück atmete sichtlich auf. »Dann können wir die Sache abschließen, Monsieur Masson?«

Masson begutachtete die Fingerkuppen.

»Glaub schon.«

Brück sah auf die Uhr. »Es ist schon bald Mittag. Meine Frau hat eine Fischsuppe gekocht. Lottes Fischsuppe ist legendär …«

Masson richtete sich auf. »Fischsuppe? Von Madame Brück?« Zum ersten Mal schien sein Interesse wirklich geweckt.

»Sie wartet auf uns. Ich habe gesagt, um zwölf sind wir fertig.«

»Sind wir«, sagte Masson. »Bitte noch mal auf den Rücken, den Kerl!«

Straßer und Miller beeilten sich, auch sie hatten ihre festen Pläne für den Mittagstisch.

»Dann können wir den armen Kerl also begraben, und er muss nicht nach Metz?«

Masson fingerte noch hier und da herum, wie ein Arzt, der in Eile ist, sich aber seiner Sache sicher sein will.

»Dem können wir jetzt seine Ruhe gönnen, hat sicher kein schönes Leben gehabt.«

»Wir spendieren ihm ein Armengrab«, erklärte Brück und zwinkerte mir verschwörerisch zu. Ich fragte mich, wieso der Bürgermeister eigentlich bei der Leichenschau zugegen war. Er hatte sicher Wichtigeres zu tun, und den Schlüssel für die Halle hätte er durch einen Gemeindeangestellten vorbeibringen lassen können. Offensichtlich war der Tote vom Wackesberg aber für Pierre Brück eine Herzensangelegenheit geworden.

Masson runzelte die Stirn. »Was ist das denn?«

»Irgendwas nicht in Ordnung?«, fragte Brück besorgt.

Masson schloss die Augen und tastete den Hinterkopf des Toten ab – es sah aus, als führte er ein Kunststück vor.

»Ich dachte bloß, ich hätte da …«

»Na ja, so ein Landstreicher, der hat natürlich überall seine Blessuren, ist ja auch kein einfaches Leben. Immer draußen, bei Wind und Wetter. Dafür bekommt er jetzt sein Armengrab, Gott hat auch ein Auge auf die Verlassenen«, leierte Brück im Einklang mit sich und der Welt.

Aber ich sah die Schweißperlen auf der Stirn des Bürgermeisters und wusste, dass er in diesem Augenblick nichts mehr fürchtete, als dass Masson die Leiche des Erhängten nicht freigeben und damit sein schönes Geschäft mit Schwierz ruinieren könnte. Eine Mordermittlung in Zusammenhang mit dem Brand auf dem

Wackesberg – das würde der überempfindliche Musical-Impresario nicht gerne sehen.

Masson lachte meckernd. »Man wird mit der Zeit ganz schön komisch. Ich dachte eben, der hat ein Loch im Hinterkopf.«

Auch Pierre Brück lachte – bei ihm klang es, als wäre er kurz davor zu ersticken.

»Aber es war wohl nichts«, sagte Masson und ließ den Kopf los. Der Hinterkopf schlug auf die Steinplatte. Es klang, als wäre er aus Metall.

»Haben Sie das gehört?«, fragte Masson unsicher.

»Ich habe nichts gehört«, erklärte der Bürgermeister schnell. Das war eine amtliche Anordnung.

»Hält mal jemand den Kopf hoch?«, bat Masson und beugte sich erneut über den Toten.

Straßer schaute erst mich, dann Pierre Brück an. Brück blies genervt die Backen auf.

Ich half Masson. Der Kopf war eiskalt und fühlte sich an wie ein Stück Schweineschwarte.

Der Leichenbeschauer fingerte blind am Hinterkopf des Toten herum.

»Schütteln Sie mal!«, sagte er.

Ich tat es widerwillig. Dann machte es: Klick. Ein Projektil rollte über den Tisch und fiel klirrend auf den Steinboden der Leichenhalle. Wie das Abschiedsglöcklein der Andacht.

Straßer bückte sich ächzend. Er hob das Projektil auf und hielt es hoch.

»Aus einer Pistole, würde ich sagen.«

Ich ließ den Kopf fallen. Diesmal gab es ein hohles Geräusch.

»Meine Frau wartet!«, drängte Bürgermeister Brück. »Die Fischsuppe.«

Doch der Leichenbeschauer achtete nicht mehr auf ihn. Seine Hand verschwand wieder im Nacken des Toten. Er befühlte etwas und wirkte dabei sehr konzentriert. Dann zog er die Hand wieder zurück und zeigte das erste Glied seines Zeigefingers. »So tief ist der Schusskanal. Aber ich komme nicht richtig ran.«

»Das ist ein Irrtum«, sagte Brück trotzig. »Wahrscheinlich ...«
»Die Leiche kann nicht zur Beerdigung freigegeben werden«, schnitt Masson ihm das Wort ab. »Der Mann ist ermordet worden, mit einem Kopfschuss, und dann erhängt ...« Masson klang jetzt sehr gewichtig. »Ich verfüge hiermit eine Obduktion der Leiche. Sie muss sofort nach Metz zur Gerichtsmedizin gebracht werden.«
Brück stürmte hinaus.
»Und was ist jetzt mit der Fischsuppe, *monsieur le maire?*«, rief Masson hinter ihm her, während er seine Sachen zusammenräumte.
»Vielleicht bekommen Sie ja in Metz in der Gerichtsmedizin eine«, hörte man den Bürgermeister draußen brüllen, bevor er die Wagentür zuknallte.

Es war wie ein Fluch. Ich wurde sie einfach nicht mehr los. Sie verfolgte mich. Nachts lag ich wach und dachte an sie. Tagsüber – mitten in der Arbeit – überkam es mich: Ich dachte unentwegt an Agneta. An Agneta, die schöne Polin, die die Hagenaus in ihrer Gewalt hatten.
In diesen dunklen Tagen geriet ich in einen mir völlig unbekannten Zustand. Ich war nicht mehr ich selbst, ich war nur noch dieser Gedanke. Und ich tat Dinge, die ich mir nicht erklären konnte. Zum Beispiel setzte ich mich in den Wagen und fuhr los, ohne zu wissen, wohin und warum.
Wenn ich dann hielt – warum hielt ich und warum ausgerechnet hier? –, befand ich mich im Wald, auf einer Anhöhe unweit eines Anwesens, das mir mittlerweile gut bekannt war und mir gleichzeitig Angst einjagte.
Ich stieg aus und ging ein paar Schritte. Dabei hob ich die Schultern, ließ die Arme kreisen und atmete tief und rhythmisch ein. Eine Übung zur Entspannung meiner verkrampften Rückenmuskulatur. Zwar kam ich dabei außer Atem, aber ich wurde den Dämon nicht los. Im Gegenteil. Er schien sich angesichts sol-

cher Übungen nur noch wohler zu fühlen und begann sogar, sich über mich lustig zu machen.

An einem dieser Abende zwang er mich dazu, auf einen Baum zu steigen. Ich tat das ohne Hast und ohne Aufregung. Ich fürchtete nicht einmal herabzufallen. Ich sagte mir, der Dämon wird schon wissen, wozu er dich treibt, er kennt deine Fähigkeiten besser als du selbst.

Da saß ich also in meiner blauen Gendarmenuniform in der Krone einer lothringischen Eiche und beobachtete die Zuflucht der Barbaren.

Unten tat sich lange nichts.

Während ich da oben im Baum lauerte, kam mir plötzlich in den Sinn, dass die Hagenaus mich längst ausgemacht hatten und nun hinter den Vorhängen saßen und mich in meinem Baum beobachteten, wo *ich* doch gekommen war, *sie* zu beobachten. Vielleicht lachten sie über mich, vielleicht lachte sogar Agneta mit ihnen. Aber auch dieser schreckliche Gedanke rüttelte mich nicht auf. Ich war in der Hand einer fremden Macht.

Dann öffnete sich die Tür. Ganz zaghaft. Wollten sie mich foppen? Eine Gestalt erschien. Sie zögerte. Sie verließ das Haus.

Agneta. Sie brachte einen Eimer mit Abfall auf den Kompost. Dazu musste sie um das Haus herum, durch den kahlen Pferch mit den Hühnern und den Schweinen. Immerhin – sie war also nicht von den Polen, deren Wagen ich nachts gesehen hatte, entführt worden.

Sie war noch in Schauren. Sie war noch bei mir.

Als ich oben von der Baumkrone aus Agneta unten im Pferch sah und mich freute, dass sie nicht weg war, kam mir plötzlich ein völlig neuer Gedanke: Konnte es sein, dass mir in der Nacht, in der ich aus Bitche zurückgekommen war, am Ortseingang von Schauren die Kriminellen begegnet waren, die meinem Kollegen Alain Miller die Sitze aus seinem neuen Sharan gestohlen hatten? Wenn ja, dann war ich vielleicht der einzige Mensch in Schauren, der die Täter in dieser Nacht gesehen hatte. Ich musste mit Alain über meinen Verdacht sprechen. Vielleicht konnte ich ihm ja helfen, seine gestohlenen Sitze wiederzubekommen.

Während Agneta den Abfall in die unbefestigte Grube ausleerte, drehte sie sich um und schaute zum Haus hinüber. In ihrer Haltung lag etwas Lauerndes. Wollte sie etwa wieder fliehen?

Ich stieg schnell vom Baum und trat vor bis zur Böschung. Ich riss die Arme hoch, wollte sie auf mich aufmerksam machen. Aber Agnetas Blick wich nicht von diesem schrecklichen Haus der Hagenaus. Wie ein geschundenes Tier, das vor Angst gelähmt war, weil jeden Moment sein Quälgeist aus der Tür treten konnte.

Eine Welle des Mitleids überkam mich. Ich rief ihren Namen. Ihr Blick geriet in Bewegung, wurde unruhig, schweifte zum Waldrand hin, die Böschung hinauf. Warum sah sie mich nicht? Ich riss wieder beide Arme hoch. Ich winkte.

Sie winkte zaghaft zurück.

Komm! Komm her zu mir! Hier steht der, der dich retten wird.

Doch Agneta rannte mit dem leeren Eimer zum Haus zurück und verschwand in der Tür, aus der sie gekommen war. Ihre Angst vor den Hagenaus war zu groß. Sie war ein einfaches Geschöpf, das nicht über so viel Kraft des Verstandes verfügte, sich selbst seiner Ketten entledigen zu können.

Jetzt wirkte das Anwesen wieder wie ausgestorben. Nur die ausgehungerten Schweine grunzten in der Kuhle, in der sie sich verkrochen hatten, und irgendwo gackerte wahnsinniges Federvieh.

Ich wartete. Irgendetwas musste geschehen. Sicher hatten sie mich rufen hören. Doch es geschah nichts. Im Haus der Hagenaus blieb es still.

Ich stieg wieder in den Wagen. In mir war eine große Leere. Ich hatte so sehr gehofft, dass sie mit mir gehen würde. Nun stand ich wieder mit beiden Füßen auf der Erde: Agneta gehörte Charles Hagenau. Sie war seine rechtmäßig angetraute Ehefrau. Daran würde ich nichts ändern können. Eine Beute wie Agneta würden diese Waldmenschen nie wieder aus ihren Fängen lassen.

Ich startete den Motor und wollte schon wenden und wegfahren – da geschah es.

Es war wie der Ausfall bei einer Belagerung. Sie liefen nicht, nein, sie stürzten aus dem Haus und bestiegen dann alle zugleich eine dieser klapprigen Kisten im Hof. Das kranke Gurgeln eines Motors war zu hören – und die Hagenaus schossen wie auf einer wilden Flucht davon.

Was hatte das zu bedeuten? Ich rührte mich nicht von der Stelle. Vielleicht wollten sie nur sehen, was geschah, wenn sie verschwanden. Vielleicht stellten sie mir eine Falle. Vielleicht drehten sie am Waldrand um und kamen zurück.

Aber sie kamen nicht zurück. Und Agneta war allein im Haus.

Ich stellte den Motor ab, stieg aus und ging in einem weiten Bogen langsam die Böschung hinab, die zum Haus führte.

Der tote Hund lag immer noch auf dem Hof. Die Küchentür stand offen.

Es kostete mich einige Überwindung. Sogar der Dämon in mir zögerte, schließlich war es Hausfriedensbruch. Aber ich tat es. Ich betrat die Küche.

Sie war in einem entsetzlichen Zustand. Ungewaschene Teller, verkrustete Bestecke. Im Spülstein, einem grauschwarzen Loch, faulten Essensreste. Es roch nach Zigarettenrauch und abgestandenem Bier. Überall standen leere Flaschen herum, in deren Bodensatz Kippen schwammen.

Ich ging in den Flur. Dort roch es nach Moder und alten, muffigen Kleidern. Ich musste mich erst orientieren. Hier war es dunkel, die Fenster waren mit Verpackungsabfall und Lumpen zugehängt.

Ich öffnete eine Tür. Bettenberge. Mief. Unglaublich viel Staub, der in der Luft schwebte wie Plankton. Ich schloss die Tür und ging weiter den Flur hinunter. Die Dielen knarrten. An einer Stelle war das Holz aufgerissen, als hätte ein Irrer mit einem Beil den Boden aufgehackt.

Hinter der nächsten Tür ein niedriger Raum mit einem Tisch, vier Stühlen und einem alten Fernseher, dessen Antenne aus einem abenteuerlich gebogenen Drahtgewirr bestand. Der Fernseher lief stumm. Das Bild war schwarzweiß und grobkörnig. Es schien ein französischer Sender zu sein. Irgendein Verkaufsprogramm. Eine Endlosschleife mit zwei steifen Menschen, die ihre Münder lustlos bewegten, um den Zuschauern nutzlose Dinge anzudrehen. Also hatte sich Louis geirrt: Die Hagenaus sahen fern, zumindest Agneta tat es.

Ich ging wieder in den Flur zurück. Jetzt erst sah ich die finstere Steintreppe. Sie führte hinab. In den Keller. Die grobe Tür aus Holzlatten stand weit offen. Ich spürte, dass sich da unten jemand aufhielt. Es wehte Wärme herauf. Menschliche Wärme. Agneta.

Ich stieg die enge Treppe hinab, schon nach wenigen Schritten ging die Lattendecke in Fels über. Ich stieß mir den Kopf an, es tat weh.

Als ich unten ankam, fröstelte mich. Es war kühl in dem grob behauenen Gewölbe. Die nackten Felswände waren feucht.

Ein scharrendes Geräusch. Ich folgte dem Geräusch. Wieder eine Tür aus Latten, dahinter schwaches Licht. Bloß eine Kerze.

Agneta kniete auf der Erde und wusch die Wäsche. In einem Bottich mit Seifenwasser. Sie hatte die Ärmel hochgekrempelt und rieb die groben Arbeitssachen der Hagenaus auf einem blechernen Waschbrett.

»Agneta!«

Sie hielt mitten in der Bewegung inne und – schrie. Sie schrie sich die Lunge aus dem Leib. In dem Felsengewölbe klang ihr Schreien wie ein Todeskampf.

Ich legte ihr beruhigend eine Hand auf die Schulter. Sie war kalt wie Eis. Ich half ihr auf die Beine. Sie schluchzte in meinen Armen.

Wenig später schob Agneta mit einer Handbewegung den Unrat vom Tisch und stellte mir eine Tasse hin. Dann goss sie das kochende Wasser vom Herd auf das Kaffeepulver. Den Kaffee hatte sie vorher mit einer alten Handmühle gemahlen. Sie goss Milch in meinen Kaffee. Zucker musste sie erst in den überquellenden Schränken suchen. Er fand sich in einer Steingutdose ohne Deckel und war verklumpt. Agneta löste ihn mit den Fingernägeln und gab ihn bröckchenweise in meinen Kaffee, auf dem noch Inseln aus Kaffeepulver schwammen. Erst dann setzte sie sich zu mir.

Agneta sprach lupenreines Französisch. Mit einem harten polnischen Akzent, an dem ich mich nicht satthören konnte.

»Entschuldigen Sie mein Verhalten. Aber wir – ich meine: meine richtige Familie, nicht die Hagenaus – wir sind es gewohnt, unsere Sprache zu verbergen. Ob wir Polnisch sprechen oder Französisch. Wir geben uns erst zu erkennen, wenn wir uns ganz sicher sind, dass wir es mit wohlmeinenden Menschen zu tun haben. Das hat etwas mit unserer Geschichte zu tun. Wir sind keine Polen, wir sind aber auch keine Franzosen. Für die Polen sind wir Franzosen, für die Franzosen Polen.«

Ich wurde nicht schlau aus dem, was sie sagte, aber ich beschloss, zu schweigen und sie reden zu lassen. Wenn sie sich schon einmal dazu durchgerungen hatte, den Mund aufzumachen, wollte ich sie nicht unterbrechen.

»Kennen Sie die Geschichte von Stanislaus Leszczynski? Sicher kennen Sie sie nicht. Hier nennen sie ihn *le bon roi*. Er ist durch ganz Europa geflüchtet. Als er schließlich auf den polnischen Thron verzichtete, bekam er Lothringen als Trostpreis. Seine Tochter Maria hat er mit Louis XV. verheiratet. Den Lothringern hat Stanislaus die Kultur und die Freude am Leben gebracht. Aber dann ist er eines Tages nach einem rauschenden Fest am Kamin eingeschlafen, ein Funke sprang ihm in den Pelzmantel, und er verbrannte. In Nancy gibt es einen Platz, der nach ihm benannt ist. Er gehört zum Weltkulturerbe.«

Ich war schon mehrmals auf dem berühmten Platz gewesen. Inmitten der vergoldeten Gitter und barocken Skulpturen fühlte man sich wie im Salon eines kaiserlichen Schlosses. Ich wunderte mich, dass Agneta den Platz in Nancy kannte. Ich hatte angenommen, dass sie das Haus der Hagenaus nur verließ, um im Supermarkt von Schauren einzukaufen. Ich hatte plötzlich eine ganz andere Person vor mir. Nicht mehr das stumme, scheue Reh. Nein, eine gewandte, selbstsichere, gebildete junge Frau.

»Ich komme aus Schlesien. Dort nennen sie unser Dorf *Maly-Parisa,* das ist Polnisch und heißt Klein-Paris. Hier in Lothringen gibt es auch polnische Siedlungen. Wissen Sie, wie die Lothringer sie nennen? *Petit-Varsovie.* Klein-Warschau. Wir sprechen seit Generationen Französisch. Die polnische Regierung hat uns das ausdrücklich erlaubt. Während sie den Schlesiern verboten hat, Deutsch zu reden. Deshalb sind die Schlesier so schlecht auf uns Franzosen zu sprechen. Mein Großvater hat fast sein ganzes Leben lang in der Grube von La Houve bei Creutzwald gearbeitet. Mein Vater ist hier aufgewachsen. Ich kam aber in Polen zur Welt. 1959 gab es einen großen Streik im Osten Frankreichs. Auch hier in der Gegend ging es hoch her. In Paris waren sie alarmiert. Die Polizei ging hart gegen die Bergarbeiter vor. Alles, was keinen Pass hatte, wurde rausgeschmissen. Sie holten meinen Vater auf der Arbeit ab. Ihm und seinen Kollegen wurde es verboten, noch nach Hause zu gehen und sich frische Sachen anzuziehen. Meine Mutter hat mir erzählt, dass der Gendarm von Schauren – er war ein guter Mensch und hieß Straßer...« – Das musste der Vater von Louis gewesen sein, 1959 war Louis noch nicht im Dienst gewesen. – »... er hat meinem Vater heimlich erlaubt, sich noch schnell zu verabschieden. Meine Mutter hat einen Koffer gepackt. Mit dem Allernotwendigsten. Sie verstand nicht, was vorging, und dachte, mein Vater müsste ins Gefängnis. Sie hängte sich an ihn, der Polizist versuchte, sie zu beruhigen, aber sie glaubte ihm kein Wort. Er musste sie ins Schlafzimmer einschließen. Sie schrie, als sie hörte, wie sich hinter meinem Vater die Haustür schloss. Es war schrecklich. Sie war ganz allein. Nur auf sich gestellt. Sie war damals noch sehr jung. Mein Vater kam nicht wieder. Die anderen sagten ihr: Er ist nach Hause gegangen. Sie dachte, man wollte ihr damit beibringen, dass er tot sei, dass sie ihn umgebracht hätten. Ein paar Wochen später ist sie ihm dann gefolgt. Nach Schlesien. Zum Glück hatte er wieder eine Arbeit – aber das Leben dort war härter als in Lothringen.«

»Und wieso sind Sie jetzt hier?«

Agneta seufzte. »Die Liebe geht seltsame Wege.«

Der Satz traf mich wie ein tödlicher Schuss. Ich wollte nicht mehr wissen. Aber Agneta schloss die Augen und begann zu erzählen wie eine Frau, die längst alle Hoffnungen auf die Erfüllung ihrer Träume aufgegeben hat und sich dennoch gerne an die Zeit der Verliebtheit erinnert.

»Ich arbeitete im Kaufhaus unseres Ortes.« Sie lachte auf. »Kaufhaus – was für ein Wort! Das war kein ›Migros‹ oder etwas, was Sie kennen. Es war bloß eine düstere, kalte Lagerhalle. In der Ecke schimmelten die Waren, die keiner wollte, und das, was alle wollten, gab es so gut wie nie. Die Leute verachteten uns, weil sie glaubten, wir würden die raren Dinge verschieben oder selbst mit nach Hause nehmen – und wissen Sie was: Sie hatten recht. Was tut man nicht alles, wenn man in Not ist, nicht wahr, *monsieur le commissaire*?«

Solange sie über derlei allgemeine Dinge sprach, quälte sie mein Herz nicht. Also nickte ich heftig, um sie zu ermuntern, beim Thema zu bleiben.

»Nun, eines Tages hielt ein Wagen vor der Tür, und drei Männer in Anzügen stiegen aus. Sie schauten sich im Kaufhaus um, kauften diese und jene Kleinigkeit – eher aus Verlegenheit und Höflichkeit, als dass sie diese Dinge wirklich zu brauchen schienen. Wir Mädchen steckten die Köpfe zusammen. Als ich hörte, dass die Männer untereinander Französisch sprachen, wandte ich mich in ihrer Sprache an sie. Meine Eltern sprachen zu Hause Französisch. Ich glaube, ich sagte so etwas wie: ›Können wir Ihnen helfen?‹ Sie lachten bloß – wahrscheinlich wegen meiner schlechten Aussprache. Aber dann kaufte einer der Männer eine Plastikblume, die schon lange in der einzigen Vitrine des Lagers lag – und schenkte sie mir. Sie glauben ja nicht, was so eine Geste in einem verbitterten Mädchenherzen anrichtet.«

»War es …?«

Sie nickte zögernd – als hätte ich ihr ein Geheimnis entlockt.

»Ja, es war Charles. Mein Mann.«

Was für ein billiger Trick! Fährt dieser Barbar aus dem abgelegenen Schauren nach Polen und erobert diese Schönheit mit einer verstaubten Plastikblume!

»Wir tranken Kaffee zusammen. Und dabei entdeckten Charles und ich unsere gemeinsame Liebe zum Theater...«

Ich konnte nicht anders: Ich lachte höhnisch auf. Sie fasste nach meiner Hand.

»Tun Sie mir einen Gefallen: Denken Sie nicht schlecht über Charles! Er hat eine raue Schale, aber sein Kern ist weich und menschlich. Er musste sich schon als Kind in einer feindseligen Umgebung behaupten...«

»Ja, diese Hagenaus sind ein übler Menschenschlag.«

»Ich meine nicht seine Familie, ich meine die Schaurener. Die sind weit schlimmer als die Hagenaus.«

Offensichtlich hatten die Einsiedler sie gegen den Ort eingenommen.

»Wir verliebten uns ineinander. Charles war der Mann, auf den ich gewartet hatte. Er versprach, mich zum Theater zu bringen...«

Dazu konnte ich nicht schweigen. »Dieser Schwindler! Der hat doch noch nie ein Theater von innen gesehen.«

Agneta schaute streng. »Bitte! Er ist nicht so, wie Sie denken. Er bot mir an, mich nach Lothringen mitzunehmen. Er hatte natürlich erfahren, dass meine Familie ihre schönste Zeit dort verbracht hatte. Ich aber – ja, Sie werden sich wundern, ich lehnte zuerst ab. Ich bestand darauf, vorher zu heiraten.«

Ich sah Charles triumphieren: In Schauren konnte er froh sein, wenn eine Ziege für ihn übrig blieb. In Schlesien aber bekam er mit ein paar billigen Tricks die Schönste ab. So ungerecht ging es auf der Welt zu.

»Wir fuhren in die Stadt, nach Katowice. Dort gingen wir schnurstracks zum Pfarrer. Der gute Mann machte eine Ausnahme. Normalerweise nimmt man es in Polen mit dem Aufgebot sehr genau – die Hagenaus hatten ihre Geschäfte abgeschlossen und mussten dringend nach Hause zurück.«

»Welche Geschäfte denn?«, fragte ich so arglos wie möglich.

Sie antwortete, ohne zu zögern: »Ich glaube, sie hatten Unfallautos verkauft. Die Polen sind geschickt mit solchen Arbeiten, sie machen aus einem Schrottwagen in null Komma nix wieder ein schmuckes Autochen.«

Meines Wissens verschafften sich die Spezialisten im Osten ihren Rohstoff auf andere Weise als durch fahrende Händler aus dem Westen – der arme Alain Miller konnte ein Lied davon singen. Aber gut, die Geschichte war abstrus genug, da waren die Geschäftsverbindungen der Hagenaus nach Polen noch der kleinste Stolperstein.

»Wir mussten also kein Aufgebot bestellen. Der Pfarrer traute uns gleich auf der Stelle. Und am Tag darauf saßen wir im Zug und fuhren gen Westen.«

»Die Hagenaus – im Zug?«

»Klar doch, die Autos, mit denen sie gekommen waren, hatten sie ja mittlerweile verkauft.«

»Ich dachte, es waren Schrottautos?«

»Ja, aber sie fuhren noch. Auch die Hagenaus haben ein Händchen für kaputte Autos. Ich habe schon gesehen, wie sie Fahrzeuge flottbekamen, die vorher nicht mal mehr einen funktionierenden Motor besaßen.«

In Wirklichkeit war es wahrscheinlich so: Es handelte sich nicht um Schrottautos, sondern um intakte Wagen, die die Hagenaus gestohlen hatten und dann in Polen losschlugen. Ich nahm mir vor, das BKA auf die ausländischen Aktivitäten dieser sonderbaren Familie hinzuweisen.

»Am Anfang war alles sehr schön. Wir sprachen oft miteinander, wir fuhren nach Metz und Saarbrücken. Aber als mir klar wurde, dass hier weit und breit kein Theater war, in dem Charles mich hätte unterbringen können, wurde ich unruhig. Ich drängte Charles, etwas zu tun – ich sang und trug ihm meine besten Rollen vor. Er war begeistert. Aber er konnte nicht viel machen.«

»Wenn Sie nach Polen zurückwollen, werde ich Ihnen helfen, Agneta.«

Wieder berührte sie meine Hand. Ich glaubte, Tränen in ihren Augen zu sehen.

»Monsieur, Sie sollten eines wissen: Ich bin gläubige Katholikin – und die Ehe ist ein Sakrament. Niemals werde ich Charles verlassen. Im Übrigen ist er auch ein guter Ehemann.«

Das schnürte mir den Hals zu.

»Und warum sind Sie dann zu uns ins Auto geschlüpft?«

Nun schluchzte sie. »Es gibt ab und zu Streit. Immer wegen der gleichen Sache. Aber ich möchte nicht darüber reden. Es schmerzt zu sehr. Diesmal aber ist Charles zu weit gegangen …«

»Er hat Sie geschlagen …«

»Es ist nicht nur Charles. Luc mag mich nicht …« Sie schluchzte noch mehr.

»Wenn sie das wieder tun, erlauben Sie mir dann, Ihnen zu helfen, Agneta?«

Sie hörte auf zu weinen. Das Taschentuch verschwand in ihrer kleinen Faust.

»Er kann nichts dafür. Es ist der Alkohol und der schlechte Einfluss. Sein Bruder Luc ist ein Sadist, und der Vater – nun, er ist seit dem Tod der Mutter verbittert. Die Familie hat viel durchlitten, das kann man sich gar nicht vorstellen …«

Draußen knatterte ein Wagen.

Agneta sprang auf.

»Schnell! Versteck dich irgendwo!« Sie lief verschreckt in der Küche umher. »Die werden dich totschlagen, wenn sie dich hier bei mir finden.«

Wir rannten auf den Flur. Sie riss die Türen eines Besenschrankes auf. »Schnell, hier hinein! Ich versuche, sie abzulenken. Es dauert nicht lange. Sie müssen bestimmt gleich wieder weg. Wahrscheinlich haben sie bloß etwas vergessen.«

Im Schrank roch es nach Verwesung. Gerne hätte ich mir die Nase zugehalten, aber ich wagte nicht, mich zu bewegen.

»Bring endlich die Küche in Ordnung, du Schlampe!«, hörte ich den alten Hagenau krächzen.

»Rede nicht so mit meiner Frau!«, fuhr Charles ihn an.

»Vater hat recht«, sagte der andere Sohn. »Die ist doch zu gar nichts nütze. Höchstens zum Rammeln.«

»Als ob du das beurteilen könntest«, entgegnete sein Bruder. »Du kennst dich doch besser bei Ziegen und Schafen aus als bei Frauen.«

Agneta wies sie zurecht: »Schluss mit dem Geschwätz! Das kann ja kein vernünftiger Mensch aushalten. Stellt euch vor, es hört euch jemand zu. Was würde der bloß von der Familie denken?«

Ich hörte sie so deutlich, als säßen sie bei mir im Schrank. Das Gespräch wurde trotz der Lautstärke in einem kühlen, ja gelassenen Ton geführt – sie schienen sich immer so zu unterhalten.

»Los, tragt die Benzinkanister in den Schuppen!«, befahl der alte Hagenau.

»Du kannst mich mal«, widersprach Charles. »Ich habe das Zeug schon in den Wagen geschleppt, ausladen könnt ihr!«

»Ich weiß doch, was du willst«, sagte Luc, der ältere, und lachte spöttisch. »Du willst uns nur aus dem Haus haben, damit du wieder über die polnische Schlampe drüberkannst.«

Ein Klatschen. Ein erzürnter Aufschrei. Das Machtwort des Alten. Dann war Ruhe. Offensichtlich hatte Agneta ihrem Schwager Luc eine Ohrfeige versetzt. Auch das schien nichts Ungewöhnliches im Hause Hagenau zu sein. Wenig später hörte ich den alten Hagenau und Luc draußen mit Blechkanistern hantieren.

In der Küche begann Agneta zu schrubben. Charles scharwenzelte um sie herum.

»Ich mag es ja auch nicht, wenn sie so sind. Aber ich habe nun mal keine andere Familie.«

»Doch, mich.«

»Aber du bist doch ...«

»Was? Bloß die polnische Schlampe?«

»Habe ich dich jemals so genannt, Agneta?«

»Nein, hast du nicht. Aber das, was du mir in Polen versprochen hast, das hast du auch nicht gehalten.«

Sie sprach ihre Sätze wie einen Text. Sie spielte. Für mich. Für ihr Publikum im Wandschrank.

»Mensch, Agneta, die Zeiten haben sich geändert«, stammelte Charles. »Nichts ist mehr einfach heutzutage.«

»Willst du damit sagen, du hättest früher bessere Beziehungen gehabt?«

»Was ist bloß mit dir los? Du bist doch sonst nicht so. Warum gibst du heute keine Ruhe? Wir könnten es so schön haben. Warum musst du unbedingt zum Theater?«

»Weil ich dazu geboren bin, du Trottel.«

»Nenn mich nicht Trottel, sonst setzt's was!«

Plötzlich stand Charles vor dem Schrank. Ich hörte ein Knarren. Er bewegte den Schlüssel. Ich wagte nicht zu atmen.

»Was willst du an dem Schrank?! Ich kann aufräumen und aufräumen – und ihr Drecksäcke, ihr reißt alles wieder aus den Schränken und Schubladen heraus. Wie im Kindergarten.«

Charles ließ den Schlüssel los.

»Aber ich wollte doch nur meine Stiefel wegstellen. Wo du immer sagst, ich soll die Stiefel nicht in der Wohnung herumstehen lassen ...«

Agneta war plötzlich ganz nah. »Laß doch die Stiefel! Dein Bruder und der Alte haben mit dem Benzin zu tun ... Lass die draußen rumfuhrwerken! Wir verziehen uns ins Schlafzimmer ...«

Ein Schmatzen. Sie küssten sich.

»So kenn ich dich ja gar nicht. Sonst bin immer ich der, der bittet und bettelt und dann doch nicht zum Zug kommt, weil du mal wieder Migräne hast oder ein Reißen im Rücken oder ...«

Er atmete schwer – und ich verspürte einen heftigen Hustenreiz. Die beiden waren mir so nahe, ein winziges Räuspern, und ich wäre entdeckt worden. Ich schloss die Augen und versuchte mich auf etwas zu konzentrieren, was nicht mit Agneta und den Hagenaus zu tun hatte.

Lotte! Ich dachte an Lotte. Ausgerechnet jetzt. Was sie wohl sagen würde, wenn sie mich hier sehen könnte: im Schrank der Hagenaus versteckt, während sich Charles über seine Frau hermachte? Ja, jetzt sehnte ich mich nach ihr. Nach ihrer Sauberkeit, ihrer Heiterkeit, ihrem ehrlichen Lachen. Der Mensch lernt das Gute, das er hat, erst zu schätzen, wenn er bis zum Hals im Dreck steckt. Ich steckte noch tiefer im Dreck. Viel tiefer.

»Du bist ja schon ganz ...«

»Das kannst du aber singen. Dass du plötzlich so heiß drauf bist ... Weißt du, das macht mich unheimlich an: Dass du heiß bist. So richtig heiß. So warst du noch nie. Immer muss ich dich bitten – oder gar zwingen. Glaubst du, das tue ich gerne? Meiner Liebsten erst eine semmeln, bevor ich mein Ding in sie reinstecke. Unsereiner will doch auch ein bisschen Harmonie und Zärtlichkeit. So wie jetzt. Wo ich spüre, du willst es. Du brauchst es. Wir machen es jetzt gleich zweimal, und einmal sitzt du auf mir drauf.«

»Wart's ab!«

»Siehst du, dir läuft's doch auch schon raus. Wieso zierst du dich? Was ist schon dabei, wenn du mal auf mir draufsitzt? So wie im Fernsehen.«

»Wir Frauen sind kompliziert. Aber wenn wir beide wollen, dann muss es gleich sein.« Das klang wie eine Drohung. »Also komm endlich!«

»Aber mein Vater und Luc ...«

»Du hörst sie doch: Die beiden Deppen haben sich in ihrem Schuppen verkrochen und zählen Benzinkanister.«

»Dann komm, schnell!«

Sie rannten hinaus, ich hörte die Tür des Schlafzimmers zuschlagen. Wenig später knarrte das Bett, und Charles grunzte wie ein Schwein. Agneta schrie: »Langsam, nicht so schnell.« Und dann: »Genau so. Ja, schneller, jetzt schneller, fester.«

Es war die Hölle. Aber ich wusste ja, wofür sie es tat. Für mich. Sie schauspielerte die brünstige Gattin. Und wie sie das tat! Sie war wirklich begabt. Eine solche Lust, sich zu verstellen. Wo sie doch erfüllt war von Abscheu vor diesem grässlichen Charles – und von Angst um mich.

Ich drückte fest gegen die Tür. Doch Agneta hatte den Schrank abgeschlossen. Ich drückte fester. Das alte Schloss quietschte, dann war es auf. Ich schlüpfte durch die Küchentür hinaus in den Pferch, verjagte die Hühner und Schweine, die mir gackernd und grunzend folgten, machte einen großen Bogen um den toten Hund im Hof und erreichte gerade den Waldrand, als auf der anderen Seite des Anwesens die Tür des Schuppens aufflog und der Alte den jungen Hagenau wütend vor sich hertrieb.

»Ich hab gesagt: Gib acht, verschütt nix! Eine Zigarette unachtsam weggeworfen, und unser Hof brennt ab.«

Luc flüchtete ins Haus, der Alte hinterher. Damit war das Liebesspiel von Charles beendet – und Agneta war von der Last befreit, meinetwegen die Geilheit ihres Gatten ertragen zu müssen.

Ich kletterte die Böschung hoch, erreichte keuchend meinen Wagen und raste davon. Mein Herz klopfte noch, als ich in die Einfahrt des Bürgermeisters bog.

8. KAPITEL

Gegen vier Uhr schreckte ich schweißgebadet aus einem Albtraum hoch. Lotte und Agneta hatten sich auf der Straße getroffen.

Ich sah von der anderen Straßenseite aus zu, wie die beiden Frauen sich unterhielten. Dabei verstand ich jedes Wort. Lotte wollte Agneta davon überzeugen, dass die verfahrene Situation nur eine Lösung zuließ: Sie mussten beide die Finger von mir lassen. Sie machten den Eindruck, als ginge es nur um eine Kleinigkeit. Agneta war zwar etwas unsicher, aber Lottes klare Haltung schien sie zu beeindrucken. Ich versuchte, durch Gestikulieren auf mich aufmerksam zu machen. Die beiden sahen mich, aber sie waren zu sehr mit sich beschäftigt. Ich wollte die Straße überqueren. Doch als ich einen Fuß auf die Fahrbahn setzte, raste ein Wagen heran. Beinahe wäre ich überfahren worden. Kaum hatte ich mich von dem Schreck erholt, da kam schon das nächste Fahrzeug. Ein Überqueren der Dorfstraße war unmöglich.

Lotte und Agneta waren sich mittlerweile einig geworden. Als sie sich umarmten, wachte ich auf. Erst im Morgengrauen schlief ich entnervt wieder ein.

Als ich zur Tür hereinkam, hielt Louis den Hörer hoch. »Ein Anruf aus dem Rathaus.«

Es war schon nach neun. Ich hatte verschlafen. Zum ersten Mal. Der Bürgermeister war persönlich am Apparat.

»Ich versuche schon seit einer Stunde, Sie zu erreichen.«

»Ich hatte einen Termin außer Haus«, log ich.
Louis und Alain warfen sich verstohlene Blicke zu.
»Kommen Sie sofort! Es ist etwas passiert.«

Pierre Brücks Büro befand sich im ersten Stock. Es gab keinen Pförtner und kein Vorzimmer. Als ich klopfte, bellte er: »Nun kommen Sie schon rein!«

Er stand am Fenster. Von dort aus hatte er mich über den Marktplatz kommen sehen. Pierre Brück war wütend. Er fand es nicht einmal nötig, mich zu grüßen.

»Wo bleiben Sie denn, Bollinger?!«

»Wie gesagt, ich hatte ...«

»Setzen Sie sich! Die Lage ist ernst.«

Ich nahm vor dem riesigen Schreibtisch aus schwarzem Tropenholz Platz und blickte auf den Bücherschrank. Er enthielt meterweise in grünes Leder gebundene Gesetzessammlungen. Die Bücher machten nicht den Eindruck, als würden sie oft benutzt werden. An der Wand neben der Tür hing eine mittelformatige Ansicht von Schauren – ein Ölgemälde. Der Blick auf das Dorf war bieder und uninspiriert, es war dem Maler mehr um Vollständigkeit als um die Atmosphäre gegangen. Über der Tür hing das gerahmte Foto des Staatspräsidenten. Im rechten unteren Winkel des Rahmens klebte die blau-weiß-rote Staatskokarde.

Pierre Brück pflegte in seinem Rathaus den gleichen unaufwendigen Stil wie zu Hause: Er sammelte viel dunkles Holz um sich. Das Notwendige war vorhanden, für das Auge gab es nur das, was unumgänglich war. Auf Individualität oder gar einen persönlichen Stil legte er keinen Wert. Pierre Brück gehörte nicht zu der Sorte Kommunalpolitiker, die Modernität, Unverwechselbarkeit und Kunstsinn zeigen wollten, indem sie ihre Büros mit privaten Erinnerungsstücken und eigenwilligen Bekenntnissen zur modernen Kunst schmückten. Pierre Brück hatte eine solche Staffage nicht nötig. Wer sein Büro betrat, sollte gleich merken:

Hier residierte ein Mann mit Macht, der seine Besucher nicht für sich einnehmen musste.

Jetzt erst wandte er sich mir zu. Er durchquerte das weiträumige Zimmer und nahm in seinem Chefsessel Platz. Die Dielen knarrten noch unter seinem schweren Schritt, als er schon saß.

»Ich habe Sie hergebeten, um Ihnen mitzuteilen, dass heute Nacht in unser Rathaus eingebrochen worden ist.«

Ich fuhr hoch. »Was?«

Brück machte eine besänftigende Bewegung. »Lassen Sie uns die Sache in Ruhe besprechen. Wir dürfen auf keinen Fall Aufsehen verursachen.«

»Wo ist der Einbruch geschehen? Ich muss sofort die Kollegen vom Erkennungsdienst anrufen.«

Brück seufzte. Er wirkte unendlich genervt. »Das mit dem Erkennungsdienst – das können wir uns sparen. Die Täter haben ja bloß ein Kellerfenster eingeschlagen. Rückwärtig. Da liegt unser Parkplatz. Sie wussten genau, was sie wollten. Sie sind durch den Keller ins Treppenhaus und dann hoch ins Schauren-Zimmer.«

»Ins Schauren-Zimmer?«

»Ja. Es ist ja eigentlich nur eine Besenkammer. Aber wir lagern dort den Grundstock unseres Heimatmuseums. Die Sammlung ist noch im Aufbau.« Brück griff nach seinem Telefon und wählte eine zweistellige Nummer. »Komm doch mal hoch. Die Polizei ist jetzt da.« Er legte auf. »Madame Chariot ist für das Museum verantwortlich.«

»Die Frau unseres Arztes?«

»Ja. Ich habe sie extra deswegen eingestellt. Eine befristete ABM-Stelle. Die Arme langweilte sich zu Hause zu Tode. Und sie ist ausgebildete Bibliothekarin.«

»Bibliothekarin? Aber Sie brauchen dazu doch eine Museumspädagogin.«

»Das ist doch dasselbe, Bollinger. Kümmern Sie sich nicht darum. Tun Sie Ihre Arbeit. Bringen Sie das gestohlene Telefon zurück!«

»Man hat Ihnen ein Telefon gestohlen?«, fragte ich verblüfft.

»Natürlich nicht irgendein Telefon, Bollinger. Es ist...« Er tat einen tiefen Seufzer, »das Feldtelefon von Marschall Philippe Pétain. Da staunen Sie, was?«

»Das Feldtelefon aus Vichy befand sich hier in Schauren?«, fragte ich ungläubig.

»Vergessen Sie Vichy! Warum müsst ihr Deutschen immer auf Vichy herumreiten? Vichy war nur eine Episode. Seine große Zeit hatte der Marschall im Ersten Weltkrieg.« Er streckte sich bedeutungsvoll. »Er war ein Kriegsheld. Der Oberbefehlshaber, der unsere Truppen zum Sieg geführt hat. Als in Verdun gekämpft wurde, hatte Pétain für ein paar Wochen sein Hauptquartier im Rathaus von Schauren. Denken Sie nur: Die Grande Armée wurde von diesem Zimmer aus befehligt! Spüren Sie jetzt, was mich hier beseelt?«

Ich schaute mich um. Viel war vom Geist des Marschalls nicht mehr zu bemerken. Da wurde zaghaft angeklopft.

Brück brüllte: »Herein!«, und Madame Chariot trat ein.

Ich hatte sie schon mal in der Praxis unseres Arztes gesehen. Madame machte dort immer einen etwas verschreckten Eindruck, schien nicht recht zu wissen, wie sie ihrem Gatten behilflich sein konnte, wenn dessen Wartezimmer mal wieder voller Leute saß. Madame Chariot passte nicht zu ihrem Mann. Der Doktor war ein knorriger, alter Kerl, der vor nichts Respekt hatte – außer vor dem Tod, den er als seinen persönlichen Feind ansah. Jetzt wirkte Madame ganz anders als in der Praxis. Sie war dezent geschminkt und adrett gekleidet. Sie war schlank. Flachbrüstig, würden manche sagen. Ihr brünettes Haar trug sie bubenhaft kurz. Ihre Gesichtszüge waren sehr französisch, fein geschnitten, sensibel, aber entschlossen. Sie sah aus wie eine Lehrerin, trug auch eine Hornbrille, die an einem Metallband um ihren Hals hing.

Die Frau des Arztes war einmal eine Schönheit gewesen. In gewissem Sinn war sie das jetzt noch, obwohl sie die Fünfzig schon überschritten hatte. Zur schwarzen Seidenbluse trug sie einen kurzen, engen Rock, wie fast alle Frauen in Schauren. Ihr

Körper war knabenhaft, aber dennoch sehr weiblich, die Formen waren ausgeglichen. Sie bewegte sich katzenhaft und fast lautlos. Ihre Stimme klang ein wenig rau, aber nicht kratzig.

»Claire, würdest du unserem Polizeichef alles zeigen?«

Sie hatte nur Augen für den Bürgermeister.

»Gerne. Brauchen Sie mich heute noch?«

Es war ein Flehen. Doch Pierre Brück war ungnädig:

»Nein, wenn Bollinger alles gesehen hat, kannst du gehen.«

»Und morgen?« Ihre frisch blutrot geschminkten Lippen zitterten unmerklich.

»Morgen ist doch dein freier Tag, oder?«

»Ja. Aber wenn die besondere Situation es erfordert, komme ich natürlich ...«

Brück schaute sie zum ersten Mal an. Sein Blick glitt an ihr herab auf die nackten Beine, die durchaus zu einer Jüngeren hätten gehören können.

»Mal sehen. Ich rufe dich heute Abend an. Oder besser: Ich schicke dir eine Mail. Vielleicht müssen wir noch mal reden. Abends.«

Er warf mir einen missbilligenden Blick zu, es war dem Bürgermeister nicht recht, dass ich mitbekam, wie eng er mit seiner Angestellten zusammenarbeitete.

»Wir können ja noch irgendwo essen gehen.«

Madame Chariot war überglücklich. Jetzt hatte sie auch Augen für mich. Sie setzte ihre Hornbrille auf. Ihr Ton wurde geschäftsmäßig.

»Wenn Sie dann mitkommen würden.«

»Bis gleich!«, sagte Pierre Brück zu mir, während er schon in seiner Vorlagenmappe kramte.

Wir gingen zu einem Zimmer am Ende des Flures. Claire Chariot schloss auf. In dem winzigen Raum war es dunkel. Vom Flur fiel wenig Licht herein.

Ich konnte nur ein verstaubtes Regal erkennen.

»Hier stand das Telefon«, sagte sie und legte den Zeigefinger auf ein Brett.

Ich konnte im Staub die Insel mit den Umrissen eines Schuhkartons erkennen. Claire Chariot bückte sich leicht und blies den Staub weg. Ich wunderte mich, mit welcher Anmut sie das tat. Ihr Parfüm war herb, aber anregend.

»Ist das Zimmer immer abgeschlossen?«

»Ja.« Sie biss sich auf die Lippe. »Fast immer. Gestern war es offen. Aus Versehen.«

»Wer hat einen Schlüssel dazu?«

»Nur ich und Pierre … der Bürgermeister.«

Sie wich meinem Blick aus und errötete. Das sah ich trotz der schlechten Lichtverhältnisse. Nun wusste ich, was Sache war: Pierre Brück schlief mit der Gattin des Arztes. So wie er mit etlichen Frauen in Schauren schlief. Aber um Claire Chariot war er zu beneiden. Ich war ihr ganz nah in dem verstaubten und dunklen Kabuff, und ich spürte, dass sie eine sehr anhängliche Frau war. Ihr Gatte hatte sie wahrscheinlich seit Jahren nicht mehr angerührt. Sie war ausgehungert. Sie verzehrte sich nach Sex. Sie war bereit, sich hinzugeben. Pierre Brück hatte mal wieder den richtigen Riecher gehabt.

Irgendwie machte es uns zu Kumpanen, dass er Lotte mit dieser Frau betrog. Lotte hatte dadurch einen triftigen Grund mehr, ihn zu verlassen. Im Übrigen betrog ich sie ja auch. Mit Agneta. Zwar nur in meinen Fantasien – aber die waren so stark, dass ich Schuldgefühle hatte wie bei einer wirklichen Affäre.

»Kann ich jetzt das Kellerfenster sehen?«

Sie schloss wieder ab, und wir stiegen die Treppe hinab ins Untergeschoss. Am Ende eines langen Ganges lagen Scherben auf dem Boden. Ich bückte mich und schaute sie mir genauer an. Dann ließ ich Madame Chariot die Kellertür aufschließen. Wir gingen hinaus. Auch auf den Stufen der Kellertreppe lagen Scherben. Unter dem aufgebrochenen Fenster. Wie im Keller – handtellergroß.

»Wer hat denn das Fenster eingeschlagen?«, fragte ich.

»Die Einbrecher natürlich«, antwortete sie pikiert.

Ich schaute mir das Fenster genauer an. Es war klein. Nicht

mal fünfzig auf fünfzig. Das Fenster in der Kellertür war größer, dort hätte ein Mensch bequem durchklettern können.

»Gut«, sagte ich. »Sie können gehen.«

Sie zögerte. »Mehr wollen Sie nicht wissen?«

Ich hätte sie gerne gefragt, wo sie sich mit Pierre Brück traf. In einem verschwiegenen Appartement? Oder in kleinen Hotels in Metz oder Saarbrücken? Ich konnte es mir gut vorstellen. Sie wartete sicher auf ihn. Nackt, damit es schneller ging. Der Bürgermeister musste anschließend nach Hause. Lotte wartete auch – mit dem Abendessen.

In Schauren warteten alle auf ihn.

Pierre Brück telefonierte, als ich eintrat. Er beendete das Gespräch abrupt.

»Und?«

»Ich weiß Bescheid.«

Das schien ihn zu erstaunen. »Ist das nicht eine Unverschämtheit? Das Feldtelefon des Marschalls.« Er wurde pathetisch. »Nicht mal die Deutschen haben es angerührt.«

Ich nahm unaufgefordert Platz. »Das Fenster hat jemand aus dem Rathaus eingeschlagen.«

Brück zog eine Augenbraue hoch. Er war plötzlich sehr präsent. Ich hatte ihn herausgefordert, ihn, den großen Pierre Brück.

»Wenn ein Einbrecher ein Fenster eindrückt, fliegen alle Scherben nach innen. Draußen auf der Kellertreppe liegen aber mehr Scherben als im Keller. Das wollte jemand ganz gründlich machen. Und die Scherben sind nicht zertreten. Im Übrigen ist das Fenster vielleicht groß genug für Madame Chariot mit ihrer Modellfigur. Ein Einbrecher aber würde den Weg durch das Fenster der Kellertür nehmen. Da passt auch ein Mann durch.«

»Und wenn es Kinder waren?«

Was wollten Kinder mit dem Telefon von Marschall Pétain? Ich schwieg dazu.

»Sie finden also, Claire Chariot hat eine Modellfigur? Ist Ihnen aufgefallen, dass sie keinen Busen hat?«

Auch dazu hatte ich nichts zu sagen.

»Aber Sie haben recht – für ihr Alter ist Claire noch gut beisammen.«

Brück sprang auf und ging zum Fenster. Er drückte den Rücken durch und ächzte.

»Ach, Bollinger, Sie haben ja keine Ahnung, womit ich mich rumschlagen muss. Ich würde sofort mit Ihnen tauschen.«

Das war etwas vollmundig. »Wir haben momentan sehr viel um die Ohren. Sie wissen, der Mordfall auf dem Wackesberg ...«

Brück massierte sich mit beiden Händen die Schläfen.

»Bollinger, bitte hören Sie endlich damit auf! Das war kein Mord.« Bevor ich widersprechen konnte, wandte er sich ruckartig um. »Wir hatten doch am Wochenende unseren jährlichen Maria-Geburts-Markt. Das Rathaus war voller Leute. Im Foyer gab es einen Dritte-Welt-Stand unserer katholischen Jugend. Ein grässliches Durcheinander. Dabei muss es passiert sein.«

»Was?«

»Der Diebstahl. Jemand hat das Telefon vom Marschall Pétain mitgehen lassen. Wissen Sie, was das heißt? Das ist eine Reliquie. Wenn unser Museum erst eröffnet ist, kommen sie in Scharen aus dem ganzen Land hierher.« Er breitete die Arme aus. »Aber das Telefon ist weg.« Er drohte mit dem ausgestreckten Zeigefinger. »Wenn ich den Halunken in die Finger bekomme! Wir machen uns zum Gespött des gesamten Landes. Lassen uns bei einem Flohmarkt unser Heiligtum stehlen.«

»Haben Ihre Mitarbeiter deshalb den Einbruch vorgetäuscht?«

Der Bürgermeister ließ sich auf einen Stuhl fallen. »Sie wollten bloß davon ablenken, dass es während des Markts passiert ist. Bedenken Sie die Blamage: Schauren lässt sich am helllichten Tag Pétains Telefon stehlen ... Ich wusste ja nicht, dass Sie so gerissen sind, Bollinger.«

Aus dem Munde von Pierre Brück musste das was heißen. »Wenn ich reingelegt werden soll, werde ich misstrauisch.«

Der Bürgermeister schaute flehend nach oben. »Aber wir wollten Sie doch nicht reinlegen, Herr Bollinger. Bitte, bitte – helfen Sie mir! Finden Sie das Telefon von Pétain wieder! Wir wollten nur verhindern, dass ganz Frankreich über uns lacht.« Und dann sofort wieder im Befehlston: »Wir müssen die Sache geheim halten! Nichts darf nach außen dringen.«

Mir passte die Sache nicht in den Kram. Ein Diebstahl auf einer öffentlichen Veranstaltung, zu der das ganze Dorf Zutritt hatte – das würde eine endlose Untersuchung geben.

»So leid es mir tut – ich habe momentan genug mit dem Wackesberg-Fall zu tun, *monsieur le maire*.«

Brück sprang auf. Er lief fauchend umher.

»Vergessen Sie endlich diesen Quatsch! Es schadet nur dem Geschäft, wenn Sie da weiter rumschnüffeln. Hängen Sie sich lieber mit ganzer Kraft in den Pétain-Fall rein! Wenn Sie mir da helfen – das wird Ihnen Schauren nie vergessen. Wenn Sie hingegen diese angebliche Mordgeschichte weiter aufblasen – so wird man Ihnen das hier schwer übel nehmen. Es geht um Arbeitsplätze, Bollinger. Um die Zukunft unserer Gemeinde.«

»*Monsieur le maire* – der Leichenbeschauer hat eindeutige Hinweise gefunden. Und die Gerichtsmedizin in Metz ...«

»Masson ist ein Trottel. Haben Sie das nicht bemerkt? Und in Metz sitzt der Präfekt. Der weiß, was hier los ist. Er wird die Gerichtsmedizin schon in ihre Schranken verweisen, falls dort jemand übereifrig sein sollte. Aber das wird keiner, denn sie kennen Masson und wissen, dass er nicht richtig tickt. Sie sind das einzige Problem, Bollinger. Lassen Sie den Wackesberg und kümmern Sie sich um Pétain!«

Ich stand auf. Er fuhr herum.

»Sie wollen gehen?«

»Ich habe meine Prinzipien.«

»Was sind denn das für Prinzipien?«, brüllte Brück. »Dass Sie Ihre Karriere als Kriminalist über das Wohl unserer Gemeinde stellen?«

»Nein«, antwortete ich ruhig. »Ich werde mit dem Wackesberg-Mord keine Lorbeeren verdienen, das weiß ich.«

Er kam mir ganz nahe, ich roch seine Ausdünstung, ich hörte seine Bronchien rasseln.

»Warum tun Sie's dann, um Gottes willen?«

»Weil es einen Toten gegeben hat. Das ist für mich Grund genug.«

Brück fuhr herum. Er rannte zum Fenster, wild mit den Armen gestikulierend.

»Ein versoffener Landstreicher. Ein Asozialer. Was soll das? Jeder ordentliche Bürger unserer Gemeinde ist tausendmal mehr wert.«

»Nein«, sagte ich.

Brück fiel in sich zusammen. »Suchen Sie Pétains Telefon, Bollinger! Mehr kann ich Ihnen nicht sagen.«

»Haben Sie denn keinen Respekt vor einem Menschenleben, *monsieur le maire*?«

»Scheren Sie sich zum Teufel, Bollinger, ich habe zu tun«, brüllte der Bürgermeister und beugte sich über seine Vorlagenmappe.

9. KAPITEL

Man könnte leicht den Eindruck gewinnen, dass ich, was Frauen angeht, ziemlich unbeleckt bin. Es ist ja nicht üblich, dass ein Kerl, der schon seine Erfahrungen mit den Frauen gemacht hat, so Knall auf Fall einer verfällt, die er kaum kennt. Ich meine damit nicht nur Agneta, sondern auch Lotte. In beiden Fällen bin ich mit wehenden Fahnen übergelaufen. Das tut einer in meinem Alter normalerweise nicht. Ein Mann meines Alters weiß, dass bei den Frauen alles anders ist als bei den Männern, vor allem aber, dass sie nie halten, was sie versprechen. Und er weiß auch, wie wenig er seinen eigenen Gefühlen trauen kann. Ein ungehobelter Kommilitone von mir auf der Polizeiakademie hat es mal so formuliert: Ein steifer Schwanz ist ein schlechter Wegweiser. Das trifft es in etwa, auch wenn ich es anders ausdrücken würde.

Nun, ich habe durchaus auch vor Lotte und Agneta meine Erfahrungen gemacht. Und sie waren längst nicht so gut, wie mein Verhalten in Schauren nahelegen könnte, denn ich habe die Frauen auch von ihrer bösen Seite kennengelernt. Aber ich habe daraus nie die Konsequenzen gezogen, die andere üblicherweise ziehen. Ich habe trotz allem nie aufgehört, an die Frauen zu glauben.

Schon als Jüngling war ich bereit, für jede Frau, die mir zuzwinkerte, durchs Feuer zu gehen. Ich war nicht naiv oder weltfremd oder gar leichtgläubig. Ich war nur einfach der Meinung, dass man als Mann Geduld haben muss.

Man muss sich durch die äußeren Schalen, die nicht einmal immer abschreckend sind, sondern oft sehr verlockend, hindurchkämpfen, muss Rückschläge und bittere Enttäuschung ertragen, wenn man zu spüren bekommt, wie egoistisch, wie kleingläubig, wie borniert das Wesen, das man anbetet, in Wirklichkeit sein kann. Man muss auch die ästhetische Entzauberung ertragen können. Es gibt keine Frau, die schön bleibt. Meist zeigen sich schon nach kurzer Zeit Narben, keine medizinischen, sondernd seelische Narben, die den schönen Anblick entstellen. Man muss das alles stoisch hinnehmen – um dann den eigentlichen Lohn zu empfangen. In jeder Frau steckt nämlich ein göttlicher Kern.

Ich muss mir das nicht ständig vor Augen halten. Ich weiß es, ich spüre es, wenn ich einer Frau näherkomme. In Lotte steckt er, und in Agneta steckt er. Er steckt aber auch in allen anderen Frauen. Es würde mir bei keiner Schwierigkeiten bereiten, diesen göttlichen Kern zu entblättern. Mein Glaube an die Frauen ist stark genug.

Dass es mich nun gerade bei Lotte und Agneta so erwischt hatte, war dem Umstand zu verdanken, dass beide auch meinen göttlichen Kern gespürt hatten. Deshalb waren sie auf mich zugekommen, deshalb hatte Lotte ihre Ehe gebrochen, deshalb war Agneta zu mir in den Wagen gestiegen. Sie hatten mich auserwählt, nicht ich sie.

In der Literatur gibt es eine Menge Beispiele dafür, dass es völlig ausreicht, wenn eine Frau auf einen Mann zugeht oder ihm einfach nur einen freundlichen Blick zuwirft, um diesen Mann in leidenschaftlicher Liebe zu ihr entbrennen zu lassen. Die Männer sind so viel simpler gestrickt als die Frauen. Ihnen genügt die Illusion, dass eine Frau sie mögen könnte, um aus dieser Frau eine Göttin zu machen. Sie denken dabei in geradezu lächerlich logischen Mustern: Wenn diese Frau in mir das Wunderbare erkennt, muss sie selbst wunderbar sein, denn all die vielen anderen, die mir begegnet sind, sind nicht auf die Idee gekommen, dass ich besonders sein könnte. Also liebe ich sie. Ich liebe sie, weil sie mich liebt – oder so tut, als liebte sie mich. Das ist das ganze Geheimnis. So funktioniert die Liebe.

Im Grunde braucht man das Wunderhormon Oxytocin gar

nicht. Es genügt völlig, dass da ein Mensch ist, der den Eindruck erweckt, er habe sich in mich verliebt. Das versetzt mich schon in den geheimnisvollen Zustand, um den alle Welt ein solches Aufheben macht. Das Wunderhormon ist nur noch die biochemische Unterfütterung dieses psychologischen oder wie Dr. Backes sagen würde: phänomenologischen Zustandes. Viel wichtiger als das Zusammenspiel der Moleküle ist diese Harmonie der Seelen – dass zwei Menschen einander erkennen. So wie Agneta und ich uns erkannt haben.

Um Lotte machte ich in diesen Tagen einen großen Bogen. Mir war klar, dass sie mich nur anschauen musste – schon würde sie alles über meinen derzeitigen Zustand wissen. Sie hatte bei ihrem ersten Aufeinandertreffen mit Agneta ziemlich ruppig reagiert. Die sensible Lotte hatte die Gefahr gewittert, die ihr durch die Polin drohte.

Wir begegneten uns jedoch zwangsläufig. Einmal hängte sie gerade im Garten Wäsche auf, als ich den Müll rausbrachte. Sie wusste, dass ich in ihrer Nähe war, wandte sich aber nicht um. Sie tat so, als bestünde ihr ganzes irdisches Dasein allein darin, die Unterhosen von Pierre Brück auf die Leine zu hängen und sie zärtlich im Schritt zurechtzuzupfen. Es waren riesige, unförmige Unterhosen. Übergrößen. An manchen Stellen schon fadenscheinig geworden. Pierre Brück besaß etwa zehn ähnliche Unterhosen. Sicher hatte Lotte sie ihm gekauft. Mit einem Eingriff. Wie oft mochte sie, seit wir uns kannten, begierig in diesen Eingriff gefasst haben?

Manchmal glaubte ich, Lotte inzwischen zu hassen. Ich tat alles, um diesen Hass am Leben zu erhalten. Nur so konnte ich Agneta weiter lieben. Ich musste es tun – auch wenn es mir schwerfiel. Sogar auf die Gefahr hin, Lotte damit wehzutun. Früher war ich es immer gewesen, dem die Frauen wehgetan hatten. Jetzt hatte ich diesen Part übernommen. Es schien den Leidensdruck zu lindern, aber angenehm war es trotzdem nicht. Ich fand sogar, dass es mir als Opfer besser gegangen war. Aber das konnte ich mir ja nicht aussuchen.

Lotte machte es mir leicht. Sie spielte die beleidigte Leberwurst. Dabei hatte ich ihr doch noch gar nichts getan. Ich hatte bloß Agneta vor den Hagenaus zu retten versucht. Das war nicht mehr als meine Pflicht und Schuldigkeit. Aber Lotte hatte nur ihre Eifersucht im Kopf. Egal, in welchem Elend die arme Agneta steckte.

Das war kleinlich von Lotte – kleinlich und egoistisch. Sie war eben doch eine Landpomeranze, eine alternde Dorfschönheit, die es nicht gewöhnt war, sich mit schöneren Frauen vergleichen zu müssen. Als mir das klar wurde, begann ich mich von Lotte zu lösen. Allerdings muss ich sagen: Ohne Agneta hätte ich das nicht gekonnt. Sie gab mir die übermenschliche Stärke, die ich brauchte, um mein Leben zu ändern.

Bei nächster Gelegenheit nahm ich Louis beiseite.

»Was ist mit Madame Chariot?«

Louis zog die Augenbrauen hoch. »Eigentlich ein armes Ding. Ihr Mann hat nur seine Arbeit im Kopf. Als sie heirateten, war sie eine Attraktion. Und er ein verknöcherter Landarzt, fünfzehn Jahre älter als sie. Sie dachte wohl, er würde ihr was bieten. Aber er brauchte nur eine Haushaltshilfe. Nicht mal in der Praxis wollte er sie haben. Sie sei zu nervös, sagte er, das vertrügen seine Patienten nicht.«

»Aber jetzt arbeitet sie doch im Rathaus.«

»Ja, sie hat mit über vierzig noch eine Ausbildung gemacht. Als Bibliothekarin. Natürlich bekam sie keinen Job. Bis Pierre Brück auf ihr Elend aufmerksam wurde. Der Bürgermeister hat sie gerettet.«

»Warum?«

Louis tat erstaunt. »Weil er seine Herde zusammenhält. Das wissen Sie doch.«

Ich winkte ab. »Erzählen Sie mir nichts, Louis!«

Straßer zog die Brauen hoch. »Warum sonst?«

»Weil sein Blick auf Claire Chariot gefallen ist.«

»Na ja, so toll ist die nicht. Wo der Bürgermeister doch seine Lotte zu Hause hat.«

Meine Kehle war trocken, als ich es sagte: »Die genügt ihm aber nicht.«

Louis seufzte. »Sie kennen doch dieses Kennedy-Syndrom. Männer, die Verantwortung tragen, brauchen einen Ausgleich – sonst gehen sie daran kaputt. Und Claire Chariot – die ist richtig aufgeblüht, seit sie im Rathaus arbeitet.«

»Was glauben Sie, wo die beiden es tun?«

»Was?«

»Na was wohl, Louis?«

Er zuckte mit den Achseln.

»Sie könnten mir helfen. Ich müsste mal allein und in Ruhe mit Claire Chariot reden. Ohne dass Pierre Brück dazwischenfunkt. Ich kann ja schlecht bei ihr zu Hause klingeln, oder?«

Louis' Augen hellten sich auf. »Sie sind doch nicht etwa scharf auf Claire?«

»Ich bitte Sie, Louis!«

»Also doch! Sie wissen, ich würde nie etwas gegen die Interessen des Bürgermeisters tun. Aber wenn es um Frauengeschichten geht – da bin ich Kavalier. Ich habe da was läuten hören. Sie treffen sich öfter in einem *routiers*, an der Straße nach St. Avold. Unscheinbarer Laden. ›Les deux nièces‹.«

»Ist das ein Bordell?«

»*Mais, patron!* Es geht um die Gattin unseres Arztes und den Bürgermeister. Nein, es ist ein kleines Hotel für Fernfahrer und ein ganz anständiges Restaurant. Die sauren Nieren dort sind legendär.«

Ich bestellte also die Nieren. Das Essen kam, als Madame Chariot das Lokal betrat. Sie begrüßte die Chefin des »Les deux nièces« und die Kellnerin mit Wangenkuss und nahm dann an der Theke

Platz. Sie schlug die Beine übereinander, steckte sich eine Zigarette an und trank einen Pernod.

Ich aß von den Nieren. Sie waren nicht nach meinem Geschmack. Zu sauer. Eigentlich mag ich gar keine Innereien. Ich trank meinen Wein, dann stand ich auf und ging zum Tresen. Sie erschrak, als sie mich entdeckte.

»Monsieur Bollinger, was machen Sie denn hier?«

»Ich habe auf Sie gewartet.«

»Auf mich?« Sie drückte die Zigarette aus und trank ihr Glas leer. »Ich muss aber schnell weg. Ich habe nur hier Station gemacht, um ...«

»Ich weiß: Sie sind mit Pierre Brück verabredet.«

Sie fixierte mich mit kalten Augen. Am liebsten hätte sie mich geohrfeigt.

»Na und?«

»Ich weiß, dass Sie sich hier regelmäßig treffen. Sie essen zusammen. Dann zahlen sie und gehen. Aber sie kommen durch die Hintertür, von den anderen Gästen unbemerkt, wieder herein und gehen nach oben. Aufs Zimmer.«

Ihre Augen wurden ganz klein. »Wenn Pierre kommt, werden Sie Ihr blaues Wunder erleben.«

»Was sagt Dr. Chariot denn dazu?«

Sie steckte sich eine neue Zigarette an und bestellte mit einer knappen Geste ein weiteres Glas Pernod.

»Dem ist es egal. Der kennt nur seine Arbeit.«

»Madame Brück denkt aber sicher anders darüber.«

»Sie sollen sie ja ganz gut kennen, wie man hört«, sagte sie spitz. Ich überhörte es.

»Wenn Lotte Brück erfährt, was hier geschieht, dann macht sie ihrem Gatten die Hölle heiß.«

Sie lachte mich aus. »Das wäre nicht das erste Mal.«

»Was tun Sie eigentlich den ganzen Tag?«

Ein Schatten huschte über ihr Gesicht. »Das wissen Sie doch: Ich baue das neue Heimatmuseum auf.«

»Mit dem Telefon von Marschall Pétain?«

»Das ist nur ein Exponat. Ich habe bereits 160 andere zusammengesucht. Ich fahre fast täglich mit dem Rad herum. Durchstöbere alte Scheunen, schaue mir Nachlässe an, verhandele mit geldgierigen Bauern, hole Dokumente aus den staubigen Archiven der Gegend. Ich kann Ihnen sagen, das ist eine Heidenarbeit. Alles muss katalogisiert und kommentiert werden. Ich habe kaum Geld zur Verfügung. Ich muss die Menschen überzeugen, dass sie etwas für die Allgemeinheit tun, wenn sie ihren Besitz einbringen.«

Ihre Wangen glühten, sie schien den Ärger darüber vergessen zu haben, dass ich sie im »Les deux nièces« in flagranti erwischt hatte.

»Eine schöne Arbeit, was?«

Sie fixierte mich. »Ja, ich war noch nie so glücklich.«

»Seinetwegen?«, frage ich und schaute durch den Wintergarten auf den matschigen Parkplatz an der Route Nationale. Der Mercedes von Pierre Brück fuhr gerade vor.

»Ja, auch«, antwortete sie stolz. »Aber noch mehr, weil ich endlich etwas Sinnvolles tue.«

»Wenn Lotte Brück erfährt, dass ihr Mann sie mit Ihnen betrügt, werden Sie Ihre Arbeit verlieren, Madame Chariot.«

»Wollen Sie es ihr sagen?«

»Nein. Aber ich will etwas dafür, dass ich es nicht tue.«

»Was sind Sie nur für ein gemeiner Kerl!«, zischte sie.

»Ich will Pétains Telefon«, sagte ich.

Brück kam mit wiegenden Schritten, seinen Schlüsselbund spielerisch um den Zeigefinger drehend, herein. Er stutzte einen Moment, als er mich sah. Dann lachte er.

»Schon Feierabend?«

»Nein. Ich habe nur gehört, die Nieren wären so gut hier.«

»Es gibt bessere.« Brück setzte sich auf den Hocker neben Claire, ohne sie zu begrüßen. »Wollen Sie einen mittrinken, Bollinger?«

Ich verabschiedete mich von Madame Chariot, die es nur mit Widerwillen ertrug, dass ich ihr die Hand drückte.

»Bollinger!«

Ich wandte mich noch mal um, bevor ich zu meinem Tisch zurückging. »Kümmern Sie sich um die Sache mit dem Telefon!«, sagte Pierre Brück leise. »Lassen Sie alles andere stehen und liegen! Ich will nichts mehr hören vom Wackesberg. Bis das Telefon wieder da ist, muss alles andere ruhen. Im Interesse der Gemeinde.«

Am nächsten Morgen traf endlich der Bericht der Gerichtsmedizin aus Metz ein. Natürlich ohne eine Erklärung dafür, dass es so lang gedauert hatte. Ich riss das Kuvert auf, ein loser Packen Blätter flatterte auf den Fußboden. Mit zitternden Fingern sammelte ich den Bericht auf und ordnete die Seiten auf dem Schreibtisch. Es waren vor allem Zahlenkolonnen. Laborergebnisse, mit denen ich wenig anfangen konnte. Immerhin hatte der zuständige Gerichtsmediziner Professor Marc-Joseph Hummer eine allgemein verständliche Zusammenfassung angehängt.

Ich kannte Hummer. Er hatte früher in Saarbrücken gearbeitet. Eigentlich stammte er aus Nancy, aber er konnte die Lothringer nicht ausstehen. Er nannte sie »Wackese« – ein saarländisches Schimpfwort, das eigentlich einen groben, ordinären Feldstein bezeichnet. Im Saarland hatte Marc-Joseph Hummer sich pudelwohl gefühlt. Er glaubte, in der Zivilisation angelangt zu sein. Mit seinen Landsleuten jenseits der Grenze hatte er damals nur noch selten zu tun gehabt – wenn ein Opfer der illegalen Schnapsbrennerei auf seinen Seziertisch kam und sie in Metz überlastet waren. Dann fluchte er über den Eigensinn und die Stumpfheit der Lothringer. Irgendwann aber war es in Saarbrücken zu Unregelmäßigkeiten gekommen. Hummer musste gehen. Es hieß, er sei Opfer einer Intrige von Saarländern geworden. Dabei gab es keinen eifrigeren Verfechter der saarländischen Lebensweise als ihn. Es blieb ihm nichts anderes übrig: Da zur gleichen Zeit die Leitung der Gerichtsmedizin in Metz vakant wurde, musste er in seine Heimat zurück – ins Herz der

Finsternis, wie er es nannte, als ich ihn zufällig einmal an einer Tankstelle in Forbach traf. Es ging ihm wohl nicht sehr gut. Er zählte die Monate bis zu seiner Pensionierung, dann wollte er sich im saarländischen Bliesgau ein Häuschen mit Weiher kaufen und Forellen züchten. Ausgerechnet Marc-Joseph Hummer, der seinen Beruf so liebte.

Bei der Leiche vom Wackesberg handelte es sich nach dem Urteil der Metzer Gerichtsmedizin um einen etwa 80-jährigen Mann. Er hatte einen Kopfschuss erlitten – allerdings war er nicht daran gestorben. Die Todesursache war die Strangulation. Eine weitere Irritation: Das Projektil stammte aus einer Pistole, die längst nicht mehr gebräuchlich war, eine Walther PPK 6,35 mm Browning aus dem Zweiten Weltkrieg.

Marc-Joseph Hummer merkte an, dass der Schusskanal eigenartig verengt und vernarbt war, das Eintrittsloch in den Schädel wies Unregelmäßigkeiten auf, die damit zu tun haben konnten, dass der Strick die Kopfhaut an der Stelle erheblich verletzt hatte. Die Vernarbung deutete darauf hin, dass die Kugel schon länger im Kopf gesteckt haben könnte, die Schussverletzung also von früher herrührte. Es sei auszuschließen, dass sie den Tod herbeigeführt haben könnte. Der Fall schien verzwickter zu sein als erwartet. Was die Identität des Mannes anging, so bot die Obduktion nur wenig Anhaltspunkte – außer dass der Tote einen angeborenen Gehfehler gehabt hatte, sein rechtes Bein war steif und ein Stück kürzer als das linke.

»Immerhin, das ist doch schon mal ein Hinweis«, sagte ich, während Straßer mit zusammengekniffenen Augen den Bericht überflog. »Wir könnten die Anhaltspunkte an alle lothringischen und saarländischen Dienststellen schicken. Vielleicht fällt irgendeinem Kollegen ja eine Ähnlichkeit zu jemandem auf. Obwohl – das wäre die Stecknadel im Heuhaufen ...«

»Der Humpel-Jean«, sagte Straßer.

Alain Miller gähnte. Ihn interessierte die Schreibtischarbeit, das tägliche Brot des Kriminalisten, weniger als aufwändige Sicherungsaktivitäten im öffentlichen Raum.

»Wer?«

»Du kannst ihn nicht kennen, Alain, du bist noch zu jung. Der Humpel-Jean war einer aus dem Dorf. Ein Schaurener. Sein rechtes Bein war kürzer als das linke, deshalb zog er es hinter sich her.«

Ich sprang auf. »Mann, Straßer, warum sagen Sie das jetzt erst?«

»Aber, *patron* – der Humpel-Jean, das war ein Original. So eine Art Dorfdepp. Wir Kinder aus dem Dorf sind immer hinter ihm hergerannt und haben ihn mit faulem Obst beworfen, wenn er im Herbst runter nach Schauren kam. Im Spätsommer streifte er meistens oben durch die Ardennen und hat bei den Winzern im Elsass gearbeitet.«

Ich rechnete nach. Wenn dieser Humpel-Jean etwa 25 war, als Straßer noch ein kleiner Junge war, dann mochte er heute um die achtzig sein. Das kam hin.

»Kindern kommt ein Dreißigjähriger – vor allem wenn er etwas vierschrötig wirkt – wie ein uralter Mann vor«, erklärte ich meinen Kollegen.

»Vierschrötig!«, sagte Louis »Das ist genau das richtige Wort. Der Humpel-Jean war vierschrötig, das kann man wohl sagen.« Er lachte schallend und schlug sich auf die Oberschenkel. »Einmal hat er beim Schafscheren geholfen. Dabei hat er sich breitbeinig über die Schafe gestellt. Die Lausbuben haben einen Kracher in den Pferch geworfen, die Böcke sind wild geworden und der, den der Humpel-Jean gerade geschert hat, ist vor Schreck aufgesprungen, und der Jean ist auf ihm geritten wie ein Cowboy beim Rodeo.« Louis lachte herzhaft, bis er meinen ernsten Gesichtsausdruck sah. »Ich weiß das alles ja nur vom Hörensagen. Ich war noch viel zu klein, als das geschehen ist, Anfang der vierziger Jahre. Als die Deutschen in Schauren waren.«

»Louis, ich muss mich schon sehr wundern. Warum haben Sie nicht gleich gesagt, dass der Tote vom Wackesberg mit diesem Mann identisch sein könnte?«

Straßer sah mich mit offenem Mund an. »Aber wie kommen Sie denn auf so was, *patron?* Der Humpel-Jean, der ist doch schon lange tot. Die *boches* ... ich meine, die Deutschen haben ihn erschossen. Ganz Schauren war Zeuge. 1944 oder Anfang '45. Die SS hat ihn gejagt. Da, wo die beiden Waldwege im Forêt de Schauren zusammenstoßen, da haben sie ihn gestellt. Die Schüsse waren bis auf den Marktplatz zu hören. Schlimme Sache war das damals.«

Alles fiel in sich zusammen. Wie so oft. Das war die Schaurener Krankheit: viele Worte, viel Getöse, und dann stellte sich heraus: Es war wieder nix.

»Tja«, seufzte der dicke Alain Miller und feilte sich mit einer winzigen Feile, die er zusammen mit anderen Miniaturwerkzeugen an einer Kette am Gürtel trug, seine Fingernägel. »Die alten Geschichten. Der Krieg. Die Deutschen.«

Mit diesen Mitarbeitern kam ich nicht weiter. Nicht in einem derart komplizierten Fall. Ich wollte mich in mein Zimmer verkriechen.

»Obwohl ...«, sagte Straßer bedeutungsvoll, als ich schon in der Tür war, »eines ist komisch ...«

Miller spreizte die Finger und begutachtete seine Nägel. Er gähnte schon wieder.

»Was denn, Louis?«

»Die Leiche – die vom Humpel-Jean – die wurde nie gefunden. Die Deutschen haben damals tagelang den Forêt de Schauren abgesucht. Sogar mit Schäferhunden. Der SS-Offizier, der die Aktion geleitet hat, saß jeden Abend im Gasthaus, trank Unmengen *eau de vie* und schlug dabei immer mit der Faust auf den Tisch. Dabei sagte er: ›Da ist niemand lebend rausgekommen. Niemand. Auch dieser französische Bastard nicht.‹« Straßer sann seinen eigenen Worten nach. Dann seufzte er. »Wenn die Deutschen etwas verstanden, dann das. Oder?«

Ich blieb ihm die Antwort schuldig.

»Alle paar Jahre will jemand den Humpel-Jean gesehen haben. Meistens irgendwo in den Wäldern ... oben in den Vogesen. Da, wo niemand hinkommt. Auch die Deutschen sind da nicht hingegangen. Weil es da Wölfe gibt. Auch heute noch.«

Alain Miller nickte schwer. »Meine Mutter hat mir als Kind oft von einem Mann erzählt, der humpelt und die Deutschen an der Nase herumgeführt hat. Ich glaube, dieser Humpel-Jean geistert immer noch in den Köpfen herum.«

Die beiden schauten mich nun treuherzig an. »Vielleicht war er's ja wirklich«, sagte Louis leise. »Vielleicht war es aber auch sein Geist.«

Da fiel Alain etwas ein. »Wer soll den Humpel-Jean erschossen haben? Die SS?«

»Wer sonst?«, fragte Straßer gereizt. »Oder glaubst du, die Résistance war's?«

»Die SS hat doch solche Dienstpistolen gehabt«, erwiderte Miller.

Ich nahm Straßer das Gutachten von Hummer aus der Hand und suchte die Stelle. »Hier steht: Walther PPK 6,35 mm Browning.«

»Genau«, sagte Miller. »Die 6,35 mm Walther PPK Browning war die Dienstwaffe der SS.«

10. KAPITEL

Ich ging einmal die Woche zum Einkaufen in den »Migros« am Ortsrand von Schauren.

Der Parkplatz war gigantisch und immer voller Fahrzeuge, vom Geländewagen aus den höhergelegenen Dörfern über Limousinen mit deutschen Nummernschildern bis zu den rostigen Traktoren der Bauern aus der Umgebung. Nur in den Zeiten der Mittagsruhe war der Parkplatz leer, dann verwandelte sich der Bienenkorb in eine Geisterstadt.

Französische Supermärkte sind wie ein Gotteshaus. Von außen plump und grau. Innen aber so feierlich und erbaulich wie eine gotische Kathedrale. Sie sind natürlich klimatisiert, haben keine Fenster, aber eine von Künstlern ausgefeilte Lichtregie. Die Regale sind heilige Schreine, die Tiefkühltruhen mit dem liebevoll zerschnittenen Fleisch von Schwein, Rind, Geflügel und Wild wahre Sarkophage und die Fischtheke ist meistens ein Aquarium, das mit jedem mittelstädtischen Zoo in Deutschland konkurrieren kann. Und erst die Stimmung der Käufer. Niemand lärmt, man bewegt sich mit dem Einkaufswagen wie auf dem Weg zur Kommunion. Das Volk steht andächtig vor den Auslagen – ob Bauer oder Sparkassenleiter, ob Bürgermeister oder Dorfsäufer.

Uns Saarländern war die französische Lebensart ja nie so fremd gewesen wie anderen Deutschen – dennoch staunen wir noch heute über die soziale Inbrunst und die kulinarische Frömmigkeit der Franzosen. Im Vergleich zu den Auslagen in einem »Migros« wirkt ein saarländischer Supermarkt wie eine Dorfkapelle.

Ich muss zugeben, dass ich bei aller Reserve diesem sakralen Ernst gegenüber die Finesse der französischen Verbraucher von jeher bewundere – auch wenn ich mich im Schaurener »Migros« immer noch bewege wie ein amerikanischer Tourist.

Mein bevorzugter Ort ist die Fischtheke. Allein die Schalentiere. Die Theke ist wie eine weihnachtliche Krippe. Erst in den letzten Jahren hatte ich Fisch und andere Meerestiere zu schätzen gelernt. Zwar war es in meiner Kindheit üblich gewesen, dass freitags kein Fleisch auf den Tisch kam – aber der Fisch meiner saarländischen Mutter war nicht nur eine Notlösung in Anbetracht des katholischen Fastengebotes, er war auch eine Strafe für alle Sünden der letzten sieben Tage gewesen. Sie kaufte ihn auf dem Markt der nächsten Stadt, doch dort wurden nur Kabeljau und Seelachs angeboten – der Einfachheit halber oft schon am Marktstand in Fett gebraten. Meine Mutter ließ sich den warmen Fisch in Papier einschlagen und erledigte mit ihm in der Netztasche ihre übrigen Einkäufe. Dann fuhr sie in unser Dorf zurück – mit dem Autobus, was seine Zeit kostete. Bis sie zu Hause eintraf, war der Fisch kalt und zerdrückt. Sie briet ihn deshalb noch einmal in Fett. Wenn ich aus der Schule nach Hause kam und unterm Küchenfenster den doppelt gebratenen Kabeljau roch, zu dem es auch nie etwas anderes als Kartoffelsalat gab, verging mir selbst der größte Heißhunger. Fisch war für mich darum lange nichts anderes als ein katholisches Strafgericht gewesen.

Dann war hinter Saarbrücken die Grenze weggefallen. Natürlich fiel sie nicht wirklich. Es hatte in meiner Kindheit kein anderes Hindernis als einen Schlagbaum gegeben, der an kleinen Übergängen noch dazu immer hochgeklappt war. Aber die Saarländer waren dennoch nicht nach Frankreich gefahren. Zumindest die nicht, die ich kannte. Das französische Essen war der Generation meiner Eltern nicht geheuer gewesen, es war ihnen zu kapriziös, zu kompliziert – und zu teuer. Die Saarländer auf dem Land hatten deftige, simple Köstlichkeiten geliebt. Und sie mochten die Franzosen nicht. Sie fürchteten, von ihnen übers Ohr gehauen zu werden.

Doch in den 70er Jahren war plötzlich die Neugier auf die verfeinerte Lebensart der Franzosen erwacht. Über Umwege kam sie ins Saarland. Durch das Fernsehen. Durch die Erzählungen derjenigen, die sich trauten, von den goldenen Zeiten der deutschen Besatzung zu schwärmen. Vor allem hatten die Saarländer irgendwann in den Siebzigern mehr Geld in der Tasche – sogleich wollten sie auch im Kochtopf mehr geboten bekommen. Also trauten sich die ersten Studienräte und Künstler als Vorhut über die Grenze. Die köstlichen Dinge, die sie mitbrachten, animierten die anderen Mutigen, es ihnen gleichzutun.

So gelangte auch ich in meiner Saarbrücker Zeit zum ersten Mal in einen französischen Supermarkt. Es war – wie bei so vielen Fortschritten in meinem Leben – auch diesmal mein Mentor auf der Polizeischule, der gute Dr. Backes, der mich einlud, bei ihm zu Hause *flûtes* mit Käse und *bœuf grillé* zu essen und dazu einen guten Rotwein zu trinken. Er führte mich in die Geheimnisse der französischen Küche ein. Und so entdeckte ich, welche Köstlichkeiten das Meer für uns bereithält. Jedem deutschen Fischmuffel kann ich nur raten, sich einmal ein Verkaufsbecken in einem Lothringer Supermarkt anzuschauen. Die bunte Vielfalt, dieses Ursuppengewimmel der Krebse, Aale, Lachse, Flundern, der graubraunen Seezungen, der vorsintflutlichen Welse, der rötlich-goldenen Meerbarben und der monströsen Seeteufel mit ihren braungrünen Kugelköpfen (die in Frankreich sehr beliebte *lotte*) – das alles wird ihn auf der Stelle zu einem Liebhaber der Fischküche machen.

Lotte. Ja, Lotte. Mittlerweile kribbelte es nicht mehr, wenn ich an sie dachte. Ich dachte an sie, wie man an eine Tante denkt, die sonntags zu Besuch kommt und die Kinder abküsst, obwohl die das nicht wollen. Wie war es nur soweit gekommen? Lotte hatte mir doch nichts getan. Mal abgesehen davon, dass sie so brüsk auf Agneta reagiert hatte. Ich glaube, wenn zwei Menschen, die sich lieben, sich entzweien, dann gibt es dafür nie nur einen einzigen Grund. Vieles war schon vor dem wunderbaren Erscheinen Agnetas schiefgelaufen. Lotte hing noch immer an Pierre

Brück. Ich war sicher, dass sie noch mit ihrem Gatten schlief, dass er noch ihr »Hase« und sie seine »Häsin« war. Sie war ihm immer noch zu Willen. Treu und brav. Als hätte es mich gar nicht gegeben. Als wäre die Einliegerwohnung unbewohnt. Das war es, was unsere Liebe getötet hatte: Lotte bekannte sich nicht zu mir.

Nicht, dass ich erwartet hätte, dass sie ihren Mann verlässt. Wir lebten auf dem Dorf. Da löste man eine Ehe nicht so mir nichts, dir nichts auf wie in der Stadt. Aber niemand zwang sie, weiter mit ihm in einem Bett zu schlafen und das zu tun, was er von ihr erwartete. Schließlich betrog er sie seit Jahren, nicht nur mit der Gattin von Dr. Chariot – und das wusste jeder in Schauren. Trotzdem zog Lotte keine Konsequenzen. Deshalb musste sie sich auch nicht wundern, dass ich Agneta so schnell verfallen war. Aber was rede ich – jeder Mann wäre ihr verfallen, wenn sie ihn so angeblickt hätte, wie sie mich angeblickt hatte, als ich sie aus den Klauen der Hagenaus befreite.

»Hallo«, sagte da ein Stimmchen.

Ich fuhr herum. Sie stand vor mir. Agneta. Mein Blick fiel unwillkürlich in ihren Einkaufswagen – obwohl das unhöflich von mir war. Aber das ist ein normaler Reflex. Im Supermarkt schätzt man sein Gegenüber am besten ein, indem man sich die Waren anschaut, die er kaufen will. Agnetas Einkaufswagen war voll: vor allem mit ungesunden Süßwaren und billigen Spirituosen. Bei ihrem Einkauf ließ sie sich von einem unterarmlangen Einkaufszettel leiten. Offensichtlich hatten die Hagenaus sie mit genauen Anweisungen losgeschickt. Immerhin ließen sie sie allein in den Ort. Also hatte keiner von ihnen etwas von meinem heimlichen Besuch bemerkt, und ihre Wut wegen der Entführung der Polin durch mich und Straßer war verraucht.

»Wie geht es Ihnen, Agneta?«

Sie winkte müde ab. »Ach, ganz gut, Monsieur. Ich darf nicht klagen. Anderen geht es schlechter.« Sie schaute sich lauernd um, und dann flüsterte sie: »Tut mir schrecklich leid. Wegen neulich. Im Schrank. Sie wissen schon.«

Ich wurde rot. »Schon gut. Mir ist übrigens etwas aufgefallen –

auch wenn das jetzt etwas eigenartig klingen mag: Aber ich glaube, Sie wären eine wunderbare Schauspielerin.«

Sie schlug die Augen nieder. »Danke. Sie wissen ja gar nicht, was das für mich bedeutet, wenn ausgerechnet Sie das sagen.«

Mein Puls begann zu rasen. »Ich habe noch nie eine so schöne Frau gesehen wie Sie.«

Sie erschrak. »Bitte, nicht so etwas sagen. Auch das mit der Schauspielerei nicht. Sie dürfen mir keine – wie sagt man? – Flausen in den Kopf setzen.«

»Was heißt da Flausen? Sie sind eine Künstlerin! Glauben Sie mir, ich spüre so etwas!«

Sie zuckte zusammen. Ich hatte eine offene Wunde berührt. Von einer Sekunde auf die andere hatte sie sich verändert. Hart und unnachgiebig war sie geworden. Sie schüttelte immer wieder den Kopf – als müsste sie etwas Bedrohliches abwehren, das aus ihrem Inneren kam.

»Das Theater ist begraben. Das sind Idiotien ...«, beschwor sie mehr sich selbst als mich.

»Wer sagt das? Charles Hagenau?«

Ihr Kopf flog hoch – als hätte ich sie an den Schultern gepackt und kräftig durchgeschüttelt.

»Nein, Sie müssen nicht denken, dass mein Mann mich ... Sie wissen schon: beeinflusst ... in dieser Hinsicht ist er sehr offen ... Übrigens: Ich wollte Sie um etwas bitten.«

Immerhin. »Um alles können Sie mich bitten, Agneta. Sie wissen ja, ich mag Sie ... Ich mag Sie sogar sehr, und nichts würde ich lieber tun, als Ihnen zu helfen. Sprechen Sie ganz offen!«

Endlich lächelte sie ein wenig. Ich war glücklich. Dann aber packte mich die Angst. Was war, wenn uns jemand hier zusammen turteln sah? Lotte vielleicht. Eine Katastrophe. Kein Mensch kannte mich so gut wie sie. Sie würde sofort wittern, was hier zwischen den riesigen »Migros«-Regalen geschah: Dass zwei sich gefunden hatten. Das würde sie nicht verkraften. Nicht Lotte. Ich kam mir schäbig vor und undankbar. Es war schließlich Lotte Brück gewesen, die mir die Hand gereicht und alles getan hatte, damit meine ersten Schritte auf dem schwierigen Schaurener Parkett nicht danebengingen. Und was tat ich? Ich warf mich einer wunderschönen und sehr begabten jungen polnischen Schauspielerin in die Arme, die mich dazu auserwählt hatte, sie zu retten.

Es gab nur einen Ausweg: Ich musste Schauren verlassen. Zusammen mit Agneta.

»Schön, dass Sie das sagen. Sie wissen ja: Ich kenne hier sonst niemanden. Außer den Hagenaus – und die Komplimente, die man als Frau da zu hören bekommt … Nun, das ist nichts für fremde Ohren. Ich bin ja auch noch nicht so lange in Frankreich. Und es ist für eine junge Frau schwierig in der Fremde. Deshalb wäre es mir sehr lieb, wenn Sie …«

»Wir könnten ja mal zusammen nach Saarbrücken ins Theater gehen. Ich bin häufig dort. Es wäre mir eine ganz, ganz große Freude, Sie in das hiesige Kulturleben einzuführen, Agneta.«

Ihre Mundwinkel zuckten bitter. »Das wird nicht gehen.«

»Warum nicht?«

»Und meine Bitte ist …« Sie biss sich auf die Unterlippe.

»Nur Mut, Agneta!«

»Ich möchte, dass Sie mich da draußen nie wieder besuchen!«

Das Leben musste ihr viel Böses angetan haben. Andererseits: Gute Schauspieler bewerkstelligen so etwas auch, ohne die entsprechende seelische Erfahrung gemacht zu haben.

»Agneta, was ist geschehen? Haben die Sie … Sind Sie wieder geschlagen worden?«

Sie versuchte, ihren Einkaufswagen zu wenden, und stieß dabei gegen die Joghurt-Theke. Unwillig zerrte sie den Wagen rückwärts zur Kasse. Beinahe hätte sie den halb blinden Dr. Chariot umgerannt, der ein Kaninchen in die Tiefkühltheke zurücklegte, nachdem er es eingehend geprüft hatte.

Ich wusste, dass Agneta weinte. Und sie konnte es nicht ertragen, dass ich es sah. Deshalb war sie weggelaufen. Es gab keinen anderen Grund.

»Was hat denn das Mädchen?«, fragte Chariot.

»Ich glaube, sie kommt mit ihrer privaten Situation nicht zurecht.«

Chariot schaute ihr nach und nickte. »Früher hat's das nicht gegeben.«

Ich war ganz benommen. An einen Einkauf war nicht mehr zu denken. Um nicht wie ein Trottel dazustehen, nahm ich wahllos zwei Konservendosen aus einem Regal. *Soupe de legumes*. Passiert. Obwohl ich französische Gemüsesuppe nicht mag. Sie ist mir zu dünn, hat zu wenig Geschmack nach einem wilden Garten. Aber das spielte jetzt keine Rolle.

Als ich den Verlegenheitskauf an der Kasse bezahlte, blickte ich durch die Scheibe des Eingangsbereichs auf den Parkplatz. Agneta irrte zwischen den dicht geschlossenen Reihen parkender Autos umher. Sicher hatte sie einer der Hagenaus mit seiner Schrottkiste zum Supermarkt gefahren, hatte sie zum Einkaufen abgesetzt und war währenddessen irgendwohin gefahren, um sich zu betrinken. Darüber schien er Agneta vergessen zu haben.

Da draußen auf dem Parkplatz wirkte sie wie ein Findelkind. Dabei war sie eine erwachsene Frau, sogar verheiratet, und hatte bei den Hagenaus Dinge erlebt, mit denen eine bürgerliche Ehefrau wie Lotte ihr ganzes Leben lang nicht konfrontiert wurde. Und dennoch – jetzt, wo ich sie so hilflos und verlassen herumirren sah, fragte ich mich, wozu sie eigentlich in der Lage war. Hatten die Hagenaus sie wieder zu einem Kind gemacht? Auf jeden Fall war sie bei den Waldmenschen nicht selbstständiger geworden. Wieso war sie in Polen bloß so schnell auf Charles Hagenaus Versprechungen hereingefallen? Sicher lag das nicht an der Raffinesse ihres Gatten. Andere in Agnetas Alter hätten Charles sofort als Windmacher durchschaut. Vielleicht hatte Agneta das ja auch, aber sie war ihm trotzdem gefolgt. Sie war auch mir sofort gefolgt – auf dem verkommenen Anwesen, auf dem es keine vernünftige Frau länger als eine halbe Stunde aushalten würde. Obwohl sie mich nicht kannte. Sie folgte offensichtlich jedem blind, von dem sie sich Schutz erhoffte. Egal, wer das war. Egal, was er tat und ihr versprach. Agneta war wie ein junger Hund, der dem

Erstbesten hinterherläuft, aber winselnd sitzen bleibt, sobald niemand mehr ihm den Weg zeigt.

Deshalb hatte sie in Polen nicht selbst versucht, an eine Provinzbühne zu kommen. Deshalb war sie in Schauren geblieben und hatte keinen Schritt in Richtung des Metzer oder Saarbrücker Theaters getan, obwohl sie sicher schnell erkannt hatte, dass von den Hagenaus nichts zu erwarten war. Sie hatte in dem Saustall auf den Nächsten gewartet, dem sie hinterherlaufen konnte. Und dieser gleiche Urinstinkt hatte sie wieder zu Charles zurückgebracht, als sie auf dem Revier festgestellt hatte, dass ich ihr das, was sie sich so sehr ersehnte, nicht ohne Weiteres würde bieten können – auch weil es damals noch Lotte in meinem Leben gegeben hatte. Als Charles vor ihr stand, war sie ihm, ohne zu zögern, gefolgt. Sie folgte immer jemandem. Nur wenn keiner da war, dem sie folgen konnte, war sie verloren. Wie jetzt.

Ich fürchtete, dass etwas Schlimmes geschehen könnte.

»So beeilen Sie sich doch!«, fuhr ich die Kassiererin an.

Als ich mich umdrehte, sah ich, wie draußen jemand auf Agneta zutrat und sie ansprach. Eine hochgewachsene, schlanke Frau in einem grauen Hosenanzug. Die langen Haare waren zu einem Knoten zusammengebunden. Ich brauchte eine Weile, bis ich sie erkannte: Ellinor Piepenbrock, die Assistentin von Cyril Schwierz.

Agneta wandte sich erschrocken um und wollte weglaufen, in Richtung Hauptstraße. Aber die Frau rief etwas hinter ihr her. Agneta blieb stehen. Ellinor ging ruhigen Schrittes auf sie zu und nahm ihre Hand.

Da löste sich ein Wagen aus der Parkreihe – ein cremefarbener Straßenkreuzer. An den Vordertüren klebten knallbunte Plakate. Sie zeigten das stark stilisierte Gesicht einer blonden Schönheit. *Anna Leschinski*. Werbung für das große Musical von Schauren. Das erste europäische Musical, wie das Plakat ankündigte. Die Hauptfigur hatte eine gewisse Ähnlichkeit mit Agneta – aber so vage das Gesicht gestaltet war, hatte es eine Ähnlichkeit mit jeder schönen blonden jungen Frau. Am Steuer des Wagens saß – in einem Jackett aus grüner Seide – Cyril Schwierz und winkte Agneta freundlich zu.

Ich sah die Szene wie im Kino. In Zeitlupe. Und in warmen Farben, die das Herz erfreuen. Ellinor lud Agneta ein, in ihren Wagen zu steigen. Agneta lachte und warf den Kopf zurück, als Cyril ausstieg. Er küsste ihr die Hand, und sie deutete einen Knicks an. Agneta wirkte jetzt gar nicht mehr verschreckt – sie genoss offensichtlich den Charme und die Aufmerksamkeit des Impresarios und seiner schönen Begleiterin. Wenn man diese glücklichen und strahlenden Menschen sah, gewann man den Eindruck, dass sie sich seit Jahren kannten und miteinander prächtig harmonierten. Wie ein Team, das an den Erfolg gewöhnt war.

Agneta stieg vorne ein. Ellinor nahm hinter ihr Platz. Ich hörte das tiefe, kraftvolle Röhren des Motors, als der Straßenkreuzer, mit seinem vornehmen Heck wippend, vom Parkplatz des »Migros« fuhr.

Cyril ließ alle vier Scheiben gleichzeitig nach unten gleiten. Agnetas Haare flatterten im Wind. Ich sah es deutlich: Agneta war glücklich. Vielleicht zum ersten Mal, seit sie in Schauren war.

Der Wagen mit den beiden schönen Frauen und dem vornehmen Herrn am Steuer schwebte durch Schauren. Es war wie bei einem Staatsbesuch. Nur das jubelnde Volk am Straßenrand fehlte. Anna Leschinski stattete Schauren ihren ersten Besuch ab.

11. KAPITEL

Zuerst war nur ein unregelmäßiges Atmen zu hören, und ich wollte schon auflegen.

»Kann ich Sie sehen?«, fragte eine nervöse Frauenstimme.

»Wer ist da?«

»Claire Chariot.«

»Es ist schon spät. Wollen Sie morgen aufs Revier kommen?«

Sie erschrak. »Nein. Auf keinen Fall. Es ist prekär. Können wir uns heute noch treffen?«

Mir war das nicht recht. Ich musste am nächsten Morgen früh raus und hatte die Zähne schon geputzt.

»Es ist wichtig. Sehr wichtig«, hauchte sie.

Als ich in den Wagen stieg, sah ich Lottes Konturen hinter der Gardine des Wohnzimmers. Ich startete, der Rollladen ratterte herunter.

Das Mondlicht lag hell über der Hochebene. Auf der Route Nationale waren nur noch wenige Autos unterwegs. Ich genoss die Ruhe.

Claire Chariot war eine bemerkenswerte Person. Sie rief mich spätabends an und bestellte mich auf einen Parkplatz an der Route Nationale. Sie betrog ihren Gatten mit dem Bürgermeister. Und sie hatte nach langem Frust einen neuen Lebenssinn gefunden: die Arbeit für das Heimatmuseum. Claire Chariot machte auf mich den Eindruck einer Frau, die wusste, was sie wollte. Pierre Brück war der Mann, der ihr bei ihrer Selbstbefreiung geholfen hatte. Sie schaute zu ihm auf. Er war viril, er hatte Macht, er nahm sich, was er wollte. Das wirkte auf Frauen, die unzufrieden mit ihrem Leben waren.

Unversehens geriet ich in eine eigenartige Stimmung: Ich fühlte mich wie ein Liebhaber auf dem Weg zum Stelldichein. Mit Claire Chariot. Ich fand sie mysteriös.

Sicher hatte meine derzeitige Situation damit zu tun: Ich war in eine Zwickmühle geraten, drohte, zwischen zwei Frauen zerrieben zu werden, meine Gefühle waren auf den Kopf gestellt. Auf einmal wusste ich nicht mehr, wo ich hingehörte. Ich befand mich im Zustand eines Liebenden: war hellwach und hochempfindlich, mein Herz floss über – aber die Geliebte war plötzlich weg. Galten meine Gefühle Lotte oder Agneta? Ich wusste es selbst nicht mehr. Ich lechzte nach Glück, nach Erfüllung, aber mir fehlte das Ziel. Da kam diese unglaublich schlanke, diese wohlriechende, diese unterkühlte Claire Chariot gerade recht. Ein versiegelter Vulkan. Ich konnte mir vorstellen, wie es in ihr aussah: wahrscheinlich ähnlich wie in mir. Kein Wunder, dass ihr später Anruf alles durcheinanderbrachte.

Mein Herz hämmerte, als ich mich dem Rastplatz »Aire de la belle chase« näherte. Ich hatte fast dreißig Kilometer zurücklegen müssen. Es gab genügend Rastplätze, die näher bei Schauren lagen. Aber Claire Chariot hatte mich hierherbestellt. Weit weg von zu Hause. Sie musste große Angst haben, mit mir gesehen zu werden.

Der Rastplatz war für diese späte Stunde erstaunlich belebt. Außer einem einsamen Truck aus den Niederlanden, dessen Scheiben verhängt waren, sah ich etwa ein Dutzend PKWs. Ich fuhr im Schritttempo an ihnen vorbei. Einige hatten saarländische Kennzeichen: SB und NK, Saarbrücken und Neunkirchen. Die Fahrer hatten die Innenbeleuchtung eingeschaltet.

Ich musste zweimal hinschauen: Die Insassen waren nackt. Eine Frau mit schweren, schlaffen Brüsten saß rücklings auf dem Schoß eines dicken Mannes. Ein junger Mann in einem Slip ging die Reihe der parkenden Wagen entlang. Er bückte sich und winkte freundlich in jedes Auto. Dann stieg er zu einer sicher schon bald sechzigjährigen, nackten Frau, deren gleichaltriger

Begleiter wie zu einem abendlichen Konzert gekleidet auf dem Rücksitz saß. Die Frau beugte sich sogleich über das Geschlecht des Jungen. Ihr Begleiter schoss nach vorne, um alles genau zu sehen.

Ich setzte den Blinker, um wieder auf die Route Nationale einzubiegen. Im letzten Moment entdeckte ich den grauen Daimler von Madame Chariot. Er stand etwas zurückgesetzt unter einer tief hängenden Weide. Ich bremste, stieß zurück und bog in eine Parkbucht ein. Dann schaltete ich Motor und Lichter aus. Ich wartete.

Es geschah lange nichts. Das Einfachste wäre gewesen auszusteigen und hinüber zum Daimler zu gehen. Aber das wollte ich nicht. Ich genoss diese Phase der Erwartung, des Ungewissen. Dazu trug auch die eigenartige Atmosphäre dieses mondbeschienenen Rastplatzes bei. Die Wagen mit den warmen Innenlichtern, die fröhlichen Nackten, die festliche Ausgelassenheit dieses entrückten Ortes. Niemand hätte es als ungewöhnlich empfunden, wenn ich in einen der Wagen gestiegen wäre.

Es war wie damals, als ich in meiner Verzweiflung darüber, dass mein Körper wieder mal kein Milligramm Oxytocin produzierte und ich mich fühlte wie ein Untoter, in das Saarbrücker Eros-Center an der Brebacher Landstraße gefahren war. Stundenlang war ich in den kalten Gängen des schmucklosen Gebäudes herumgelaufen und hatte es – wie jetzt – mit einem bis zum Hals klopfenden Herzen genossen, dass all die Frauen mir gehören konnten. Das hatte mich so sehr in Anspruch genommen, dass ich, als mich eine Schwarze auf Französisch ansprach, mit zum Zerreißen angespannten Nerven flüchtete. Nachher war es mir vorgekommen, als sei dieser Zustand kurz vor der Entscheidung tausendmal süßer gewesen als der banale Vollzug des Aktes hinter einer verschlossenen Tür – auch wenn damit mein Hormonproblem nicht gelöst war.

Vielleicht war es ja möglich, seinen Körper so zu trainieren, dass er auch schon in diesem seligen Zustand der Erwartung das Oxytocin absonderte, das für eine euphorische Grundstimmung sorgte. Man könnte sich auf diese Weise viel Ungemach ersparen, das zwangsläufig auftrat, wenn es zur realen Verbindung mit einer Frau aus Fleisch und Blut kam. Aber leider gehörte ich zu den Unglücklichen, die den lebenswichtigen Stoff nur produzieren konnten, wenn sie mit einem bestimmten Menschen zusammenkamen – Agneta oder Lotte.

Der Daimler wurde gestartet.

Hatte sie mich nicht gesehen?

Der Wagen stieß langsam auf die Straße zurück. Ich stieg aus und stellte mich ihm in den Weg. Die Fernlichter blendeten mich. Ich schützte die Augen mit dem Unterarm.

In diesem Moment lernte ich die andere Seite der Medaille kennen: Es war nun nicht mehr die Erwartung, die mich gepackt hatte, sondern die Angst. Ich war derjenige, der beobachtet wurde, der im Rampenlicht stand. Alle konnten sehen, wie ich schutzlos vor der Haube der mächtigen Limousine stand.

Der Motor von Madame Chariots Wagen heulte auf. Für einen Augenblick dachte ich, Claire Chariot würde losrasen und mich überrollen. Doch dann röchelte der Motor kurz – und verstummte. Die Fahrertür wurde geöffnet.

»Wo bleiben Sie denn?«, fragte sie.

»Machen Sie die Scheinwerfer aus!«, flüsterte ich.

Sie orgelte eine Weile an den Schaltern herum – dann konnte ich meinen Arm wieder herunternehmen. Ich ging zur Beifahrertür. Sie war verschlossen. Ich klopfte gegen die Scheibe. Nichts geschah.

Erst nach einer Weile stieg Claire Chariot aus und schlug die Tür zu. Sie schaute mich an.

»Wäre es nicht besser, wir unterhalten uns in einem Wagen?«, sagte ich und schaute zu der Reihe der parkenden Autos hinüber.

Sie überlegte und nickte, machte aber keine Anstalten, wieder einzusteigen. Ich überquerte die Fahrbahn und schloss meinen Wagen auf.

Sie folgte mir. Ich öffnete ihr die Beifahrertür, und sie schlüpfte herein.

»Ich wusste ja nicht, was hier los ist.«

»Haben Sie mich nicht deshalb ...«

Ihr Kopf flog herum. »Was denken Sie von mir? Glauben Sie, ich will hier mitmachen?«

»Ich dachte nur ...«

»Vergessen Sie's!« Sie klang jetzt sehr resolut und kühl. Ganz die Frau Doktor. Meine zaghaft angelaufene Hormonproduktion versiegte augenblicklich wieder.

»Es handelt sich hier sicher um einen dieser Treffs für Sexhungrige. Im Internet werden diese Parkplätze annonciert. Alles ist anonym, die Interessenten fahren Hunderte von Kilometern.«

»Das interessiert mich nicht, Monsieur Bollinger. Ich finde dieses Treiben widerlich.«

»Ja, ich auch. Aber trotzdem ist es doch interessant, dass es so viele Menschen gibt, die an dieser Form von Sex interessiert sind. Und das hier auf dem Land.«

»Auf dem Land ist der Sex auch nicht anders als in der Stadt. Fahren Sie mal durch die Region! An jeder kleinen Straßenkreuzung parkt ein Wohnmobil mit einer Nutte, die auf Freier wartet. Und die Autos aus den umliegenden Dörfern stehen Schlange. Nach Feierabend hat man früher noch irgendwo ein Bier getrunken. Jetzt macht man an der Landstraße eine schnelle Nummer.«

Das alles sagte sie mit einer Kälte, als ginge es um etwas völlig Belangloses. Eigenartigerweise kühlte ihre teilnahmslose Haltung meine Erregung nicht ab – nein, sie steigerte sie noch.

»Haben Sie schon mit Lotte Brück gesprochen?«, fragte sie unvermittelt.

»Nein. Ich wollte noch warten.«

»Gut«, sagte sie und streckte sich. Sie trug einen engen schwarzen Hosenanzug, ich sah die straffen Sehnen ihrer Beine. Claire Chariot hatte wirklich noch einiges zu bieten.

»Hören Sie, Bollinger: Sie können von mir das haben, was Sie verlangen. Aber ich muss sicher sein, dass niemand etwas erfährt.«

Ich dachte nach. Was beabsichtigte Claire Chariot? Spielte sie ihr eigenes Spiel oder hatte Pierre Brück sie geschickt?

»Auch Pierre Brück nicht«, sagte sie leise.

Das war interessant. Sie handelte also nicht im Auftrag des allmächtigen Bürgermeisters.

»Er würde das nicht gutheißen, was ich gerade tue.«

Sie versuchte die Beine übereinanderzuschlagen, und ich spürte, wie meine Oxytocin-Produktion wieder anlief.

»Sie bekommen von mir das Telefon des Marschalls – und dafür schweigen Sie! Vor allem darüber, dass Sie das Telefon von mir haben.«

»Sie haben es also gestohlen?«

Claire Chariot seufzte. »Das wissen Sie doch längst.«

»Und warum haben Sie es getan?«

»Um Schauren zu retten.«

»Wie bitte?«

Sie richtete sich auf und räusperte sich. Claire Chariot war jetzt sehr ernst.

»Auf dem Wackesberg liegt unsere Zukunft. Schauen Sie sich doch mal die umliegenden Gemeinden an! Waren Sie schon mal in Rambach?«

»Ja, schon oft. Es ist schön da oben.«

»Schön? Es ist ein Geisterdorf! Die Jungen gehen alle weg. Sie suchen sich Arbeit in der Ebene. Schauren wird auch bald so sein. Wenn wir nicht das Musicaltheater bekommen.«

Das klang sehr nach Pierre Brück. Aber was hatte das Telefon von Pétain mit dem Theater zu tun?

»Diese Sache mit dem Toten auf dem Wackesberg und der Lärm, den Sie darum machen. Das verschreckt die Investoren. Und es schadet uns. Die alten Geschichten – es ist besser, das bleibt unter dem Deckel.«

Ich musste auflachen. »Eine seltsame Position für eine Heimatforscherin.«

»Sie müssten mal hören, was die Alten dazu sagen, die die Zeiten noch erlebt haben. Der Wackesberg, der liegt vielen auf der Seele.«

»Welche Zeiten meinen Sie denn? Was ist denn früher da passiert?«

»Es heißt, auf dem Wackesberg liegt ...«

»Ich weiß: ein Fluch. Aber das ist kindisch. Dort muss etwas vorgefallen sein. Sie wissen sicher Bescheid. Gewiss haben Sie während Ihrer Nachforschungen für das Heimatmuseum etwas in Erfahrung gebracht.«

Ihre Stimme überschlug sich. »Lassen Sie uns zu unserem Geschäft kommen!« Sie räusperte sich. »Sie bekommen von mir das Telefon und dafür ...«

So einfach ging das nicht. »Sie haben eine Straftat begangen. Diebstahl, Irreführung der Polizei.«

Sie verbarg ihr Gesicht in den Händen. »Ich dachte halt, ich gebe Ihnen eine Aufgabe. Etwas, womit Sie Ruhm ernten können. Dann lassen Sie den Wackesberg endlich ruhen.« Sie schluchzte. »Aber Sie haben ja schon im Keller des Rathauses bemerkt, dass da was nicht stimmt. Ich konnte doch nicht ahnen, dass Sie ...«

Jetzt kamen die Tränen. Es geschah sicher nicht oft, dass diese Frau weinte.

»Und jetzt?«, fragte ich.

Sie zuckte schniefend mit den Achseln. »Ich will meine Arbeit nicht verlieren. Bitte, versprechen Sie mir, dass Sie schweigen! Sie haben ja auch etwas davon – Sie können stolz verkünden, dass Sie das Telefon von Marschall Pétain wiederbeschafft haben. Versprechen Sie's?«

Meine Stimme klang belegt, als ich antwortete: »Ja, ich verspreche es Ihnen.«

Sie fiel mir um den Hals. »Danke! Sie sind ein Schatz.«

Ich war benommen, konnte mich nicht bewegen.

Sie ließ mich los und hauchte: »Pardon.«

»Und welche Rolle spielt der Bürgermeister?«

»Sie haben es versprochen! Kein Wort zu ihm! Er würde mich auf der Stelle rauswerfen.«

Sollte Claire Chariot sich den fingierten Diebstahl wirklich allein ausgedacht haben? Um Pierre Brück zu helfen? Aus Liebe zum Bürgermeister? Zuzutrauen wäre es ihr.

Wir stiegen aus und gingen zu ihrem Wagen zurück. Sie öffnete den Kofferraum, hob einen verstaubten Karton heraus und übergab ihn mir. Claire Chariot lächelte schwach. Sie schien erleichtert.

Da sah ich den Dienstwagen unseres Reviers auf den Rastplatz einbiegen. Mit dem Scheinwerfer leuchtete der Fahrer die Innenräume der Wagen aus. Er ließ sich dafür Zeit.

»Schnell!«

Ich stellte den Karton zurück und schlug den Kofferraumdeckel zu. Wir flüchteten uns in den Wagen des Doktors.

»Das ist Alain Miller«, flüsterte ich.

»Oh, nein! Das auch noch. Ich sterbe gleich vor Scham. Alain ist mein Cousin.«

Wir saßen steif da wie Schaufensterpuppen und warteten. Dann sah ich, wie der Lichtkegel näher kam.

»Los!«, sagte sie.

Wir umarmten uns und küssten uns leidenschaftlich. Claire Chariot schmeckte nach Pfefferminz und Dosenmilch. Ich hörte, wie der schwere Dieselmotor langsam an uns vorbeituckerte. Als ich die Augen öffnete, war der Lichtkegel verschwunden.

Der Bürgermeister staunte nicht schlecht, als ich ihm am nächsten Morgen das Messingtelefon von Marschall Pétain auf den Schreibtisch stellte.

»Mensch, Bollinger, wie haben Sie das gemacht?«

»Ein bisschen Erkennungsdienst – und sehr viel Psychologie.« Mehr konnte ich nicht verraten – ich hatte schließlich mein Wort gegeben.

»Mann, bin ich erleichtert. Das gute Stück. Sie glauben ja nicht, wie wichtig es ist. Ich verehre den Alten sehr.« Er drehte das schwere Telefon um und betätigte die Kurbel.

»Pétain? Sie verehren Pétain?« Ich war etwas verwirrt.

Er schaute auf und sagte sehr ernst: »Das tun viele in Frankreich. Nicht wegen seiner Zeit in Vichy. Da konnte er nicht anders. Eine undankbare Rolle. Aber das war nicht seine Schuld.« Er hob seine Stimme. »Wir haben diesen Krieg nicht angefangen, Bollinger!«

»Natürlich nicht.«

»Aber Pétain hat im Ersten Weltkrieg Großartiges geleistet. Er war ein wirklicher Held.« Er seufzte. »Nach dem Zweiten Weltkrieg ist das leider in Vergessenheit geraten. Aber das kennt man ja. Ein Mann leistet Übermenschliches – und dann macht er einen winzigen Fehler...«

»Sie meinen, Vichy war ein winziger Fehler von Pétain?«

Der Bürgermeister wurde nachdrücklich. »Ich rede nicht mehr von Vichy und Pétain.«

»Wovon reden Sie dann?«

»Von der Tragik des Vergessens. Was meinen Sie, was von mir bleibt? Seit fast dreißig Jahren reibe ich mich auf für diesen schönen Ort...«

»Aber man verehrt Sie hier doch schon wie einen Gott, *monsieur le maire*.«

Pierre Brück winkte ab. Er legte seine Hand auf die geschwungene Gabel von Pétains Feldtelefon. »Sehen Sie sich dieses Stück hier an. Ist es nicht ein Symbol für die Vergänglichkeit?«

Pierre Brück hatte recht: Das alte Telefon des Marschalls stammte aus einer Zeit, die wir nicht mehr verstanden. Brück hob abrupt seinen Kopf.

»Wenn das Wackesberg-Geschäft platzt, lieber Bollinger, dann sind meine erfolgreichen Jahre ebenso vergessen wie die Heldentaten des Marschalls vor Verdun.«

Nun verstand ich ihn. Pierre Brück schob das alte Telefon zur Seite und tupfte sich den Staub mit seinem Taschentuch von den

Händen. »Sie wissen, was ich Ihnen sagen will, nicht wahr? Dass Sie in anderen Dimensionen denken müssen, Bollinger.«

»Ich muss zurück an meine Arbeit, *monsieur le maire*.« Als ich an der Tür war, wandte ich mich noch mal um. »Achten Sie in Zukunft besser auf die Dinge, die Ihnen etwas wert sind. Es gibt überall Kriminelle und Betrüger.«

Zum ersten Mal sah ich Pierre Brück rot werden.

Gegen elf Uhr erschien der Bürgermeister überraschend auf dem Revier. Mit offenem Kragen und vier Flaschen Veuve Clicquot unterm Arm. Als ich sein breites Grinsen sah, wusste ich, dass das kein Anstandsbesuch war.

Meine beiden Kollegen waren nervös. »Wir haben nicht mal richtige Champagnergläser«, stammelte Alain.

Brück winkte ab. »Wir sind doch unter uns.« Er schob Miller einen Zwanzigeuroschein hin. »Nicht, dass ihr glaubt, das kommt aus der Staatsschatulle. Den Schein spendiert euer Bürgermeister aus seiner eigenen Tasche. Alain, sei mal so nett und besorg uns ein anständiges Frühstück! Meine Lotte ist heute Morgen nicht aus dem Bett gekommen.« Er zog mit dem Zeigefinger sein rechtes unteres Augenlid herunter, so dass man das fleischige Graurot sehen konnte. »Wenn man die alten Stuten zu heftig reitet, schaffen sie's nicht mehr an die Futterkrippe.«

Straßer und Miller schlugen sich auf die Schenkel vor Vergnügen. Mir war hundeelend.

»Bleibt aber unter uns, Männer«, ordnete Brück an. »Lotte würde sterben, wenn sie wüsste, dass ich meinen Freunden von ihren diesbezüglichen Qualitäten erzähle. Da kann nämlich manche Junge nicht mithalten.«

Die beiden Polizisten wuchsen sichtlich. Der mächtige Pierre Brück, der Gott von Schauren, hatte sie als seine Freunde bezeichnet. In diesem Moment hätte er alles, wirklich alles von ihnen verlangen können.

Alain Miller hatte vor dem Eintreffen des Bürgermeisters lange über der Zeitung gebrütet, jetzt schob er den abgegriffenen ›Le Républicain‹ über den Tresen.

»Haben Sie's gelesen, *monsieur le maire*? Heute Morgen kam schon der zweite Artikel darüber. Die in Metz wollen noch mehr Algerier in Lothringen ansiedeln. Jetzt soll ein weiteres Dorf dran glauben. Zwanzig Familien müssten untergebracht werden, heißt es. Und sie sind am Überlegen. Sie wollen einen Ort finden, wo noch keine wohnen. Hoffentlich fällt ihnen da nicht Schauren ein …«

Brück warf nur einen kurzen Blick auf die Titelseite der Tageszeitung. Er zeigte ein besorgtes Gesicht.

»Ich hab's gelesen. Gestern hat mich schon jemand von der Departementsverwaltung angerufen. Ich habe ihm gleich gesagt: Das geht bei uns nicht. Solange ich Bürgermeister bin, werde ich mich gegen so einen Eingriff in die gewachsenen Strukturen wehren.« Und dann mit einem wahren Dackelblick: »Aber ich bin nicht allmächtig, Alain.«

Wieso hatte er mit mir noch nicht über den Anruf aus Metz gesprochen? Das wäre doch naheliegend gewesen. Schließlich hatte ich als Polizeichef die Aufgabe, möglichen Spannungen, die durch die Anwesenheit der Ausländer entstehen könnten, schon im Vorfeld entgegenzuwirken. Aber Pierre Brück konsultierte nicht, er regierte und dirigierte mit Champagnerflaschen und *eau de vie*.

Louis versetzte Alain einen Stoß. Miller brauchte eine Weile, bis er begriff und sich mit dem Zwanzigeuroschein des Bürgermeisters auf den Weg machte.

Unterdessen entkorkte Brück geschickt die erste Flasche und füllte drei Wassergläser. Kein Spritzer ging daneben – und das tiefe, zufriedene Plopp hatte so selbstverständlich geklungen, als wäre das späte Champagnerfrühstück ein täglich wiederkehrendes Ritual auf dem Polizeirevier von Schauren. Pierre Brück hatte eben Routine in diesen Dingen. Bei mir flog der Korken meistens gegen die Deckenlampe und der Sekt spritzte auf den Boden. Wir stießen an.

»Auf unseren guten Bollinger! Wenn es unter uns bleibt, kann ich es ja sagen: Er hat Schauren einen besonderen Dienst erwiesen. Wir haben es nicht an die große Glocke gehängt – aber das Telefon von Pétain war verschwunden. Nun haben wir es wieder. Prost.« Wir tranken. Brück räusperte sich. »Ich muss euch ein Geständnis machen. Ich habe unseren guten Alain nicht ohne Hintergedanken weggeschickt. Ich muss was loswerden.«

Louis Straßer stand der Mund offen vor Staunen.

»Alain ist ein guter Knochen – aber wenn es um Politik geht, na ja, dann sollte ich mich doch nicht auf seine Verschwiegenheit verlassen, nicht wahr, Louis?«

Straßer nickte heftig. Meine Meinung dazu schien gar nicht gefragt zu sein.

Brück trank sein Glas aus. Er schnalzte mit der Zunge.

»Ein göttliches Gesöff. Als hätte der Herrgott in die Champagne gepisst.«

Der Veuve Clicquot war wirklich vorzüglich. Viel zu schade für diese Säufer.

»Und wir haben diese Gabe vor unserer Tür. Männer, was brauchen wir mehr zum Glück: Champagner am Morgen, Frauen, die verrückt nach uns sind ...«

Ich verschluckte mich beim Trinken. Brück klopfte mir auf den Rücken.

»Das werden Sie auch noch lernen. Champagner trinken, meine ich.« Er goss nach und wurde feierlich: »... und es gehört noch etwas Drittes dazu: der soziale Friede. Und damit haben wir ein Problem in Schauren.« Er tippte aufgebracht auf den Artikel im ›Le Républicain‹. »Es gibt überdurchschnittlich viele Arbeitslose bei uns. Das ist eine soziale Bombe. Menschen ohne Arbeit sind anfällig für Scharlatane. Nun, bisher konnte ich es ja verhindern, dass sie uns eine Kaserne mit Schwarzfüßen vor die Nase setzen, wie es sie jetzt im Elsass überall gibt. Das wäre unser Ende. Dann kämen die Scharfmacher aus Straßburg und Metz, die Le Pens und Mégrets. Solchen Seelenverkäufern gegenüber sind unsere Schaurener doch hilflos – vor allem wenn sie keine Arbeit haben und verbittert sind. Die würden uns in Scharen wegrennen, und im Nu hätten wir einen schwachsinnigen, rechtsradikalen Metzger aus Bitche oder einen perversen Schullehrer aus Niederbronn im Rathaus sitzen. Und was machen wir dann – mit unseren gewachsenen Strukturen, Männer?«

Louis schaute mich ratlos an und zuckte mit den Achseln.

»Wie ihr dann eure Arbeit anständig machen wollt, weiß ich nicht. Die Schwarzfüße klauen wie die Zigeuner. Und unsere Frauen sind dann auch nicht mehr sicher. Und jedes Mal, wenn was passiert, wird es dann heißen, unsere Polizei sei unfähig. Solange wir die Pest noch nicht hier hatten, wärt ihr herumstolziert wie die Pfaue, aber jetzt, wo ihr Flagge zeigen müsstet, würdet ihr euch im Revier verschanzen.« Er winkte ab, obwohl ihm keiner widersprochen hatte. »Mir könnt ihr nichts erzählen, von wegen liberale Methoden und Soziologie. Ich habe die Gemeinden im Süden gesehen. Da sieht's aus wie in Afghanistan.« Er ächzte und schaute mit glasigen Augen in sein Glas. »Ich weiß mir nicht mehr zu helfen. Die in Metz meinen es diesmal ernst. Sie haben sich Schauren ausgeguckt. Angeblich weil die Strukturen bei uns noch intakt sind. Die glauben, wir können eine Invasion der Afrikaner verkraften.«

Er lachte böse auf. Höchste Zeit, dass ich etwas sagte.

»Herr Bürgermeister, ich glaube, Sie sehen da zu schwarz. Es gibt genug Beispiele für eine sinnvolle Integration ...«

»Aber wir wollen keine sinnvolle Integration, Bollinger!«, fuhr er mich an. »Wir wollen, dass die Schwarzfüße bleiben, wo der Pfeffer wächst!«

Louis Straßer nickte mehrmals. Wie der Mohr in der Weihnachtskrippe.

»Wenn wir es schaffen, das Musicaltheater hierherzukriegen, sind wir aus dem Schneider«, sagte Brück beiläufig.

»Was hat das eine denn mit dem anderen zu tun?«

»Oh, sehr viel! Dieses Musical – das wird eine Angelegenheit der Großregion. Saar-Lor-Lux, sage ich da nur. Meine Kollegen im Regionalrat in Saarbrücken bekommen ganz große Ohren, wenn ich davon anfange. Wenn die Sache hier steht und so funktioniert, wie Schwierz das will – und der Mann versetzt Berge, glaubt mir das –, dann wird keiner dieser Korinthenkacker in Paris oder in Metz es wagen, uns einen Eingeborenenstamm vor die Nase zu setzen. Dann bleiben nämlich die Besucher weg. Oder glaubt ihr, die Hautevolee von Frankfurt oder München, Straßburg oder Lyon lässt sich, wenn sie ins Theater geht, gerne von schmutzigen Kindern anbetteln oder von betrunkenen Afrikanern belästigen? Nee, wenn Schwierz kommt, ist die Sache für uns geritzt. Dann sind wir nicht nur finanziell aus dem Schneider, sondern bleiben auch von allen anderen Heimsuchungen verschont. Dann wird aus Schauren endlich eine reiche und glückliche Gemeinde.« Er zog die Augenbrauen hoch. »Nur – Schwierz hat weiche Knie bekommen. Irgendwelche Deppen bombardieren ihn mit Faxen. Wahrscheinlich Grüne aus Niederbronn. Sie wollen kein Musicaltheater in unserer Region – wegen des ländlichen Charakters. Gut, lasst diese Dummköpfe reden! Solange sie nur quatschen, bleibt Schwierz im Boot. Aber wenn die anfangen hier rumzustänkern – Protestaktionen, Blockaden, Hearings oder wie sie solchen Irrsinn nennen –, dann wird Schwierz seine Investoren nicht halten können. Es hängt alles von euch ab, Jungs.«

»Wieso denn das?«

»Aber, Herr Bollinger, Sie sind doch ein intelligenter Mensch – das behauptet zumindest meine Lotte. Das können Sie sich doch an fünf Fingern abzählen: Wenn ihr eure Arbeit tut und den Wackesberg hütet wie euren Augapfel, dann kann uns nichts passieren. Ihr seid es, in deren Händen unsere Zukunft ruht. Ihr steht da draußen an der Front.«

Louis räusperte sich umständlich. »Mach dir keine Sorgen, Pierre. Wir fahren quasi jede Stunde dort vorbei und sehen nach dem Rechten.«

Brück schüttelte den Kopf. »Jede Stunde, das ist viel zu wenig, Louis. Und was ist nachts?«

»Nachts?«

»Ja, nachts, verdammt noch mal!«

Straßer wartete darauf, dass ich ihm beistand. »Wir haben bisher noch keine Notwendigkeit gesehen, dort nachts Streife zu fahren.«

»So, dann denken Sie mal drüber nach, Bollinger! Wenn nämlich auf dem Wackesberg noch was passiert und Schwierz haut ab, dann werden alle in der Region einen Schuldigen für das Desaster suchen. Und wir haben die Schwarzfüße in unseren Vorgärten sitzen. Möchten Sie daran schuld sein?«

Brück klemmte sich die ungeöffneten Flaschen Champagner unter den Arm und stand auf. »In diesem Sinne, meine Herren.«

In der Tür stieß er mit Alain Miller zusammen. Der dicke Polizist trug in der Rechten einen Eimer mit in Rahmsoße eingelegten Heringsfilets und unter dem linken Arm vier *flûtes*. Aus einer Plastiktasche ragte eine Salami.

»Miller, weißt du nicht, wie ungesund es ist, so was schon zum Frühstück zu vertilgen?«, fuhr Brück ihn an, riss sich ein Stück Brot ab und war weg.

»Und jetzt?«, fragte Miller.

»Jetzt teilen wir den Nachtdienst ein«, sagte ich.

Am Abend dieses Tages fühlte ich mich noch einsamer als sonst. Wenn ich an Agneta dachte, schnürte es mir den Hals zu. Sie schien plötzlich so weit weg von mir. Weiter als an den Tagen, als ich in der Krone der alten Eiche über dem Anwesen der Hagenaus gesessen und darauf gewartet hatte, einen Blick auf den Zipfel ihres zerschlissenen Kleides zu erhaschen.

Ich hatte sie verloren. Das wurde mir immer deutlicher, je länger ich über unsere Begegnung im Supermarkt nachdachte. Wenn ich sie nur an einen anderen verloren hätte. Es wäre nicht das erste Mal gewesen, dass eine Frau einen anderen vorgezogen hätte. Damit hatte ich immer leben können, denn ich wusste ja, dass die Frau eine falsche Entscheidung getroffen hatte. Dadurch wäre sie in meiner Achtung gesunken.

Aber ich hatte Agneta nicht an einen Schöneren oder Reicheren oder Charmanteren verloren. Ich hatte Agneta an Ellinor verloren. Und Ellinor war kein Mensch, kein Rivale. Ellinor war die Kunst. Das machte es so schlimm.

Wie gerne hätte ich mit Agneta zusammen die Kunst erobert. Sie hätte ein Star werden können, und ich hätte sie vom Parkett aus angehimmelt. Dafür hätte ich geschuftet, dafür hätte ich Berge versetzt. Nur um sie als Star auf der Bühne zu sehen.

Aber Agneta hatte einen anderen Weg gewählt. Den schnelleren, den Königsweg. Ellinor hatte sie an der Hand genommen und führte sie nun durch das geschmückte Hauptportal ins Theater. Mit mir hätte sie den Hintereingang nehmen müssen.

Künstler sind so. Echte Künstler. Sie hinterlassen auf ihrem Weg zum Ruhm auf beiden Seiten enttäuschte Liebende. Das muss so sein. Wenn sie nicht so rücksichtslos wären, wären sie keine echten Künstler.

Trotzdem war es bitter, am Wegesrand zurückgelassen zu werden. Ich brachte es nicht einmal fertig, auf Agneta wütend zu sein. Sie konnte ja nichts dafür. Sie erfüllte bloß das göttliche Gesetz. Göttinnen tun nichts anderes.

Vielleicht war ich doch für eine andere Frau geboren. Für eine bodenständigere, eine, deren ich mir sicher sein konnte, eine, die auch ein wenig zu mir aufschaute. Eine reife, eine kluge Frau, die nichts anderes wollte als glücklich sein. Eine Frau wie Lotte. Ich hatte einen Fehler gemacht. Ich hatte mich gegen Lotte, die gut für mich war, und für Agneta entschieden, die mich nun verlassen hatte.

Gegen dreiundzwanzig Uhr fasste ich mir ein Herz und wählte ihre Nummer. Wenn Pierre Brück ranging, würde mir schon irgendein dienstlicher Grund für den späten Anruf einfallen.

Aber Pierre Brück ging nicht ran. Keiner ging ran. Dabei stand der Wagen des Bürgermeisters in der Auffahrt. Ich wartete zehn Minuten und versuchte es erneut. Wieder ging keiner ran.

Ich legte auf. Mein Puls wütete. Was war da los? Ich wählte erneut. Mit zitterndem Finger.

Besetzt.

Es blieb besetzt. Bis nach ein Uhr. So lange telefonierte kein Mensch. Vor allem nicht in Schauren.

12. KAPITEL

Es war im Staatstheater. Lotte saß neben mir und hielt meine Hand. Sie rieb mit ihrem linken Knie die Außenseite meines rechten Knies. Es war mir unangenehm. Ich wagte dennoch nicht, sie zu bitten, damit aufzuhören. Dann ging der Vorhang auf, das Orchester spielte die Ouvertüre. Zwei Reihen schwarz gekleideter Tänzer nahmen Aufstellung, ein Lichtkegel irrte suchend auf der Bühne umher, dann fand er die richtige Stelle im hinteren Bühnenraum. Ein Tusch, und der Star des Abends trat auf. In einem mit Pailletten besetzten Trikot.

Agneta. Sie war wunderschön. Selbst in dem grellen, unnatürlichen Bühnenlicht leuchtete ihre Haut fruchtig und frisch.

›Anna Leschinski‹. So hieß die Oper. Nach dem berühmten Roman von Puschkin.

Sie schritt auf sehr, sehr hochhackigen Schuhen durch das Spalier der Tänzer nach vorne. Bis zur Rampe. Sie war mir jetzt ganz nahe.

Ich bekam eine Erektion, eine mächtige Erektion, sie hörte gar nicht mehr auf. Und Agneta schaute auf mich herab und lächelte. Meine Erektion war so mächtig, dass meine Hose zu platzen drohte. Welch peinliche Situation, man sah ganz deutlich, in welchem Zustand ich mich befand!

Lotte hatte längst bemerkt, was mit mir los war – und dass sie nicht der Grund meiner Erregung war. Sie versuchte mit ihren schwarzen, ellenbogenlangen Theaterhandschuhen die Beule an meiner Hose zu verdecken. Doch dann sprang sie plötzlich auf und schrie Agneta an:

»Sieh dir das an, du bist schuld!«

Ein Raunen ging durch den Saal. Agneta wich erschrocken zurück.

»Aber ich habe doch gar nichts gemacht. Ich wollte nur freundlich sein.«

»Du Luder!«, brüllte Lotte.

Das Publikum zischte. Ich wollte fliehen, doch ich konnte nicht. Es entstand ein Tumult – im Zuschauerraum und auf der Bühne. Dann sah ich Agneta, die die Hände vors Gesicht geschlagen hatte. Alle zeigten mit den Fingern auf sie, und sie weinte bittere Tränen.

Ich weiß nicht, wie lange mein Handy schon geläutet hatte, als ich endlich aufwachte. Alain Miller war dran.

»Um null drei zwölf sind drei verdächtige Personen über den Bauzaun geklettert.«

Er hatte mich aus dem Albtraum herausgerissen. »Was ist los?«

Miller seufzte. »Um drei Uhr und zwölf Minuten sind drei vermummte Typen über den Zaun drüber.«

Im Dunkeln suchte ich meine Kleider zusammen. Ich stieß mit dem Schienbein gegen den Bettpfosten. Es tat höllisch weh.

»Soll ich rein und sie stellen?«, fragte Miller.

Er war allein auf dem Wackesberg. Das konnte gefährlich werden.

»Nein. Rufen Sie Straßer an! Ich bin in fünf Minuten da.«

Am Zaun war alles ruhig. Miller hatte den Dienstwagen unter der großen Linde am Rand des Geländes geparkt. Louis Straßer saß bereits auf dem Beifahrersitz. Sicher hatte er nicht schlafen können. Sonst wäre er nicht so schnell vor Ort gewesen. Miller war jetzt gelassener. Das machte wahrscheinlich die Anwesenheit von Louis Straßer.

Ich stieg hinten ein. Wir starrten in die Dunkelheit und schwiegen.

»Und du bist sicher, dass da jemand rein ist, Alain?«, fragte Louis müde.

»Hundertpro. Drei Typen. Total vermummt. Blitzschnell waren die. In schwarzen Klamotten. Wenn ihr mich fragt: Anarchisten. Wahrscheinlich aus Niederbronn. Jeder hatte einen Kanister in der Hand.«

Straßer gähnte, seine Kieferknochen knirschten. »Anarchisten? Alain, bei uns gibt's keine Anarchisten. Auch in Niederbronn nicht. Dort wohnen bloß durchgeknallte Grüne. Kann es nicht sein, dass du eingepennt bist und das bloß geträumt hast?«

»Was mich interessieren würde«, mischte ich mich ein, »warum haben Sie die Burschen nicht daran gehindert, über den Zaun zu steigen, Miller?«

Miller schwieg und drehte an einem Hebel, worauf die Scheinwerferbatterie auf dem Dach des Dienstwagens aufglühte. Der Bereich vor dem Bauzaun wurde in gleißendes Flutlicht getaucht. Wie in einem Fußballstadion. Die drei übereinandergeschichteten Container der Bauleitung lagen im Halbdunkel jenseits der Absperrung. Am Ende des Zauns leuchtete etwas. Etwas Knallbuntes. Jemand hatte mit roter Farbe eine Parole hingesprüht. In riesigen Versalien. Ich kniff die Augen zusammen.

WIR WOLLEN KEIN MUSICAL AUF DEM GELÄNDE DES EHEMALIGEN KZ SCHAUREN!

»Das waren sie, die Anarchisten. Glaubt ihr mir jetzt?«

Wir starrten auf die Schrift. Ich dachte an die bunten Plakate auf Cyril Schwierz' Straßenkreuzer. An Anna-Agneta und an den Toten, der beim großen Brand im Gebälk der Ruine auf dem Wackesberg gehangen hatte. Das also hatten der alte Hagenau und Claire Chariot gemeint: das KZ Schauren.

Dann knallte es hinter dem Bauzaun. Eine Stichflamme schoss in den Nachthimmel hoch und erleuchtete für eine Sekunde den silbergrauen Turm der Bürocontainer taghell. Es stank nach Benzin.

»Das war eine Verpuffung!«, sagte Straßer tonlos.

»Die Anarchisten! Sie jagen die Bauleitung in die Luft.«

Miller startete den Motor und gab Gas, der schwere Wagen ruckte und schoss vor. Die stählernen Kuhfänger knickten die Streben des Bauzauns wie Seidenpapier, wir rollten über ihn hinweg. Sobald das Hindernis überwunden war, fuhren wir zügig den Hügel zur Wackesberg-Ruine hinauf.

In den Lichtkegeln von Alains Halogenscheinwerfern konnten wir drei schwarz gekleidete Männer ausmachen. Alain hatte also richtig beobachtet. Sie waren dabei, zwei Kanister an der Seitenwand der Container auszukippen. Der Kunststoff würde, wenn er erst einmal brannte, die ganze Gegend verpesten.

Es war eine unwirkliche Szene – der theaterbegeisterten Lotte hätte sie gewiss gefallen. Die drei agierten wie Tänzer in einem expressionistischen Stück. Sie nahmen keine Rücksicht auf sich, sie verspritzten das Benzin, als wäre es Wasser. Der dritte Kanister lag zerborsten und verkohlt am Rand. Er musste explodiert sein.

Dann flammte ein Feuerzeug auf. Zwei zogen sich zurück. Der mit dem Feuerzeug bückte sich.

Ein dumpfer Knall. Vor ihm schoss eine Erdfontäne hoch. Straßer hatte mit seiner Dienstwaffe aus dem Seitenfenster heraus einen Warnschuss abgegeben.

Ich lehnte mich aus dem offenen Fenster – und mir wurde klar, dass wir mitten im Benzinsumpf standen. Miller hatte, gewissenhaft wie er war, den Geländewagen vor dem nächtlichen Einsatz vollgetankt. Wenn der Mann mit dem Feuerzeug das Benzin entzündete, würden wir mit der Containerburg in die Luft fliegen.

»Mach das Feuerzeug aus, oder du bist ein toter Mann!«, brüllte Straßer.

»Wenn du schießt und das Benzin entzündet sich, bist du auch tot«, antwortete der andere. Seine Stimme zitterte.

Louis lachte auf. »Dann hatte ich wenigstens den Finger selbst am Abzug und bin nicht durch einen Trottel wie dich gestorben. Wenn du mich kennst, weißt du, dass ich es ernst meine.«

Doch der Mann bückte sich mit der Flamme zur Erde.

Louis Straßer war völlig ruhig. Es war nicht die Ruhe, die er sonst ausstrahlte, die Ruhe, die aus einer kleinen, gefügten Welt kam. Dieser Straßer war kaltblütig. Es schien ihm völlig gleichgültig zu sein, wie die Sache ausging. Sein Gesichtsausdruck war kühl – und fast ein wenig amüsiert. Wie jemand, dem der Tod nichts anhaben kann.

Straßer schoss ein zweites Mal. Der Mann wurde nach hinten geschleudert. Das Feuerzeug flog im hohen Bogen auf ein Stück trockenes Gras. Das Gras brannte sofort, aber die Stelle schien trocken zu sein, denn die kleinen, gelben Flammen züngelten nur kurz und fraßen sich dann selbst auf. Nur eine Flamme war stark genug, sich langsam fortzusetzen, ein zweites Büschel fing Feuer.

Der Getroffene schrie jämmerlich und hielt sich den Oberarm. Ich stürzte aus dem Wagen, rannte zu dem brennenden Grasbüschel, trat den Brand aus.

Nun stiegen auch Miller und Straßer aus. Straßer behielt die Waffe in der Hand. Er ging zu dem Mann, der am Boden lag. Miller ließ die beiden anderen nicht aus den Augen. Sie waren durch den Schuss, den Straßer auf ihren Komplizen abgegeben hatte, so geschockt, dass sie sich nicht zu rühren wagten.

Straßer beugte sich zu dem Getroffenen hinab und zog ihm die schwarze Strickmütze mit den Augenschlitzen vom Kopf. Der alte Hagenau.

»Bist du wahnsinnig, Straßer!?«, schrie er. »Auf mich zu schießen. Stell dir vor, du hättest mein Herz getroffen!«

»Ich hab doch nur ein bisschen Haut angeritzt«, sagte Straßer und schaute sich die Schusswunde an Hagenaus Oberarm an. »Sei froh, dass du den Wackesberg nicht in Brand gesteckt hast! Dann wären wir jetzt alle in der Hölle.«

»Du vielleicht, Straßer«, flüsterte der Alte. »Ich nicht.«

Miller legte den beiden anderen Handschellen an. Sie ließen es widerstandslos geschehen. Dann erst riss er ihnen die Kapuzen von den Köpfen. Luc und Charles Hagenau. Wie ertappte Schuljungen standen sie vor Miller und schauten verlegen auf ihre Fußspitzen.

»Los!«, bellte Straßer, nachdem er dem Alten auf die Beine geholfen hatte.

Die Hagenaus stiegen stumm in unseren Wagen. Wir fuhren sie zum Revier und schlossen sie in die Zelle im Keller ein. Die Hagenaus sagten kein Wort. Sie protestierten nicht, sie verlangten keinen Anwalt, sie beschimpften uns nicht. Sie waren einfach perplex. Eigenartig, aber sie schienen mit allem Möglichen gerechnet zu haben – nur nicht damit, verhaftet zu werden.

Es war fünf Uhr, als wir es hinter uns hatten.

»Der Bürgermeister wird stolz auf uns sein«, sagte Straßer, während er sich die Hände wusch. »Alain, fährst du bitte noch schnell zum Wackesberg und machst dieses grässliche Geschmiere unleserlich, bevor es hell wird?«

»KZ Schauren? Was soll das heißen?«, fragte ich.

Louis trocknete seine Hände ab. »Alte Geschichten. Dummes Zeug. Die Hagenaus ...« Er machte eine Kurbelbewegung vor seiner Stirn. »Das haben Sie doch schon bemerkt, oder?«

»Gab es hier ein KZ? Ja oder nein?!«

»Wo gab es so was nicht? Eine Baracke halt. Die SS hatte ein kleines Außenlager auf dem Wackesberg betrieben. Die Schaurener reden ungern darüber – zumal nur Fremde in dem Lager inhaftiert waren. Polen und Russen.«

»War nicht auch der Dings da inhaftiert ... der – du weißt schon?«, fragte Alain Miller.

»Nun mach schon, Alain! Oder sollen die Schulkinder auf ihrem Schulweg den Quatsch entziffern, und soll heute Mittag das ganze Dorf über uns lachen?«

Miller maulte halblaut und trollte sich. Straßer gähnte demonstrativ.

»Ich horche dann noch ein, zwei Stunden am Kissen, *patron*.«

»Moment! Es gibt da noch was zu klären.«

Straßer schaute mich aus müden Augen an. »Es war auch ein einheimischer Häftling im KZ Schauren. Der Humpel-Jean. Und nun fangen Sie um Gottes willen nicht an, sich wer weiß was vorzustellen! Ich bin sicher, das hat mit unserer Sache nichts zu tun. Rein gar nichts.«

Ich wurde laut. »Jetzt ist aber Schluss! Ich dulde nicht mehr, dass hier so getan wird, als bekämen wir unsere Anweisungen nur vom Bürgermeister. Wenn auf dem Wackesberg ein KZ war, haben die Hagenaus auch einen Grund zu protestieren …«

Straßer schaute mich ratlos an. »Protestieren? Das nennen Sie protestieren? Nach meinem Empfinden ist das Sachbeschädigung, schwerer Landfriedensbruch und Brandstiftung. Ich kenne leider die Bestimmungen für den Umgang mit Sprengstoff nicht, aber da wird es für solche Proteste sicher eine präzise Straftatbezeichnung geben.«

»Ich meine nur – rein psychologisch und politisch gesehen, macht sich die Sache jetzt ein bisschen anders aus.«

Louis trat auf mich zu. Obwohl er sehr ruhig war, fast gelangweilt, spürte ich seine innere Erregung.

»Sie wollen also eine politische Sache daraus machen? Dann sollten Sie aber eines nicht vergessen: Das KZ haben nicht die Lothringer errichtet. Das waren Ihre Landsleute. Gute Nacht, Herr Bollinger!«

Ich fand keinen Schlaf mehr. Als ich in der Morgendämmerung nebenan Geräusche hörte, stand ich auf. Ich lief fast eine Stunde nervös in der Wohnung umher. Dann wusste ich, was mich so unruhig machte. Lotte. Ich musste mit ihr reden. Jetzt, da Agneta sich von mir abgewandt hatte, spürte ich, wie sehr Lotte mir fehlte.

In der Wohnung des Bürgermeisters hörte ich die Haustür schlagen. Wahrscheinlich hatte Pierre Brück gerade das Haus verlassen. Normalerweise machte er sich nicht vor zehn Uhr auf den Weg ins Rathaus. Aber seit dem Brand auf dem Wackesberg gingen die Uhren in Schauren anders.

Ich musste etwas tun. Meine Sehnsucht nach Lotte wurde immer schlimmer. Ich ging zum Telefon und wählte die Nummer der Brücks. Sie meldete sich sofort. Ihre Stimme klang verschlafen.

»Ich bin's. Felix. Ich dachte, wir sollten …«

Weiter kam ich nicht: »Da haben Sie sich leider verwählt.«

Im Hintergrund hörte ich das heisere Lachen des Bürgermeisters.

Obwohl in Frankreich selbst der einfache Bauer ab und an seine Flasche Champagner trinkt, hatte ich das Gefühl, dass alle mich beobachteten, als ich mit einer Flasche Veuve Clicquot an die Kasse des Supermarkts trat.

Die Verkäuferin – eine pfannkuchengesichtige Achtzehnjährige, die aus einem der umliegenden Dörfer kam und unausgeschlafen wirkte – führte die Flasche mehrmals am Erfassungsfeld der Kasse vorbei, bis das Display den Betrag anzeigte. 28 Euro. Und Bürgermeister Brück war gleich mit vieren davon im Revier aufgekreuzt.

»Wir haben auch einen im Angebot«, flötete die Kassiererin pflichtbewusst.

»Ich hab's gesehen. Aber es ist ein Geschenk für eine Dame. Da nehme ich lieber Veuve Clicquot.«

Die Kassiererin unterdrückte ein Gähnen. Ich gab ihr dreißig Euro. Sie prüfte die Scheine.

»Sie lassen sich's aber gut gehen, Herr Polizeichef.«

Die vertraute Stimme war dicht hinter mir.

Lotte. Mein Herz begann zu hämmern. Wo kam sie plötzlich her? Warum hatte ich sie vorher nicht bemerkt? Es waren kaum Leute im Supermarkt. Ich hätte sie doch sehen müssen ...

Mit zwei Händen gleichzeitig räumte sie Waren aus ihrem überquellenden Einkaufswagen auf das Band. Ich bekam mein Wechselgeld und nahm die Flasche Veuve Clicquot.

»Mein Gatte sagt, es hat wieder einen Vorfall gegeben. Auf dem Wackesberg.«

Sie schaute mich nicht einmal an. Die First Lady sprach mit einem Lakaien ihres Gatten.

»Nicht der Rede wert, ein Dummejungenstreich.«

»Soso. Und was haben Sie mit dem Champagner vor?«

Die Kassiererin starrte Lotte an, während sie eine Kaugummiblase wie einen Pilz aus ihrem Mund herauswachsen ließ.

»Ich bin eingeladen. Viele Grüße an den Bürgermeister.«

Schon war ich draußen. Aber kaum war ich in meinen Wagen gestiegen, da knallte ihr Einkaufswagen gegen die Fahrertür. Das machte einen entsetzlichen Krach – wie bei einem Auffahrunfall.

Ich wollte mein Erschrecken nicht zeigen und kurbelte langsam die Scheibe herunter.

»Glaub bloß nicht, ich weiß nicht, wohin die Flasche wandert. Zu der polnischen Schlampe! Die scheint's dir ja mächtig angetan zu haben.«

»Ich habe gestern Abend versucht, dich zu erreichen. Aber es war stundenlang besetzt.«

Sie biss sich auf die Unterlippe. »Ich hab telefoniert. Mit meiner Schwester. Daheim. Im Saarland. Wir haben uns halt viel zu sagen.«

»Du hast den Hörer neben den Apparat gelegt, stimmt's? Wolltest wohl nicht gestört werden bei der Anbetung des heiligen Phallus.«

»Was??«

»Der Bürgermeister spricht gerne darüber. Sogar auf dem Polizeirevier. Vor versammelter Mannschaft.«

Sie errötete. Immerhin.

Ich startete meinen Wagen und ließ sie stehen. Mit ihrem roten Kopf und dem knallvollen Einkaufswagen und den zwei Großpackungen Toilettenpapier. Ich ließ die Gattin des allmächtigen Bürgermeisters einfach auf dem »Migros«-Parkplatz stehen.

Als ich sie im Rückspiegel sah, versuchte ich, sie mir in Badelatschen und mit Lockenwicklern vorzustellen. Es funktionierte.

Das Dumme war nur: Ich fand sie trotzdem unglaublich sexy.

13. KAPITEL

Diesmal schlich ich mich nicht heran wie ein Strauchdieb. Diesmal fuhr ich vor und hupte. Was sollte mir schon geschehen? Die drei Hagenaus saßen in unserer Zelle und dachten über ihre Untaten nach. Wir hatten alle Zeit für uns allein.

Dennoch klopfte mein Herz vor Aufregung. Ich wollte Gewissheit. Das war ich ihr und mir schuldig. Sie sollte mir ins Gesicht sagen, dass sie mich wegen Ellinor und der Kunst verließ. Oder sie sollte mir ein Zeichen geben, dass sie mich nur aus Angst vor den Hagenaus abgewiesen hatte.

Erst als ich den Wagen abgeschlossen hatte und mit der Flasche Veuve Clicquot zum Anwesen ging, sah ich, dass etwas Helles, Sauberes, Chromblitzendes aus dem Autofriedhof hervorragte, was nicht zu den Hagenaus passte. Als ich ein paar Schritte zum Pferch der verwahrlosten Tiere hin machte, erkannte ich, was es war. Der bonbonfarbene Schlitten von Schwierz.

Ich ging an dem Wagen vorbei zum hinteren Teil des Anwesens. Die Schweine kamen quiekend angerannt. Immerhin – Petrus, den kahlen Hund vom Wackesberg, hatten sie endlich begraben.

In einem Zimmer brannte Licht. Ich lugte durch das Fenster.

Das Erste, was ich sah, war Agneta. Sie trug nur einen grünen Spitzenslip und das dazugehörige Oberteil, eine Art Bolero. An beiden hingen noch Preisschilder.

Agneta hatte eine Figur wie aus einer Hochglanzzeitschrift. Natürlich machten das auch die edle Unterwäsche und die schwarzen Pumps, die sie dazu trug.

Dabei war sie nicht so mager wie die Models, die man tagtäglich in den Zeitungen sieht. An ihr war Fleisch, sie hatte runde Hüften und einen schön geformten, großen Busen, der zu den übrigen Proportionen passte, ihre Beine waren kräftig und nicht so knochig, wie das jetzt überall bei den jungen Dingern der Fall war. Man sah bei jeder Bewegung das Spiel der Sehnen. Sie trug sogar ein Fußkettchen – ganz sicher kein Geschenk von ihrem Gatten, eher ein Mitbringsel aus der Heimat. Das Einzige, was nicht so recht zu ihrer harmonischen Erscheinung passte, war die Farbe ihrer Haut. Sie war ganz anders als in meinem Traum, sie war – weiß, weiß wie Käse.

Agneta stöckelte in Slip, BH und Pumps quer durchs Zimmer. Von einer Ecke in die andere und wieder zurück. So unbefangen, als hätte sie nie etwas anderes getan. Was mich dabei irritierte: Agneta trug eine Uniformmütze. Eine Offiziersmütze der deutschen Wehrmacht. Aber selbst das tat ihrer klassischen Schönheit keinen Abbruch. Es fiel mir schwer, mich von diesem Anblick zu lösen.

Durch die Küche gelangte ich in den dunklen Flur des Hagenau'schen Hauses. Ich klopfte an die Tür, hinter der ich Agneta vermutete, weil Musik aus dem Zimmer zu hören war. Marschmusik!

Niemand antwortete. Ich trat ein.

Ein improvisierter Laufsteg war notdürftig mit Zimmerlampen erleuchtet worden. Die Musik kam von einem Kassettenrekorder, der auf dem Boden stand.

Agneta stolzierte immer noch auf und ab. Sie schien alles um sich herum vergessen zu haben. Die schäbigen Möbel, den Staub und Schmutz, die Demütigungen der Hagenaus, die Dumpfheit dieses Lebens am Waldrand, inmitten von Schrottautos und halb verhungerten Schweinen und Hühnern.

Jetzt erst hörte ich, dass Agneta sang. Ihre Stimme war hell, aber dennoch melodisch, wie die Stimme eines Kindes. Agneta sang etwas Polnisches. Es passte zu der Marschmusik.

In der Ecke hatten es sich Cyril Schwierz und Ellinor auf einer Couch bequem gemacht. Die beiden strahlten. Sie waren von Agnetas Darbietung ebenso angetan wie ich.

Ich benahm mich wie jemand, der zu spät ins Theater kommt. Zum Glück entdeckte ich einen freien Stuhl, auf den ich mich flüchtete, die Knie eng aneinandergedrückt. Allerdings wusste ich nicht, wohin mit der Flasche Veuve Clicquot. Ich ließ sie unterm Stuhl verschwinden.

Schwierz und seine Mitarbeiterin schienen mich nicht wahrzunehmen. Sie starrten gebannt auf die schöne Agneta, die unentwegt marschierte, marschierte und marschierte und dabei das polnische Liedchen sang.

Und dann sah ich die beiden Koffer, die neben der Tür standen. Agneta wollte Schauren verlassen. Sie wollte mich verlassen.

Nun war es klar. Es war wirklich aus. Bevor es richtig begonnen hatte.

Ich tat etwas, was ich noch nie getan hatte: Ich schlich mich vor Ende der Vorstellung weg. Meine Flasche Veuve Clicquot nahm ich wieder mit.

Ich gebe zu, ich ließ meine Wut an Schwächeren aus. Aber wer hätte das nicht getan?

»Ich will jetzt keine Schaurener Dorfmythologie mehr hören. Ich will wissen, was los ist. Reden Sie endlich, oder Sie lernen mich kennen!«

Alain Miller trat von einem Fuß auf den anderen. Straßer schaute gelangweilt an die Decke.

»Wird's bald! Oder soll ich einen Bericht nach Metz schicken?«

»Was für einen Bericht denn?«, fragte Straßer. Er schmunzelte. Dieser unverschämte Kerl schmunzelte wirklich.

»Das werde ich Ihnen sagen, Straßer. Einen Bericht darüber, dass man mich als Revierleiter hier systematisch über die wirklichen Hintergründe der Vorgänge auf dem Wackesberg im Unklaren lässt. Ich bin sicher, die Herren in Metz werden nicht lange fackeln und jemanden schicken, der Ihnen beiden kräftig auf die Finger tritt.«

»Wollen Sie uns denn schon verlassen, *patron*?«, fragte Louis Straßer. Ich nehme an, es sollte Bedauern durchklingen – aber ich hörte nur Häme.

»Wer war dieser Humpel-Jean?«, fragte ich.

Louis breitete die Arme aus und zog die Schultern hoch – er sah aus wie ein Franzose aus der deutschen Rotweinwerbung.

»Was weiß ich? Ich war damals ein kleiner Junge. Ein Dorfdepp, sagte man. Keine Ahnung.«

Ich hatte genug von diesem Eiertanz. »Gut. Sie wollen also nicht. Ich komme auch ohne Sie klar. Aber ich werde mich an Ihre wertvolle Hilfe erinnern.«

Ich schlug die Tür hinter mir zu und stieg hinunter in den Keller.

Die Hagenaus schliefen. Sie hatten sich mit ihren Kleidern zugedeckt.

Zur Sicherheit schloss ich die Zelle hinter mir ab und steckte den Schlüssel in meine Hosentasche.

Ich setzte mich auf die Pritsche des Alten. Der Verband, den Dr. Chariot ihm am frühen Morgen angelegt hatte, war durchgeblutet. Hagenau roch streng. Aber das hätte ich wahrscheinlich auch nach einer Nacht in der Zelle. Plötzlich schlug er die Augen auf und starrte mich an wie eine Alkoholfantasie.

»Ich wollte mit Ihnen reden«, sagte ich.

»Worüber?«, fragte er und drehte sich weg.

»Sagen wir – über den Humpel-Jean.«

Hagenau wälzte sich wieder herum. Unter dem Mantel quälte sich sein Darm. Er schaute mich an. Etwas arbeitete in ihm.

Er reichte mir die knochige, alte Hand. Ich ergriff sie. Sie war kalt und wie aus Metall. Er legte die andere Hand auf die verbundene Wunde am Arm, sie schien zu schmerzen. Ich zog. Es gelang ihm, sich aufzurichten. Er hustete erst einmal ausgiebig. Als er sich beruhigt hatte, fragte er, ob er was zu essen bekommen könnte. Ich sagte, ich würde ihm etwas holen.

»Soll ich Dr. Chariot bitten, nach Ihrem Arm zu sehen?«

Er schüttelte den Kopf. »Den Quacksalber kann ich nicht ausstehen.«

Ich verließ die Zelle.

»Und einen Espresso!«, rief er hinter mir her. »Aber heiß!«

Ich stieg wieder hinauf und bestellte telefonisch im »Forêt de Schauren« drei Frühstücke. Miller und Straßer saßen an ihren Schreibtischen und taten beschäftigt.

»Und wer soll das bezahlen?«, maulte Louis.

»Wollen Sie die Hagenaus verhungern lassen?«

Alain Miller lachte, und sein Bauch hüpfte dabei. »Das wäre nicht die dümmste Lösung. Kenne einige in Schauren, die uns danken würden.«

»Sie fahren zum ›Forêt‹ und holen das Frühstück ab!«, befahl ich ihm. »Damit's schneller geht.«

Augenblicklich hörte Miller auf zu lachen. Er schaute Straßer an. Straßer räusperte sich.

»Finden Sie das nicht etwas übertrieben, den Halunken auch noch ein Frühstück aus dem Restaurant holen zu lassen?«

»Tun Sie endlich, was ich Ihnen sage!«, brüllte ich.

Alain Miller sprang auf und rannte wütend hinaus. Louis Straßer vertiefte sich in den Sportteil des ›Républicain‹.

Nur zehn Minuten später erschien Miller mit einer großen Kiste aus Styropor. Er stellte sie auf meinen Schreibtisch. Es roch nach frischem Kaffee und Croissants.

»Tragen Sie 's runter!«, sagte ich.

»Aber…«

»Wird's bald!?«

Manieren hatten sie nicht. Selbst der angeblich etwas feinsinnigere Charles schlang das Frühstück hinunter, als ginge es um sein Leben. Keiner hielt es für nötig, sich für den Kaffee und die Croissants zu bedanken. Ich saß auf einer Pritsche und schaute ihnen zu.

»Was ist jetzt mit dem Humpel-Jean?«

Der Alte schnäuzte sich die Nase, schaute sich das Resultat in seinem riesigen Taschentuch an, steckte sich eine Gauloise an und lehnte sich rauchend zurück.

»Jean war mein ältester Bruder. Ihr habt ihn abgeknallt – ihr Deutschen.«

Der größte Fehler, den man bei solch schwierigen Verhören machen kann, ist es, dem Befragten zu zeigen, dass er einen aus dem Konzept gebracht hat. Aber die Hagenaus waren keine gewieften Berufsverbrecher. Ich musste nur warten. Warten und zuhören.

»Wir Hagenaus waren nicht immer Außenseiter. Bevor mein Bruder auf dem Wackesberg saß, gehörten wir dazu. Meine Eltern lebten mitten in Schauren, arbeiteten hier, hatten eine gute Nachbarschaft und das alles. Dann schloss sich Jean der Résistance an. Das war völlig in Ordnung. Heimlich klopften sie meinem Vater auf die Schulter und sagten: ›Alle Achtung, dein Sohn!‹ Mein Vater war ziemlich stolz auf Jean. Doch dann begannen Jean und seine Kumpane, den Deutschen auf die Nerven zu gehen. Die SS machte in Schauren eine Razzia nach der anderen. Natürlich fand sie auch dies und das. Illegale Waren. Mal ein Gewehr. Wild. Verstecktes Schlachtfleisch. Da hörte der Spaß auf. Die Schaurener begannen einen Bogen um uns Hagenaus zu machen. Sie sahen es gerne, wenn einer aus dem Dorf bei der Résistance mitmischte – aber sie wollten keinen Ärger haben. Dann fingen die Deutschen Jean ein. Ausgerechnet im Dorf. Er war so blöd, tagsüber zu meiner Mutter zu gehen. Sie war krank, und es hieß, sie würde sterben. Darauf hatten die Deutschen nur gewartet. Sie schnappten ihn und steckten ihn der Einfachheit halber ins hiesige KZ auf dem Wackesberg. Da ist er ihnen aber schon nach kurzer Zeit entwischt. Mein Bruder war immer ein Kerl, den man nicht halten konnte. Nicht in der Familie, nicht in der Schule, nicht auf der Arbeit. Nicht einmal im KZ blieb er lange. Die Deutschen haben natürlich alles auf den Kopf gestellt. Die waren wütend – das können Sie sich vielleicht vorstellen. Sie wollten ein Exempel statuieren: Es ging nicht, dass jemand nach

Lust und Laune aus dem KZ herausspazierte. Na ja, irgendwann haben sie Jean dann auch gefunden. Natürlich wurde er auf der Stelle abgeknallt. Die Deutschen fackelten nicht lange. Das war kein Spiel. Auf beiden Seiten nicht. Die Résistance hat auch nicht gezögert, einen Deutschen in die Luft zu sprengen, wenn ihr danach war.«

Der Alte schwieg. Auch ich ließ etwas Zeit verstreichen, bis ich sprach.

»Und Ihre Familie ist anschließend aus dem Dorf weg in den Wald gezogen?«

Der Alte nickte.

»Aber warum? Die Schaurener konnten doch nichts für die Verbrechen der SS, und kein Schaurener hätte Jean helfen können.«

»Sie haben ja keine Ahnung!«, rief Luc.

»Halt dein Maul!«, befahl ihm sein Bruder Charles. »Du hast genug Scheiße gebaut.«

Ich verstand: Luc hatte die Idee mit den Benzinkanistern gehabt.

Der Alte hustete wieder und zertrat wütend seine Zigarettenkippe auf dem Zellenboden.

»Ich will es Ihnen sagen. Ich habe meinen Bruder kurz vor seinem Tod noch mal gesehen ...«

»Als er auf der Flucht vor der SS war?«

Der alte Hagenau schüttelte den Kopf. »Im KZ. Es gab da gewisse Möglichkeiten. Er hat mich sehr gemocht. Ich war sein *p'tit frère*, sein kleiner Bruder. Er wollte mich sehen und hat deshalb eine Wache bestochen. Damals hat mein Bruder mir gesagt, dass er glaubte, verraten worden zu sein. Leute aus dem Dorf hätten ihn an die Deutschen verpfiffen – nur um ihre Ruhe vor den Hausdurchsuchungen der SS zu haben. Deshalb sind meine Eltern in den Wald gezogen. Deshalb sind wir Außenseiter geworden. Deshalb wollen wir mit denen und die mit uns nichts mehr zu tun haben. Die sauberen Schaurener haben ein schlechtes Gewissen. So sieht's nämlich aus.«

Die beiden Söhne starrten auf den Boden. Das, was ihr Vater erzählte, schien sie nicht zu berühren. Dennoch hatte ich das Gefühl, dass sie aufmerksam zugehört hatten – und dass der Alte das wusste.

»Ich muss pissen«, sagte er und erhob sich.

Ich schloss die Zelle auf und führte ihn hinaus. Hinter mir schloss ich wieder ab.

»Papa, du kommst aber wieder, oder?«, rief Luc.

Der Alte winkte genervt ab.

»Kleine Kinder, kleine Sorgen. Große Kinder, große Sorgen«, seufzte er, als ich ihm oben die Tür zum Klo zeigte.

»Lassen Sie den bloß nicht auf unsere Toilette!«, rief Louis von nebenan.

»Soll ich dir vielleicht auf den Schreibtisch pissen, Straßer?!«, brüllte Hagenau.

Louis trat auf den Flur. Ich schob den Alten schnell in die Kabine, bevor ein Unglück geschah.

»Chef, Sie kennen diese Burschen nicht. Denen kann man nicht trauen. Sie haben ja gesehen, was am Wackesberg los war.«

»Wenn Miller nicht so lange gezögert hätte, wären sie gar nicht erst auf das Gelände gekommen«, sagte ich.

Alain Miller, der hinter Straßer erschienen war, fuchtelte mit den Armen.

»Jetzt bin ich wieder schuld – es waren doch diese Asozialen, die die Container der Bauleitung in die Luft jagen wollten.«

Drinnen rauschte die Spülung.

»Mann, hat der einen Wasserverbrauch«, schimpfte Louis. »Zu Hause gehen sie auf den Misthaufen.«

Hagenau spülte wirklich lange. Oder die Spülung war kaputt. Louis klopfte gegen die Tür.

»Jetzt reicht's aber, Hagenau. Das geht auf Staatskosten.«

Doch der alte Hagenau ließ sich nicht irritieren. Er spülte weiter.

»Du, ich hol dich gleich da raus!«, brüllte Louis.

Ich verließ das Revier und ging um das Haus herum. Das Toilettenfenster war offen. Der Geländewagen stand mit beiden Vorderreifen auf dem Bürgersteig und wippte leicht. Er wippte, obwohl der Motor nicht lief.

Ich ging zu dem Wagen und öffnete die Fahrertür. Der Alte kauerte unter dem Armaturenbrett. Er hatte die Zünddrähte bereits aus der Verblendung gelöst.

»Das würde ich nicht tun. Miller würde einen Ihrer Söhne erschießen.«

Hagenau kletterte ächzend aus dem Wagen.

»Um die wäre es nicht schade.«

»Wenn Sie mir sagen, was mit Ihrem Bruder Jean wirklich passiert ist, können Sie gehen.«

»Was soll mit ihm passiert sein? Die Deutschen haben ihn erschossen. Das habe ich Ihnen doch schon erzählt.«

»Ich glaube, dass Jean die Jagd der SS überlebt hat. Er muss sich irgendwann mal bei seiner Familie gemeldet haben.«

Der alte Hagenau winkte ab. »Das ist doch bloß das Geschwätz der alten Weiber. Mein Bruder ist damals umgekommen.«

»Und wo ist er beerdigt?«

Wir schlenderten zum Revier zurück. Wenn uns jemand sah, musste er glauben, wir wären gute Nachbarn, die sich an einem ruhigen Vormittag Zeit für ein Schwätzchen nahmen.

»Die Deutschen haben die Leiche nach Niederbronn-les-Bains gebracht. Jean ist dort in aller Stille beerdigt worden – im Beisein meines Vaters. Meine Mutter war noch nicht wieder genesen. Man hatte versucht, ihr den Tod meines Bruders zu verschweigen. Aber die Schaurener Lästermäuler hatten dafür gesorgt, dass die arme Frau doch noch Wind davon bekam. Das hat ihre Genesung noch einmal verzögert. Deshalb musste mein Vater allein nach Niederbronn zu Jeans Beerdigung. Ich glaube, Mutter hätte das auch nicht überlebt. Als sie wieder auf die Beine kam, hat sie sich wohl mal allein aufgemacht und ist mit dem Bus nach Niederbronn gefahren, um das Grab ihres Sohnes zu besuchen. Allerdings hatten die Deutschen inzwischen einen Grabstein auf dem Grab aufgestellt, der einen anderen Namen trug:

Lothar Wilhelm, ein in Russland vermisster deutscher Soldat aus Pirmasens.«

Ich blieb stehen. »Warum sollten sie so etwas tun?«

»Ganz einfach: Um zu verhindern, dass es in Niederbronn ein französisches Märtyrergrab der Résistance gab. Damals hat nicht viel gefehlt – und die Leute hier wären Amok gelaufen. Nein, nicht die Schaurener. Aber die aus Niederbronn und aus Lemberg. Die hatten einen Hass auf die Deutschen, ich kann Ihnen sagen, da krachte es fast jeden Tag. Und die SS – die hatte mächtig Schiss vor der Résistance. Zu Recht.«

Das klang plausibel.

»Und nach dem Krieg? Ich meine, dann hätten Sie doch die Behörden zwingen können, den richtigen Grabstein aufzustellen. Den mit dem Namen Ihres Bruders.«

Der alte Hagenau hustete und spuckte aus. »Es kam öfter vor, dass wir beim Friedhofsbesuch den Angehörigen dieses deutschen Soldaten gegenübergestanden haben. Das waren ganz nette Leute. Sie haben uns sogar etwas Geld zugesteckt. Warum weiß ich auch nicht. Vielleicht weil wir alle so abgerissen aussahen. Wir wussten ja, wo unser Jean begraben lag. Warum also noch ein solches Theater veranstalten? Die Behörden hätten eine Exhumierung vornehmen müssen und all den Kram – das macht keinen Spaß, nach so vielen Jahren. Deshalb ließen wir alles so, wie es war. Wir Hagenaus teilen uns ein Grab mit den Wilhelms aus Pirmasens. Ist das nicht wahre Völkerfreundschaft?« Er lachte böse auf. »Genügt Ihnen das?«

»Ja. Sie können mit Ihren Söhnen nach Hause gehen.«

Hagenau zögerte. »Meinen Sie das ... ernst?«

»Ja. Verschwinden Sie!«

Als Polizist durfte ich das nicht. Aber als Mensch blieb mir nichts anderes übrig.

14. KAPITEL

Mein Großvater war ein Nazi. Meine Oma auch. Sie wollte ihren einzigen Sohn, meinen Vater, sogar auf eine NAPOLA, eine nationalpolitische Erziehungsanstalt, schicken. Der Krieg hatte ihre Pläne jedoch durchkreuzt.

Die Familie meines Vaters kam aus der Feldstraße. Dort lebten die Armen: in einer geduckten grauen Häuserreihe außerhalb der Kleinstadt, in der ich aufwuchs. Meistens hielten sie sich draußen auf der schmutzigen Straßenzeile zwischen den Häusern und den Gärten auf, weil es drinnen zu eng und zu dunkel war.

In der Kolonie, dem Ortsteil, in dem mein Vater später aufwuchs, wohnten keine Sozialfälle. Dort waren alle angestellt – bei den Saarbergwerken oder in der Stahlhütte in Brebach oder Dillingen. Meine Großeltern galten als Pack, das in die Feldstraße gehörte und es sich nur leisten konnte, im kleinsten Häuschen der Kolonie zu leben, weil mein Großvater auf der Grube Maybach Doppelschichten fuhr. Dabei gehörten alle Häuser in der Kolonie einem Besitzer – den Saarbergwerken. Niemand, der dort wohnte, war Hausbesitzer. Sie fühlten sich aber alle so und rümpften die Nase über die Bollingers in dem Hexenhaus, das die Toilette noch im Garten hatte.

Mein Großvater arbeitete sich in der Grube krumm. Meine Großmutter holte jeden Samstag den Lohn vom Lohnbüro ab und ging dann damit einkaufen – auf den Markt und in mindestens zwei Metzgereien. Sie musste sich sehr in Acht nehmen, damit ihre Mutter, die immer noch in der Feldstraße wohnte, sie nicht beim Einkaufen erwischte. Die alte Hexe zögerte nämlich nicht, sich das aus den Taschen ihrer Tochter zu nehmen, was ihr ihrer Meinung nach zustand.

Die alte Frau Eikopp – so hieß sie – brauchte viele Lebensmittel für all die Mäuler, die sie zu stopfen hatte. Sie hatte eigene Kinder von ihren verschiedenen Männern, Kinder, die diese Männer mit in die Ehe gebracht hatten, und einen Adoptivsohn, der wie ihr einziger leiblicher Sohn, der Kommunist, auch Robert hieß. Sie lebte von dem, was sie für ihre Kinder bekam. Deshalb behandelte sie auch alle Kinder gleich, niemand wurde bevorzugt oder benachteiligt. Eigentlich behandelte sie sie alle gleich schlecht. Dennoch hingen sie an der furchtbaren Frau. Aber am meisten hing ihr Adoptivsohn an ihr, ein hoch aufgeschossener, entsetzlich dürrer Junge, der sein ganzes Leben lang alles daran setzte, so gepflegt wie möglich zu erscheinen – wie viele Menschen, die aus ärmlichen Verhältnissen kommen.

Wenn die Alte also ihre Tochter mit vollen Taschen erwischte, nahm sie ihr einen beträchtlichen Teil des Essens weg. Meine Großmutter schrie und weinte, denn sie pflegte den ganzen Wochenlohn in Wurst, Käse, Butter und Nudeln umzusetzen. Wenn sie nur noch einen kläglichen Rest mit nach Hause brachte, mussten ihr eigenes Kind und ihr Mann hungern – mein Großvater rackerte sich im Stoß ab, der schwierigsten Stelle in der Grube, wo man nicht mehr stehen konnte. Einmal lief meine Großmutter der Hexe bis in die Feldstraße hinterher und verlangte ihre Lebensmittel zurück. Die Alte ließ sie herein, dann packte sie die junge Frau mit der übermenschlichen Kraft, die dicke, alte Weiber haben können, und kettete sie an das Rohrgestell ihres Bettes. Sie schlug ihre verheiratete Tochter mit dem losen Ende der Kette, bis sie sich nicht mehr rührte.

Als mein Großvater abends von der Grube nach Hause kam, war sein Söhnchen allein zu Hause und auf dem Ofen stand kein warmes Essen. Er lief den schmalen Trampelpfad durch die Wiesen hinunter in die Feldstraße. Als er seine Frau angekettet am Bett ihrer Mutter fand, packte er die Schwiegermutter und drückte sie gegen die Wand der Küche. Er war stark wie ein

Ochse, obwohl man ihm das nicht ansah. Aber nur ein Mensch mit solchen Kräften war in der Lage, im Stoß Doppelschichten zu fahren, ohne dabei vor die Hunde zu gehen.

Die Kinder, die einiges gewöhnt waren, schrien, doch mein Großvater ließ die Alte nicht los. Er drückte sie solange gegen die Wand, bis ihr die Luft wegblieb. Dann kettete er meine Großmutter los und ging mit ihr nach Hause.

Fortan machte die Alte einen großen Bogen um ihre Tochter. Der Kontakt zwischen der Eikopp und meinen Großeltern brach ganz ab – bis Jahre später mein Vater ihn wieder aufnahm und mit mir und meinem Bruder seine Schwiegermutter in der Feldstraße besuchte. Nun war die alte Eikopp allein, saß im Schaukelstuhl ihres letzten Mannes, hatte einen Damenbart und streichelte uns die Köpfe. Manchmal gab sie uns sogar eine Süßigkeit, die wir scheu wegsteckten. Später, im Auto, sammelte mein Vater alles ein und warf es während der Fahrt aus dem Fenster. »Sie meint es gut«, sagte er. »Aber es ist nicht gesund, das zu essen, was sie verschenkt.«

Warum ich das alles erzähle? Nun, die Hagenaus erinnerten mich mehr an meine eigene Familie als mir lieb war.

Mein Großvater war Blockwart gewesen. Er sammelte gewissenhaft die Beiträge der Familien für die Arbeitsfront und KdF ein und tat – außer seiner bösen Schwiegermutter – niemandem etwas zuleide. In der Kolonie zitterten alle vor ihm, denn als seine Partei hochkam, fürchteten sie, er könnte sich dafür rächen, dass man seine Familie lange so schlecht behandelt hatte. Aber dazu war der alte Bollinger nicht der Typ. Er glaubte an die gute Sache und wollte ihr nicht durch Privatangelegenheiten schaden.

Er war in Griechenland gewesen, und seine Einheit war von den Briten aufgerieben worden. Mein Großvater hatte einen Malariaanfall, und sie ließen ihn im Straßengraben liegen. Eine Gruppe der Waffen-SS, die ein schweres Geschütz vor den vorrückenden Briten retten wollte, las ihn auf.

Als die Waffen-SS nach Wien kam, steckte sie meinen Großvater in ein Militärkrankenhaus. In der Nacht, bevor die Amerikaner das Krankenhaus übernahmen und alle deutschen Soldaten ins Kriegsgefangenenlager brachten, türmte mein Großvater. Er schlug sich zu Fuß über die Tschechoslowakei und Franken bis zum Rhein durch. Unterwegs arbeitete er bei Bauern, um etwas zu essen zu bekommen. Bei Mannheim wollte er über den Rhein. Auf der Brücke stand ein schwarzer, französischer Soldat.

Mein Großvater ging zu ihm und sagte, dass er ein Bergmann aus dem Saarland sei und nach Hause wolle. Er wusste, was ihm blühte: Das Saarland war von den Franzosen besetzt, sie führten ein strenges Regiment. Eine Großtante hatten sie nachts erschossen, weil sie im Nachthemd auf die Toilette im Garten musste. Es herrschte Ausgangssperre.

Der Schwarze ließ meinen Großvater über die Brücke – die Besatzer brauchten deutsche Arbeiter für die Gruben im Saarland. Unterwegs traf er ein paar Bauern, die ihn davor warnten, einer Militärstreife in die Hände zu fallen – alle Soldaten in deutschen Uniformen wurden in ein Lager bei Bad Kreuznach gesteckt.

Mein Großvater schaffte es. Er kam an einem Spätherbstabend 1945 nach Hause. Sein Sohn und seine Frau waren im Kino – das war neben dem Essen das einzige Vergnügen, das meine Familie kannte. Als sie nach Hause kamen, saß er auf der Treppe vor der Haustür. Er hatte in den Krieg keinen Schlüssel mitgenommen.

Sein Sohn erkannte ihn nicht.

Am nächsten Morgen fuhr mein Großvater in die Grube ein. Sie gehörte jetzt zu den französischen *Mines de la Sarre*. Ich besitze heute noch alte Leitzordner meines Vaters, auf deren Rücken es mit dicker schwarzer Tusche geschrieben steht.

Ich erzähle diesen Teil meiner Familiengeschichte, um zu zeigen, dass das, was der alte Hagenau mir vom Schicksal seines Bruders erzählt hatte, so verstiegen es auch klingen mochte, nicht ungewöhnlich war für die damalige Zeit. In jeder Familie diesseits und jenseits der Grenze gab es solche Geschichten. Man lernte damit zu leben. Manche lernten sogar, darüber zu lachen.

Mein Großvater, der Nazi, hatte nie darüber lachen können. Er hatte nie wieder so viel geredet wie vor dem Krieg, als er geglaubt hatte, eine neue Zeit sei angebrochen und die neue Zeit brächte sogar einem einfachen Bergmann, seiner Frau und seinem Sohn ein wenig Wohlstand und einen Grund, stolz auf sich zu sein.

Wenn wir unseren Großvater baten, uns etwas vom Krieg zu erzählen, wurde er mürrisch. Er sagte, das sei nichts, was man einfach so erzählen könnte. Wir aber wollten spannende Geschichten hören von großen Gefühlen und von der Ferne, in die mein Großvater aufgebrochen war. Er sagte, wir sollten uns lieber mit anderen Dingen beschäftigen und ihn frühestens damit behelligen, wenn wir erwachsen waren.

»Aber dann bist du tot«, sagte ich oft.

»Umso besser«, entgegnete er.

Mein Großvater sprach nur mit einem Menschen über den Krieg. Mit seinem Schwager Robert. Robert war nur der Halbbruder meiner Großmutter – obwohl er ihr wie aus dem Gesicht geschnitten war. Robert war von den Nazis interniert worden, weil er zu denen gehört hatte, die bei der Saarabstimmung 1935 gegen den Anschluss des Saarlandes an das Reich gekämpft hatten. Es war eine Minderheit gewesen, die Bevölkerung an der Saar stimmte, als das Dritte Reich schon ins dritte Jahr ging, mit überwältigender Mehrheit für Hitler. Sie versprach sich von dem selbstbewussten Reich mehr als von der Unabhängigkeit ihres winzigen Landes – neben dem großen Nachbarn Frankreich, der wegen des letzten Krieges noch immer nicht gut auf die Deutschen zu sprechen war. Als das Saarland also nationalsozialistisch wurde, waren diejenigen, die sich dieser Entwicklung hatten entgegenstemmen wollen, nicht gut angesehen. Zudem hatte mein Großonkel Robert noch einen anderen Grund gegen Hitler zu sein: Er war Kommunist.

In den dreißiger Jahren sprangen die Nazis in unserer Gegend noch nicht so mit ihren politischen Gegnern um wie später, als der Krieg die Sitten völlig verrohte. Robert wurde also nicht in der Lerchesflur, dem Saarbrücker Gefängnis, an die Wand gestellt.

Er wurde mit seiner ganzen Familie ins Reich deportiert – ins Ruhrgebiet, wo man Leute wie ihn besser kontrollieren konnte. Dort setzte man ihn fest, erlaubte ihm aber, bald wieder auf einer Grube zu arbeiten. Nur ins Saarland zurückkehren, das durfte er nicht mehr. Aber mein Großonkel Robert hatte sowieso die Nase voll vom Saarland. Die Saarländer konnten sehr nachtragend sein – vor allem wenn sie in der Überzahl waren, so wie nach der großen Saarabstimmung.

Nach dem Krieg besuchte Robert ab und zu den saarländischen Zweig seiner Familie. Seine Schwester kochte für ihn deftiges saarländisches Essen, das er liebte und von seiner Frau nicht bekam. Er unternahm lange Spaziergänge mit seinem Schwager, meinem Großvater. Der Nazi und der Kommunist. Manchmal durfte ich die beiden Männer in den Wald begleiten.

Einmal gingen wir zu einem etwas abgelegenen Teil der Ortschaft, wo gerade gebaut wurde. Man nannte die Straße »das Lager«. Die Kinder, die aus den Baracken kamen, wurden die »Lagerscher« genannt. Uns war verboten worden, mit ihnen zu spielen. Das hätten wir sowieso nicht getan, denn die Lagerkinder waren roh und schmutzig. Ich habe nie herausgefunden, was das für Kinder waren – vielleicht Zigeuner, vielleicht auch bloß Familien aus dem Ort, die ihre Miete nicht mehr zahlen konnten. Auf jeden Fall war beschlossen worden, »das Lager« im Zuge des Autobahnbaus zu beseitigen. Als wir unseren Spaziergang zu der Baustelle unternahmen, waren gerade die groben Erdarbeiten im Gange. Es wurde gesprengt. Das fragliche Gebiet war großflächig durch Schilder gekennzeichnet, ab und zu blies ein Sprengmeister auf seiner Tröte. Die beiden Männer schauten sich die Fortschritte der Erdarbeiten an und kommentierten sie kenntnisreich. Dann kam wieder ein Sprengsignal. Wir hatten uns ziemlich weit vorgewagt. Am Waldrand waren wir eine durch die Sprengungen entstandene Böschung hinabgeklettert. Nun mussten wir eilig den Rückzug antreten – und die Böschung wieder hinauf. Das ging jedoch langsamer als der Abstieg.

»Alle Mann auf die Erde legen!«, befahl mein Großvater.

Robert glaubte besser zu wissen, wie man sich schützte.

»Den Mund weit aufreißen und beide Hände fest auf die Ohren! Damit das Trommelfell nicht platzt.«

Mein Großvater, der sicher schon öfter mit Detonationen zu tun gehabt hatte als sein Schwager, protestierte nur halbherzig. Ich gehorchte Onkel Robert, riss den Mund auf und legte beide Hände auf die Ohren. Irgendwo schoss eine Erdfontäne hoch. Ich hörte jedoch nichts.

Ich habe diesen Moment niemals vergessen. Diese Explosion, die ich nicht hörte, sondern nur sah und in meinen Lungen spürte. Als ich aufschaute, war ein kleiner Berg verschwunden. Vor Sekunden hatte auf der Spitze noch die schiefe Holzhütte gestanden, die dem Bauleiter als Büro gedient hatte. Als das Horn des Sprengmeisters wieder ertönte, sprang ich auf. Mein Opa und sein Schwager standen bereits. Sie machten den Eindruck, als seien solche Sprengungen für sie nichts Ungewöhnliches. Sie schauten dahin, wo früher die Baracken der »Lagerscher« gestanden hatten, und schwiegen.

Irgendwann sagte Robert: »Ich bin heilfroh, dass sie mich ins Ruhrgebiet geschafft haben. Sonst wäre ich hier gelandet. Von denen, die hierherkamen und die ich kannte, habe ich nie wieder einen gesehen. Die sind alle verhungert.«

Mein Großvater zeigte keine Regung. Doch irgendwann sagte er leise: »Ich hätte dir schon zu essen gebracht.«

Robert lachte glucksend in sich hinein. »Schafskäse aus Griechenland?«

Mein Großvater drehte sich von ihm weg und sagte mürrisch: »Hättest halt dein Maul halten sollen. Oder glaubst du, es ist besonders schlau, sich mitten im Nationalsozialismus für die Bolschewisten ins Zeug zu legen?«

»Ich hatte nie etwas am Hut mit den Bolschewisten«, beteuerte Robert.

Doch mein Großvater lief mit seinen kurzen Beinen die Böschung hinauf und verschwand im Wald.

15. KAPITEL

Ermittlungen in einem Mordfall müssen systematisch vonstatten gehen. Nichts darf übersehen, nichts vernachlässigt werden. Der Ermittler muss sich jederzeit bewusst sein, auf welchem Stand er sich gerade befindet.

Ich ordnete also die Faktenlage auf einer Wandtafel, die Alain Miller auf meine Bitte hin aus dem Keller geholt und im Büro angebracht hatte.

Da war zuerst der Tote vom Wackesberg. Er hatte einen Gehfehler und einen Schusskanal im Kopf. Gestorben war er aber durch die Strangulation. Noch hatten wir seine Identität nicht wirklich geklärt.

»Aber wir sind kurz davor«, sagte ich zu meinen beiden Mitarbeitern, während ich diese wichtigen Erkenntnisse stichwortartig auf der Tafel vermerkte, einen Rahmen um sie zog und »Opfer« darüber schrieb. Dann legte ich daneben einen Kasten für die Hagenaus an und trug alles ein, was mir wichtig erschien. Danach zog ich eine Verbindungslinie zwischen den beiden Kästen.

»Das ist unser Nahziel: Wir wollen herausfinden, ob es eine Verbindung zwischen beiden gibt, und wenn ja, worin diese Verbindung besteht. Gibt es Vorschläge?«

Es gab keine. Miller gähnte. Dann fiel ihm etwas ein.

»Was haltet ihr davon? Die Hagenaus haben die Sitze aus meinem Sharan gestohlen. Vielleicht wollen sie sie nach Deutschland verkaufen ...«

Was hatte das mit unserem Mordfall zu tun?

»Das ist doch Quatsch. Wer sollte in Deutschland Sitze für einen Sharan kaufen?«, fragte ich verärgert.

»Zum Beispiel jemand, der einen Unfallwagen aufmotzen will.«

Ich stampfte wütend auf. »Wir besprechen jetzt einen Mordfall. Nicht den Diebstahl Ihrer Autositze, Miller!« Dann ruhiger: »Wenn wir erst die Identität des Toten ermittelt haben, wird es einfacher sein, einen potenziellen Täterkreis einzugrenzen.«

Louis schaute mich lange an. Dann schlurfte er wortlos zu seinem Schreibtisch. Miller verschränkte beleidigt die Arme vor der Brust und wartete darauf, dass ich ihn entließ.

»Übrigens – mir ist da etwas eingefallen. In der Nacht, als Ihr Sharan aufgebrochen wurde, war ich unterwegs.«

Miller saß sofort kerzengerade. »Und? Ist Ihnen was aufgefallen?«

»Ja. Ein Lieferwagen. Er kam mir am Ortseingang entgegen. Mitten in der Nacht. Ohne Licht.«

Miller brauchte eine Weile, seine Lippen bewegten sich stumm.

»Aber warum ... warum sagen Sie das jetzt erst?«

»Es gab Wichtigeres.«

»Wichtigeres?« Er wurde laut. »Hören Sie, *patron*: Die Schweine haben mir meinen neuen Wagen ausgeräumt. Ich kann nicht mehr damit fahren. Der Händler in Forbach sagt, es dauert Monate, bis er neue Sitze beschaffen kann. Es gibt kaum schrottreife Sharans. Und neue Sitze kosten ein kleines Vermögen.«

»Der Lieferwagen hatte ein polnisches Kennzeichen.«

Ich wischte die Tafel sauber und ging in mein Büro.

Noch am gleichen Tag fuhr ich nach Metz. Ich hatte Glück: Der Staatsanwalt hatte gerade keinen Termin vor Gericht. Er empfing mich in aufgeräumter Stimmung.

»Eine gentechnische Analyse wollen Sie? Aber warum denn das?«, fragte Dr. Emile Santini.

Ich hatte ihn schon einmal kurz gesehen. Bei der feierlichen Verabschiedung des letzten Polizeidirektors der Stadt. Er war in meinem Alter, ein drahtiger Südfranzose mit italienischen Vorfahren, der gern englisch geschnittene Anzüge trug, die ihm alle einen Tick zu klein waren, sodass er etwas marionettenhaft wirkte. Sein Gesicht war scharf geschnitten. Obwohl zwei tiefe Furchen seine Wangen teilten, würde man ihn als einen schönen Mann bezeichnen. Er selbst war von sich und seiner gepflegten Erscheinung jedenfalls sehr überzeugt. Aber auf mich wirkte er viel zu verkrampft. Er schien von tausend Pflichten erdrückt zu werden und erwartete deshalb von einem einfachen Polizisten wie mir Dankbarkeit dafür, dass er seine Zeit opferte.

»Ich habe Hinweise darauf, dass wir es mit einem Mordfall zu tun haben, *monsieur le procureur*.«

Santini schwieg eine Weile. Dabei tippte er mit seinem Kugelschreiber nervös auf den Schreibtisch.

»Womit wollen Sie denn die genetischen Daten vergleichen? Sie wissen ja, unsere Datenbanken umfassen bisher nur Schwerverbrecher, die schon in irgendwelche Ermittlungsverfahren verwickelt waren.«

»Wir haben in Schauren eine Familie. Kleinkriminelle. Ich bin mir fast sicher, dass der Tote ein Verwandter von ihnen ist.«

»Kleinkriminelle? Aus Schauren? Was versprechen Sie sich denn davon?«

»Der Fall reicht weit in die Vergangenheit zurück. Bis in die Kriegszeit. Es geht um Verbrechen der SS an der Zivilbevölkerung.«

Er wurde hellhörig. »Sie sind doch Deutscher, oder?«

»Ja. Warum?«

»Und da wollen Sie diese Schweinereien aufwühlen?«

»Für mich spielt die Nationalität keine Rolle. Ich bin Polizist.«

»Aha. Gut, dann sorgen Sie dafür, dass Ihre Kleinkriminellen eine Genprobe abgeben. Wenn Sie die haben, melden Sie sich wieder.«

»Aber ...«

»Bis dann, Herr Bollinger.«

Die Hagenaus hatten kein Telefon. Ich hätte zu ihnen rausfahren müssen. Doch das wollte ich nicht. Wegen der Erinnerung an Agneta. Und weil ich nicht wusste, in welcher Verfassung sie waren. Sie nahmen sicher an, ich hätte etwas mit dem Verschwinden von Charles' Frau zu tun.

Ich rief von Metz aus Alain Miller an und bat ihn, mir die Aufgabe abzunehmen. Doch er sträubte sich.

»Ich bin wegen Ihres Sharan ein Stück weitergekommen, Miller. Noch heute telefoniere ich mit jemandem aus Saarbrücken ...« Das half.

Während Alain Miller zu den Hagenaus unterwegs war, rief ich Dr. Backes an. Ich war etwas verärgert, weil er sich immer noch nicht gemeldet hatte. Vor einem Monat hatte er mir versprochen zurückzurufen. Aber ich hatte nichts von ihm gehört.

»Bollinger, alter Freund, wie geht's drüben bei den Franzosen?«

»Ich komme voran.« Ich gab mir Mühe, dienstlich zu klingen. »Ich brauche Ihre Hilfe. Es geht um einen schweren Diebstahl. Wahrscheinlich eine polnische Bande.«

»Und?«, fragte Dr. Backes. Ich spürte, dass ich ihm nicht gelegen kam.

»Es hat diesmal einen Kollegen getroffen. Sie haben ihm die Sitze aus seinem neuen Sharan geklaut.«

Dr. Backes schwieg.

»Mir ist die Sache deshalb wichtig, weil ich den Kollegen besonders schätze ...«

»Und was wollen Sie dann von mir?«

»Ich könnte mir vorstellen, dass eine Anfrage bei Europol einen Hinweis über den Verbleib des Diebesguts erbringen könnte.«

Backes seufzte. »Aber, Bollinger, das können Sie doch selbst machen.«

»Ja, ich weiß. Aber erfahrungsgemäß hat so eine Anfrage mehr Erfolg, wenn sie von einer Position wie der Ihren erfolgt. Ich bin ja nur der Leiter eines kleinen Grenzreviers.«

Ich kannte ihn lange genug, um zu wissen, dass ihm das schmeichelte.

»Bollinger, haben Sie in diesem Kaff nichts anderes zu tun als hinter Autositzen herzujagen?«

»Aber ich dachte, ich könnte …«

»Bitte konzentrieren Sie sich auf Ihre Arbeit! Sie wissen, wie wichtig das ist. Sie müssen einen guten Eindruck hinterlassen. Es steht viel auf dem Spiel.«

»Ich weiß. Bitte entschuldigen Sie meinen Anruf.« Enttäuscht ging ich in ein kleines Café hinter dem Justizpalast, um dort auf den Rückruf von Miller zu warten.

Ich hatte gerade die zweite Tasse *café au lait* getrunken, als er sich endlich meldete. Er klang aufgeregt.

»Hat sich was ergeben, Chef?«

»Sobald wir die Gendaten haben, können wir loslegen. Am besten ist, Sie fahren damit nach Saarbrücken ins Labor. Da dauert die Auswertung nicht so lange.«

»Ich meinte doch die andere Sache! Sie wissen schon: mein Sharan. Ohne Sitze ist er praktisch wertlos. Ich kann ihn nicht mal in die Garage fahren.«

»Das sieht nicht schlecht aus, Miller. Mein Mann in Saarbrücken sagt, er braucht höchstens 24 Stunden. Es läuft über Europol.«

»Ich weiß gar nicht, wie ich Ihnen danken soll, *patron*.«

»Kein Problem. Was ist mit den Hagenaus?«

Miller ächzte. »Eigentlich … am besten …«

»Ja?«

»Gar nichts.«

»Was?«

»Sie wollen nichts.«

»Aber warum denn nicht?« Ich sprang auf. Die Gäste am Tresen schauten schon herüber. Ich wandte mich ab und sprach leise weiter. »Es geht doch um die Gerechtigkeit. Um den Bruder des Alten. Um den Humpel-Jean.«

Miller räusperte sich umständlich. »Sie sagen, sie lassen sich kein Blut abnehmen. Dabei passieren immer wieder Kunstfehler.«

»Es genügt ein Haar. Oder ein ...« Ich schaute zum Tresen hinüber und wurde noch leiser. »Sie wissen schon: ein Popel.«

»Das habe ich Ihnen auch gesagt. Aber der Alte ... Sie kennen ihn ... Er hat gesagt, Sie sollen ihn in Ruhe lassen mit dem alten Scheiß. Ich habe übrigens mit ihm über mein Problem gesprochen. Sie wissen schon, die Autositze. Ich glaube, Sie haben recht: Die Hagenaus haben nichts damit zu tun. Aber sie sagen, sie können sie mir vielleicht wiederbeschaffen. Sie haben ganz gute Verbindungen nach Polen. Sagen sie.«

Dr. Emile Santini war nicht gerade erfreut darüber, mich nach einer guten Stunde schon wieder in seinem Büro zu sehen. Dennoch hörte er sich meine Schilderung der Hagenaus geduldig an. Dann sagte er: »Verstehe. Die Familie steht außerhalb der Gesellschaft.«

»So kann man es sagen – obwohl ... sie haben auch viel Unrecht erfahren.«

»Hm. Aber wenn sie nicht wollen, kann man nichts machen, Bollinger.«

»Wie gesagt, es geht um einen Mordfall. Ich bin sicher, dass der Mann, den wir auf dem Wackesberg gefunden haben, eines gewaltsamen Todes gestorben ist.«

»Ihre Kollegen hier in Metz sehen das anders. Ich habe mir den Bericht der Gerichtsmedizin angesehen: Der Schusskanal im Kopf ist wahrscheinlich schon Jahre alt. Die Kripoleute hier sagen, es sei ein Landstreicher, der sich aufgeknüpft hat – und dummerweise hat jemand in der gleichen Nacht einen Brand gelegt.«

»Ohne den Toten zu bemerken? Im Übrigen konnten wir gestern drei Männer dingfest machen, die einen weiteren Brandanschlag auf den Tatort verübt haben.«

»Das ist allerdings eine Neuigkeit. Wer sind diese Leute?«

»Die Hagenaus.«

»Die Hagenaus?

»Ja, da staunen Sie, was?«

Er schwieg und tippte wieder mit seinem Kugelschreiber auf die Tischplatte. Dann atmete er tief durch.

»Kann es sein, dass diese Hagenaus bei Ihnen in Schauren für alles zuständig sind?«

Der Mann war eine Zumutung. Ein Staatsanwalt vom alten Zuschnitt. Einer, der selbstherrlich entschied, wann der Staat eine Gewalttat ahndete und wann nicht.

»Wenn Sie es nicht entscheiden wollen, wende ich mich an den Untersuchungsrichter. Ich werde die Hagenaus zwingen, eine genetische Probe abzugeben.«

Das machte Eindruck auf ihn. Sogar das Tippen auf den Schreibtisch hörte auf.

»Man merkt, dass Sie aus Deutschland kommen, Bollinger.«

»Was wollen Sie damit sagen, *monsieur le procureur*?«

»Dass ein französischer Ermittler niemals auf eine solche Idee kommen würde.«

Dazu hätte ich viel zu sagen gehabt. Aber ich hielt es für besser zu schweigen.

»Sie wissen doch, dass Sie dafür nicht zuständig sind, Bollinger. Man verliert hier langsam die Geduld mit Ihnen. Wenn ich Ihnen einen guten Rat geben darf: Kümmern Sie sich um Ihre Pflichten in Schauren! Sie verrennen sich da. Dieser Tote auf dem Wackesberg – der bringt Ihnen kein Glück.«

Das hatte ich schon zu oft gehört, um es noch ernst zu nehmen.

»Es mag sein, dass ich bisweilen falsch liege«, erklärte ich ruhig, »das passiert jedem einmal. Aber wenn ich das Gefühl habe, dass ein Unrecht geschehen ist und dass man mich davon abhalten will, dieses Unrecht aufzuklären – dann kann ich sehr, sehr stur sein, Doktor Santini.«

Er seufzte wie jemand, der eingesehen hat, dass wir so nicht weiterkamen.

»Also – unterstützen Sie mich, oder soll ich zum Richter gehen?«

»Herr Bollinger, ich würde Ihnen ja gerne helfen, aber es geht nicht.«

Langsam verlor ich die Geduld mit dem Mann. »Warum denn nicht? Die Dinge liegen doch auf der Hand.«

»Es geht nicht, weil es in Frankreich keinen § 372 ZPA gibt.« Das ist der Paragraf, der es in Deutschland erlaubt, jemanden zu einer Blut- oder DNA-Probe zu verpflichten. »Es gibt diese Regelung nur in Ihrer Heimat, Herr Bollinger. Das sollten Sie eigentlich wissen. Im übrigen Europa ist dies nicht erlaubt.«

»Aber ich kann doch ... ich meine, in einem Mordfall muss man doch ...«

Die Stimme des Staatsanwalts wurde tiefer und bedeutender. »Nur zu Ihrer Information: Der *Cour d'appel de Paris* hat am 24.11.1981 unmissverständlich festgelegt, dass es nicht erlaubt ist.«

»Aber wenn sich jemand weigert, dann ...«

»Dann ist der Richter verpflichtet, daraus die entsprechenden Schlussfolgerungen zu ziehen. Aber Herr Bollinger, im Ernst, welche Schlussfolgerungen für Ihren Toten auf dem Wackesberg wollen Sie denn aus der Weigerung dieser drei Herren ...«

»... Hagenau. Das sind ganz verkommene Subjekte, *monsieur le procureur*.«

»... welche Schlussfolgerungen wollen sie denn aus der Weigerung dieser Hagenaus ziehen, eine DNA-Probe abzuliefern?«

Jetzt schwieg ich – und ich hatte nicht mal einen Kugelschreiber zur Hand, um damit auf die Tischplatte zu klopfen.

»Ich glaube, damit können wir diese Angelegenheit zu den Akten legen, Herr Bollinger, oder?«

»Aber ich bin mir sicher ... es war Mord.«

»Sind wir uns das nicht oft? Und was kommt vor Gericht dabei heraus? Sie haben doch sicher vom Fall Pascal gehört? Uns hier beschäftigt dieser Skandal ebenso wie die deutschen Kollegen.«

Der kleine Junge Pascal sollte in einer Saarbrücker Gaststätte von den Gästen und der Wirtin mehrmals missbraucht und dann ermordet worden sein. Da jede Spur von der Leiche fehlte, zog sich der Prozess über Jahre hin. Obwohl es sogar Geständnisse der Angeklagten gab – die aber immer wieder zurückgezogen wurden. Jetzt war ein Freispruch aus Mangel an Beweisen erfolgt, aber die Sache ging vor einer höheren Instanz in die nächste Runde.

»Das hier ist kein Fall Pascal«, sagte ich entschlossen. »Wir haben eine Leiche ...«

»Aber Sie wissen nicht, wer die Leiche ist, Bollinger.«

Dann fiel mir etwas ein. Wenn es sich bei unserer Leiche um den Humpel-Jean handelte, wer lag dann in dem Grab in Niederbronn-les-Bains? Wenn wir die Leiche ausgruben und sich herausstellte, dass es der Humpel-Jean war, war meine Annahme hinfällig. Wenn etwas nicht verifizierbar ist, wenn man also nicht beweisen kann, dass es so ist, wie man annimmt, so sollte man versuchen zu beweisen, dass es nicht so ist, denn das ist einfacher – und wissenschaftlich seriöser.

»Dann lassen Sie mich das Grab öffnen, in dem schon seit Jahren der Mann liegen soll, von dem ich glaube, dass er vor knapp drei Wochen auf dem Wackesberg erhängt worden ist.«

»Warum das denn?«

»Wenn in diesem Grab ein anderer liegt – dann müssten Sie meinen Fall anders bewerten, oder?«

»Na ja, da könnten Sie recht haben, Bollinger.«

»Also – bekomme ich die Erlaubnis?«

In Frankreich kann eine juristisch notwendige Exhumierung durch den Staatsanwalt oder durch einen Richter veranlasst werden.

»Wissen Sie, was das heißt, Bollinger?«

»Ja. Ich brauche eine Genehmigung des Friedhofträgers, also der Kommune von Niederbronn-les-Bains, und ich brauche einen Arzt, der bescheinigt, dass die sanitärmedizinischen Vorschriften eingehalten werden. Glauben Sie mir, ich werde Ihnen beides beschaffen!«

»Absperren müssen Sie auch. Und ein Protokoll muss verfertigt werden.«

»Dazu habe ich zwei sehr fähige Kollegen.«

»Wie lange ist denn der Mann schon dort begraben?«

»Wenn er es ist – sechzig Jahre.«

Der Staatsanwalt lachte; er konnte seine Erleichterung nicht verbergen. »Dann ist das Grab doch längst eingeebnet.«

»Nein, es handelt sich um ein Soldatengrab. Die werden nicht eingeebnet.«

Ich wollte ihm nicht gleich auf die Nase binden, dass das Grab, das ich öffnen wollte, offiziell nicht das Grab von Jean Hagenau, sondern das des Wehrmachtsangehörigen Lothar Wilhelm aus Pirmasens war. Mein siebter Sinn sagte mir, dass es besser war, damit noch zu warten, wenn ich die Sache nicht verderben wollte.

Der Staatsanwalt überlegte. »Kennen Sie Yves Montand?«

»Ich bitte Sie, *monsieur*. Ich bin ein großer Bewunderer des französischen Chansons.«

Der Staatsanwalt dachte nicht daran, seinen geschäftsmäßigen Ton aufzugeben. »Montand ist 1989 von einer gewissen Gilberte Drossard auf Unterhalt für ihre vierzehnjährige Tochter Aurore verklagt worden. Der berühmte Sänger hat jedoch beharrlich geleugnet, der Vater des Mädchens zu sein – obwohl mehrere Zeugen versicherten, dass er vierzehn Jahre zuvor eine Affäre mit Madame Drossard gehabt hatte. Das *Tribunal de grande instance de Paris* ordnete eine Blutuntersuchung an. Montand weigerte sich.«

»Die französische Justiz ist eben anders als die deutsche«, beeilte ich mich zu sagen. »Was nichts über die Qualität des jeweiligen Rechtssystems aussagt.«

»Und wir hier sind in Frankreich«, entgegnete der Staatsanwalt verschnupft. »Und hier gibt es den Artikel 11, Absatz 1 des N.C.P.C.«

Der N.C.P.C. ist der *Nouveau Code de Procédure Civile*, also die französische Prozessordnung.

»Dieser Artikel besagt, dass der Richter verpflichtet ist, seine Schlussfolgerung aus einer Weigerung wie der von Montand zu ziehen. Das taten die Richter des *Tribunal de grande instance* dann auch. So urteilten sie nach Montands Tod 1991 aufgrund dessen Weigerung, sich Blut abnehmen zu lassen, dass er der Vater des Mädchens sein musste, das ihm auch noch verblüffend glich.«

»Solche Prozesse sind kompliziert.« Mir war schleierhaft, was der Streit um Yves Montands uneheliche Tochter Aurore mit den Hagenaus zu tun hatte. Und je mehr sich der Staatsanwalt in die alte Prozessgeschichte vertiefte, desto mehr fürchtete ich, dass die Sache für mich nicht gut enden würde.

»Die Angehörigen von Yves Montand legten Berufung ein. Schließlich ging es um ihren Anteil am Erbe. Es wurde eine Blutuntersuchung unternommen bei den Klägerinnen in der Vaterschaftssache, also Mutter und Tochter Drossard, und der noch lebenden Schwester des Sängers. Die Mediziner kamen zu dem Ergebnis, dass Montand zu 99,99 Prozent nicht der Vater von Aurore war. Sicher wundern Sie sich, warum ich über all das so gut Bescheid weiß, Monsieur Bollinger?«

»Na ja, als Staatsanwalt muss man halt seine Nase in die Fachliteratur stecken ...«

Santini überhörte meine Entgegnung. »Ich war zu Beginn der Affäre Referendar in Paris und habe für meine zweite Staatsprüfung diesen Fall gewählt. Um ganz sicherzugehen, ordnete der *Cour d'appel de Paris* im November 1997 die Exhumierung von Yves Montand an.«

Endlich kamen wir der Sache näher. So sehr mich die Geschichte des Chansoniers interessierte – ich wollte endlich wissen, was das alles für mich und die Hagenaus bedeutete.

Der Staatsanwalt atmete tief ein – offensichtlich lag ihm dieser Fall ganz besonders am Herzen.

»Nun, die Untersuchung brachte ein zweifelsfreies Ergebnis. Yves Montand war wirklich nicht der Vater von Aurore Drossard.«

»Ein wunderbares Beispiel, wie durch eine mutige Vorgehensweise jahrelange gerichtliche Auseinandersetzungen beendet werden können«, sagte ich – ich wollte ihn ermuntern, mir endlich die Genehmigung für die Exhumierung in Niederbronn-les-Bains zu erteilen.

»Sie waren damals noch nicht in Frankreich, Monsieur Bollinger. Deshalb können Sie nicht wissen, was anschließend geschah.«

Wieder befiel mich eine düstere Ahnung: Bei Santini würde ich kein Glück haben.

»In der Öffentlichkeit brach eine wütende Diskussion aus. Von ›Le Monde‹ bis ›Libération‹ berichteten die Zeitungen über den Fall – und die überwältigende Mehrheit der Bevölkerung zeigte sich empört darüber, dass ein französisches Gericht wegen einer läppischen Vaterschaftsklage die Totenruhe des beliebten Sängers gestört hatte. Yves Montand war auf dem Friedhof Père-Lachaise bestattet worden, müssen Sie wissen. In der Presse wurde von einer Entweihung des Grabes gesprochen. Und im Fernsehen berichtete man von der makabren Prozedur. Es gab sogar eine Gesetzesinitiative in der Nationalversammlung, die das Ziel hatte, derartige Exhumierungen ein für allemal zu verbieten.«

»Aber hier geht es um Mord, *monsieur le procureur*!«

»Dieser Mord existiert doch nur in Ihrer Fantasie, Bollinger«, schnauzte der Staatsanwalt mich an.

Das war ein starkes Stück. Offensichtlich hatte ich es in Metz mit einer besonders schwerfälligen Anklagebehörde zu tun. Aber ich blieb ruhig – wenn man sich gegen die Bürokratie durchsetzen will, braucht man gute Nerven.

»*Monsieur le procureur* – es handelt sich bei dem Toten um einen Landstreicher. Das ist etwas anderes als im Falle Yves Montand.«

Der Staatsanwalt wurde leise, so leise, dass ich ihn kaum noch verstand. Er wollte, dass ich sehr aufmerksam zuhörte.

»Monsieur Bollinger, wir sind hier in Frankreich. Und in diesem Land sind vor dem Gesetz alle Bürger gleich. *Au revoir*.«

Ich nahm die Autobahn. Nach vierzig Minuten passierte ich die Goldene Bremm. Früher war hier der größte saarländisch-lothringische Grenzübergang gewesen. Trotz schleppendem Feierabendverkehr schaffte ich es in zehn Minuten über die Saaruferstraße durch die Stadt hindurch zum Eschberg, dem Prominentenviertel der Landeshauptstadt.

Das Haus von Dr. Backes lag neben der Villa, die einmal der langjährige saarländische Ministerpräsident Franz-Josef Röder bewohnt hatte. Ursprünglich hatte es zu dem Anwesen der Röders gehört und die Familie des Gärtners beherbergt. Es war ein von hohen, dunklen Tannen und Trauerweiden umgebenes Häuschen, grau, geduckt, aber großzügig angelegt und sehr praktisch. Für einen eingefleischten Junggesellen wie Dr. Backes genau das Richtige.

Ich klingelte am Tor. Erst dachte ich, er wäre nicht da, doch dann öffnete sich die Haustür einen Spalt, Dr. Backes streckte seinen Kopf heraus und winkte mir zu.

Ich betrat das Grundstück. Ich wusste, dass im Gebüsch ein Rottweiler lauerte. Dr. Backes war ein hochrangiger Polizist, und es gab eine Menge Menschen, die ihm ihren Aufenthalt im Gefängnis Lerchesflur zu verdanken hatten.

Er war wie immer in seinem Hausmantel, den er gerne über Hemd und Hose zog.

»Ich war wohl ein bisschen harsch heute Morgen am Telefon«, empfing er mich.

Im Flur roch es modrig. Dr. Backes verbrachte viel Zeit im Garten, und er pflegte Stiefel und Gummikleidung hier auszuziehen, um die mit wertvollen Teppichen ausgelegte Wohnung zu schonen.

»Sie hatten ja recht. Dieser Sharan meines Kollegen ist wirklich nicht so wichtig.«

Dr. Backes musterte mich misstrauisch. Dann sagte er: »Schön, dass Sie das einsehen.«

Er führte mich ins Wohnzimmer, einen niedrigen, dunklen Raum voller Antiquitäten.

»Kann ich Ihnen was anbieten?«

»Ich will Sie nicht lange stören. Ich bin gekommen, um Sie um Ihre Hilfe zu bitten.«

Seine Gesichtszüge wurden eisig. »Schon wieder?«

»Diesmal ist es nichts Privates. Es geht um einen Mordfall.«

Dr. Backes musste sich setzen. Mich ließ er stehen. Also erstattete ich steif Bericht.

Als ich geendet hatte, schwieg er lange und schaute dabei versonnen auf den Saum seines Hausmantels. Dann hob er langsam den Kopf und schaute mich traurig an.

»Bollinger, Sie wissen, dass ich mich für Sie eingesetzt habe. Man hätte Sie damals auch in die Verbannung schicken können.«

Mir tat es weh, dass er ausgerechnet jetzt davon anfing. Ja, es stimmte. Ich hatte bei einem Zivilstreifen-Einsatz einen Juwelier erschossen, den ich für einen Autoknacker gehalten hatte. Der Mann hatte seinerseits geglaubt, überfallen zu werden, und seine Pistole gezogen. Eine tragische Verstrickung. Ohne Dr. Backes' Fürsprache hätten sie mich vom Dienst suspendiert. Trotz meiner hervorragenden Zeugnisse. Trotz meiner beachtlichen Leistungen im höheren Polizeidienst. Aber hätte das nicht jedem passieren können? Musste man mich immer wieder damit konfrontieren?

»Ich werde Ihnen ewig dankbar dafür sein, Herr Doktor.«

»Ich will keine Dankbarkeit.« Er erhob sich und ging zu einem Schrank, auf dem ein Zigarettenspender aus Messing stand. Er zündete sich mit dem riesigen Tischfeuerzeug eine Zigarette an und inhalierte tief. »Ich möchte bloß, dass Sie mich nicht blamieren.«

»Das werde ich ganz sicher nicht.«

»Gut.« Er kam zu mir und legte mir die Hand mit der Zigarette auf die Schulter. Der Rauch stach mir in die Augen. »Und nun sagen Sie mir, wie ich als deutscher Polizeimann einen französischen Staatsanwalt dazu bringen soll, seine Meinung zu ändern.«

Ich antwortete stockend und leise. »Vielleicht indem Sie mit dem Präfekten reden. Der könnte Santini anweisen ...«

Ich roch sein süßliches Parfüm und spürte seine Aura – Dr. Backes war ein respektabler Mann.

»Bollinger, bitte, hören Sie endlich auf, an solche Kindereien zu glauben! Natürlich kann ich mit dem Präfekten reden. Aber der wird den Teufel tun und seinen Staatsanwalt anweisen, gegen die französischen Gesetze zu verstoßen, Bollinger.«

Er ließ mich los. Ich blickte zu Boden. Mir war das Ganze peinlich. Dass er mich schon wieder abwies! Ich schätzte ihn sehr. Er war der klügste Mensch, den ich kannte. Er hatte mir schon oft geholfen. Aber ich wusste auch, dass er Schwächen hatte. Er war von Kollegen aus der Polizeischule nachts öfter am Saarbrücker Hauptbahnhof gesehen worden. Angeblich mit jungen Männern. Nie hat jemand beobachtet, dass er einen von diesen Kerlen in seinem Auto mitnahm. Aber das Gerücht bekam immer wieder neue Nahrung. Deshalb durfte er mich nicht so behandeln. Er war auch nur ein Mensch, und ich wollte bloß, dass er mir half, wenn meine Mittel versagten.

Ich verabschiedete mich. Er wirkte traurig, als er mir die Hand gab.

»Schauen Sie mal wieder rein, Bollinger! Vielleicht zum Essen. Wir trinken einen guten Roten und reden über die Polizeiarbeit. Aber geben Sie diese Schnapsidee mit dem Erhängten auf!«

»Vielleicht werde ich das wirklich tun«, sagte ich.

Ich meinte es ernst. Ein Mann musste wissen, wann es Zeit wurde, sich aus einer verfahrenen Angelegenheit zurückzuziehen. Egal, wie wichtig sie ihm war.

Er brachte mich zur Tür, wo er wartete, bis ich die Gartenpforte hinter mir geschlossen hatte. Dann erst ging er ins Haus zurück.

Ich stieg in den Wagen. Ich hätte heulen können. Warum wollte mir keiner helfen? War ich wirklich auf dem Holzweg? Oder wollten sie sich nicht mit mir gemein machen – die Santinis und Dr. Backese dieser Welt?

Vielleicht hatte sich der Humpel-Jean auch so gefühlt, als er auf dem Wackesberg seinen Kopf in die Schlinge gesteckt hatte.

Oder als ihm jemand die Schlinge umgelegt hatte. Oder als die SS ihn über die Felder von Schauren gejagt hatte. Vielleicht lag er ja wirklich in Niederbronn in einem kühlen Grab, auf dessen Grabstein der Name des deutschen Wehrmachtssoldaten Lothar Wilhelm stand.

Der deutsche Wehrmachtssoldat. Ein deutscher Soldat in französischer Erde.

Wer konnte Dr. Backes daran hindern, die Exhumierung eines deutschen Soldaten in Lothringen zu betreiben, um die sterblichen Überreste in die Heimat zu überführen? Keiner. Nicht einmal der ängstliche Dr. Emile Santini.

Ich sprang aus dem Wagen, stieß die Gartenpforte auf und drückte so lange auf die Klingel, bis Dr. Backes entnervt öffnete.

16. KAPITEL

Nur wenige Tage später kam die amtliche Erlaubnis für die Öffnung des Grabes von Lothar Wilhelm in Niederbronn-les-Bains. Wir fuhren zu dritt hin. Ich wollte, dass meine Kollegen dabei waren – auch wenn sie sich sträubten. Straßer und Miller gaben mir schon seit Tagen zu verstehen, dass sie die Exhumierung für überflüssig hielten. Aber ich ließ mich nicht auf Diskussionen ein.

»Ich brauche euch als Zeugen. Das Gesetz verlangt ein Protokoll. Und eine Absperrung.«

»Aber doch nicht bei Gräbern aus dem Krieg«, moserte Louis.

Was die Absperrung betraf, hatte er recht. Trotzdem ging es nicht ohne Protokoll.

»Wenn ihr schon keinen kriminalistischen Ehrgeiz habt, so tut wenigstens eure Pflicht als Beamte.«

Am Tor des Friedhofes erwartete uns der 2 CV von Dr. Chariot. Ich hatte ihn durch die Behörden in Metz dazubitten lassen. Er grüßte nicht einmal, als er ausstieg. Offensichtlich hielt ich ihn mit der Exhumierung von seiner Arbeit ab.

Kurz vor Beginn der Prozedur fuhr ein Kleinbus mit Pirmasenser Kennzeichen vor. Zwei grau gekleidete Herren stiegen aus und eine Assistentin in engen Jeans und einer Bluse, die viel Haut zeigte. Im öffentlichen Dienst in Frankreich sind Frauen, die sich während der Arbeit sehr weiblich kleiden, keine Seltenheit. Aber das Trio, das sofort begann, Fotos von der Grabstelle zu schießen, kam von der deutschen Kriegsgräberfürsorge. Der Chef hieß Schmidt, er stellte mir mürrisch seine Begleiter vor und erklärte, es sei ihm schleierhaft, warum der Soldat aus Pirmasens jetzt noch in seiner Heimat beerdigt werden müsse, obwohl seine Angehörigen aus der Pfalz alle verstorben seien. Dr. Backes hatte sich keine große Mühe gegeben, sich eine glaubwürdige Geschichte auszudenken.

Zwei Friedhofsangestellte mit Spitzhacken begannen erst zu arbeiten, nachdem ich jedem von ihnen zwanzig Euro in die Hand gedrückt hatte.

Das Ausheben des Grabes dauerte lange. Es war kalt, und niemand sprach ein Wort.

Ich war verärgert, dass man in Niederbronn nicht einmal einen kleinen Bagger zur Verfügung hatte, wie das auf anderen großen Friedhöfen üblich war.

»Vielleicht haben sie irgendwo einen Bagger stehen, aber sie benutzen ihn nicht, weil sie sonst schneller fertig wären und weniger Geld dafür verlangen könnten«, flüsterte ich Straßer zu.

»Sie müssen die Kosten für diesen Quatsch doch nicht bezahlen«, entgegnete er mürrisch. »Das zahlt doch alles unser Staat. Der französische Staat.«

»Da bin ich mir nicht so sicher«, sagte ich. Die düsteren Mienen der drei Mitarbeiter der Kriegsgräberfürsorge deuteten darauf hin, dass Dr. Backes ihrer Organisation die Kosten zugeschoben hatte.

Miller trat von einem Fuß auf den anderen. »Wir könnten doch irgendwo, wo es warm ist, warten, bis die Burschen fertig sind, und eine Kleinigkeit trinken«, schlug er vor.

»Eine Exhumierung ist eine Amtshandlung. Die Protokoll führenden Beamten haben die ganze Zeit anwesend zu sein und den ordnungsgemäßen Ablauf zu garantieren«, erklärte ich.

Natürlich hätte ich das Protokoll alleine anfertigen können. Ich wollte aber nicht, dass Chariot zu Hause herumerzählte, dass die Schaurener Gendarmerie alkoholisiert einer Exhumierung beiwohnte.

Der Sarg war längst in sich zusammengebrochen, vom Holz waren nur noch einige morsche Teile übrig. Die Scharniere hatten durch den Rost ihre Form verloren. Einer der Arbeiter ging zum Geräteschuppen und holte eine schwere Stablampe. Dann stieg er in die Grube zu seinem Kollegen, und sie hoben zusammen die Schicht aus morschem Holz und Erdreich von der Leiche.

Der Körper war nur noch in Umrissen zu erkennen. Die Knochen waren angenagt und an manchen Stellen weiß wie Elfenbein. Die Kiefer und der Schädel waren beim Zusammenbruch des Sarges vom Erdreich zermalmt worden. Der Tote sah aus wie ein großes Insekt mit einem winzigen Kopf.

Einer der beiden in der Grube grunzte. Er bückte sich und zog etwas aus dem Dreck. Erst als er es mir hochreichte, sah ich, worum es sich handelte. Es war eine goldene Halskette. Ich nahm ein Taschentuch und säuberte sie. Das Gold sah aus, als wäre kein Tag seit dem Krieg vergangen. An der Kette hing ein halbrundes Stück Metall mit einer eingestanzten Nummer. Ich wusste sofort, worum es sich handelte. Es war eine Erkennungsmarke der deutschen Wehrmacht.

Meine beiden Kollegen bestanden darauf, dass ich ihnen den Nachmittag freigab.

»Man ist nicht jeden Tag Zeuge bei einer Exhumierung, das geht auch einem erfahrenen Polizeibeamten an die Nieren«, sagte Straßer – und Alain Miller nickte gewichtig.

Immerhin konnte ich sie dazu überreden, mich vorher noch vor dem Revier abzusetzen. Ich war sicher, dass sie anschließend in den »Forêt de Schauren« fuhren – dort würden sie ihre Trauer ertränken.

Der Straßenkreuzer von Cyril Schwierz stand in der Einfahrt zum Revier. Der Impresario erwartete mich vor der verschlossenen Tür. Er war verärgert.

»Da sind Sie ja endlich, Herr Bollinger. Ich warte schon über eine halbe Stunde. Wie ich höre, haben Sie diese Saboteure auf freien Fuß gesetzt. Wie stellen Sie sich das vor?!«, fuhr er mich an.

Wortlos schloss ich auf und ließ ihn ein. Die ganze Zeit läutete drinnen das Telefon.

»Für morgen habe ich mein gesamtes Ensemble und die Medien nach Schauren bestellt. Sie können sich doch denken, dass ich da keine Störungen gebrauchen kann.«

Ich rannte an ihm vorbei ins Büro und ging ans Telefon. In dem Moment, in dem ich mich meldete, wurde aufgelegt.

»Ich bestehe darauf, dass die Hagenaus wieder in Haft genommen werden!«, verlangte Schwierz.

»Kann es sein, dass Sie Angst vor ihnen haben, Herr Schwierz?«

»Wundert Sie das? Das sind gefährliche Saboteure meiner Pläne. Ich bin sicher, es gibt Leute, die sie bezahlen.«

»Ich glaube, es geht denen gar nicht mehr um das Musical. Es geht um Agneta. Sie haben ihnen das Mädchen weggenommen, und die Hagenaus wollen es wiederhaben. Im Grunde haben Sie es sich selbst zuzuschreiben.«

Schwierz zündete sich eine Zigarette an. »Bollinger, Agneta ist Anna Leschinski wie aus dem Gesicht geschnitten. Als wäre sie die Tochter der Prinzessin. Schauen Sie sich die alten Bilder an! Wir wären doch blöd, wenn wir uns das entgehen lassen würden. Und für Agneta ist es die große Chance. Gut, sie ist nicht bühnenreif. Aber das wird sich finden. Das Showgeschäft ist zu neunzig Prozent Verblüffung und zu zehn Prozent Handwerk – egal, was man Ihnen erzählt. Agneta verkommt doch bei diesen Barbaren. Bei uns kann sie was lernen – und vielleicht schafft sie's. Die Kleine küsst mir die Hände, dass ich sie in meiner Compagnie aufgenommen habe.«

Die Vorstellung, dass Agneta, meine Agneta, diesem schmierigen Schwierz die geschmacklos beringten Hände küssen könnte, ekelte mich an.

»Ich habe gestern mit dem ›Stern‹ gesprochen«, fuhr Schwierz fort. »Die sind hellhörig geworden, als ich ihnen Agnetas Geschichte erzählt habe. Von der Gosse auf die Musicalbühne. Sie wissen doch, wie die da draußen gehaust hat – als Sexsklavin dieser debilen Hagenaus. Wenn der ›Stern‹ diese Spur aufnimmt, haben wir die PR des Jahrhunderts, sage ich Ihnen. Oder gönnen Sie dem Mädel das nicht?«

»Erstens ist hier Rauchverbot, Herr Schwierz. Und zweitens ist die Polizei nicht dazu da, Geschäftsleuten wie Ihnen Flankenschutz für ihre Geschäfte zu geben. Haben wir uns verstanden?«

Cyril Schwierz schaute mich groß an. Dann war er weg. Grußlos.

Ich wusste, dass das Ärger geben würde, aber es war mir gleichgültig. Ich hatte Agneta verloren. Zudem hatte dieser furchtbare Cyril Schwierz recht: Sie war ihm dankbar, dass er ihr eine Chance gegeben hatte. Sie würde alles für ihn tun.

Zwei Stunden später kam endlich das Fax von Europol. Die Kollegen hatten sich Zeit gelassen. Ich wusste nicht, ob sie meine Bitte um Amtshilfe so lange hatten liegen lassen oder ob sie einfach gewissenhaft arbeiteten. Jedenfalls war schon so viel Zeit seit meiner Anfrage vergangen, dass ich gefürchtet hatte, sie sei in den labyrinthischen Gängen der Straßburger Polizeibehörde verloren gegangen.

AN: Gendarmerie Schauren, Head of the police, Felix Bollinger
BETREFF: Anfrage nach Person

Anfragegebiet: Staaten der Europäischen Gemeinschaft bzw. der Europäischen Union
Anfragebereich: Amtliche Melderegister
Name: Hagenau
Vorname: Jean
Geburtsdatum: Unbekannt
Geburtsort: Grand-Schauren, France
Ergebnisse: Jean Hagenau, Geburtsdatum: 12.11.1924, Geburtsort: Grand-Schauren, France, Beruf: Gelegenheitsarbeiter
Gemeldet:
vom 1.8.1955 bis 7.12.1965 in Marseille, France

vom 1.4.1966 bis 1.1.1985 in Barcelona, Spain
vom 1.7.1988 in Lüttich/Liège, Belgium, dort bisher nicht abgemeldet

Anmerkung 1: Die Polizeidirektion B/Lüttich/Liège bittet um Nachricht über den Verbleib der Person Jean Hagenau/12.11.24/Grand-Schauren, France. Person ist behördlich nicht auffindbar. Vorliegend: Tatverdacht in drei (3) Eigentumsdelikten, begangen im Zuständigkeitsbereich der Polizeidirektion B Lüttich/Liège, Belgium.

Anmerkung 2: Abteilung 4 des Zentralkrankenhauses Lüttich/Liège bittet um behördliche Benachrichtigung der Person Jean Hagenau/12.11.24/Grand-Schauren, France. Die o.g. Person wird dringend gebeten, sich bei Dr. Aaron Dubois, dem Leitenden Arzt der Abteilung 4 des Zentralkrankenhauses Lüttich/Liège, zu melden. Tel.: 04/377.62.05

Mit kollegialen Grüßen

Die Unterschrift war unleserlich. Ich rief Dr. Dubois vom Zentralkrankenhaus Lüttich an. Er war gerade in einer Besprechung, seine Sekretärin versprach, er würde zurückrufen. Er rief nicht zurück. Nach einem halben Tag rief ich wieder an. Ich sprach Französisch.

»Hier ist Felix Bollinger. Polizeichef in Schauren.«

»Was gibt's?«

»Ich hatte schon mal angerufen. Ich muss mit Dr. Dubois sprechen.«

»Was glauben Sie, was hier los ist?«

»Sie hatten versprochen, dass er mich zurückruft.«

»Hat er nicht?«

»Sonst würde ich mich jetzt nicht melden.«

»Dann ist es ganz einfach.«

»Ja ...«

»Er hat eben keine Zeit.«

»Hören Sie, Sie haben mich offensichtlich nicht verstanden. Ich bin von der Polizei, wir stecken mitten in den Ermittlungen zu einem Mordfall.«

»Und wir hatten hier einen Unfall mit einem Reisebus. Schalten Sie doch mal die Fernsehnachrichten ein! Vielleicht sehen Sie mich. Ich bin die am Bildrand mit dem Telefonhörer in der Hand.«

Wir schwiegen.

»Schreiben Sie doch einen Brief«, riet mir die Sekretärin seufzend.

Ich überlegte, dann sagte ich entschlossen: »Nein. Ich werde mich beschweren.«

»Tun Sie das. *Au revoir.*«

»Moment! Sie haben doch die Polizei in Lüttich gebeten, einen Mann für Sie zu finden.«

»Was haben wir?«

»Jean Hagenau. Sie wollten, dass er benachrichtigt wird.«

Ich hörte, wie sie nachdachte. »Ist dieser ...«

»Hagenau.«

»... hat er an unserem Projekt teilgenommen?«

»Ja«, sagte ich, ohne zu wissen, um welches Projekt es sich handelte.

Sie bat mich zu warten. Es knackte in der Leitung. Eine schwache Männerstimme meldete sich.

»Sie wissen, wo Monsieur Hagenau ist?«

»Wer ist da?«

»Aaron Dubois. Was ist mit ihm, ist er tot?«

»Wir wissen es noch nicht. Worum geht es eigentlich in Ihrem Projekt?«

Das pfeifende Geräusch, das der Arzt in Lüttich ausstieß, war auf der ganzen Welt gleich: Fachleute signalisieren damit Laien, dass es keinen Sinn hat, ihnen etwas zu erklären.

»Hagenau war vielleicht in einen Mordfall verwickelt«, sagte ich.

Aaron Dubois lachte auf. »Mord? Das wundert mich. Obwohl –

dass Jean nicht sauber war, das wussten wir hier alle. Es sind Sachen weggekommen. Ein Inkubator. Haben Sie eine Ahnung, was so ein Penner mit einem Inkubator anstellt? Wir brauchen sie, um Säuglinge am Leben zu erhalten. Sicher hat er ihn an die Polen verscherbelt. Die kaufen doch alles auf.«

»Bei uns sind in letzter Zeit Autositze gestohlen worden.«

»Autositze? Sagen Sie, wo liegt eigentlich dieses Schauren?«

Ich erklärte es ihm.

»Ich kann mich erinnern, dass Jean Hagenau mir etwas erzählte von einem Grenzkaff, in dem er geboren wurde. War schon ein komischer Kauz, dieser Hagenau. Aber Mord? Ehrlich gesagt, ich hielt ihn für zu blöd für Kapitalverbrechen.«

»Man muss nicht intelligent sein, um ermordet zu werden.«

Dubois atmete unendlich lange aus. »Verstehe. Irgendjemand, dem er die neuen Radkappen von seinem BMW oder den Inkubator gestohlen hat, hat ihm den Hals umgedreht. Schlimm ist nur …«

»Was?«

»Ohne Hagenau können wir wieder von vorne anfangen …«

Er sprach von seinem ominösen Projekt.

»Wir bekommen EU-Mittel dafür. Haben Sie eine Ahnung, wie pingelig die in Brüssel sind, wenn nur ein Cent zu viel ausgegeben wird? Und wir haben dem alten Zausel sogar eine Weile seine Miete gezahlt …«

Dubois gehörte zu denen, die man reden lassen musste. Dann erfuhr man mühelos alles, was man durch psychologischen Druck niemals herausbekam. Ich wusste, was ich zu tun hatte: einfach schweigen und zuhören.

»So eine Scheiße. Ausgerechnet Hagenau ist über 'n Jordan.«

Das war die Phase, kurz bevor der Knoten aufging, da quälten sie sich alle.

»Ja, das ist sicher schlimm für Sie«, sagte ich leise.

»Sie haben ja keine Ahnung«, entgegnete Aaron Dubois – und legte auf.

Ich kam nicht dazu, die Lütticher Nummer erneut zu wählen.

Die Tür wurde aufgerissen – und die drei Hagenaus stürmten ins Revier. Diesmal war der sanfte Charles ganz vorne.

»Wo ist meine Agneta?«, schrie er mich an.

Der Alte schob ihn beiseite. »Ich habe eine Anzeige zu machen. Seit Tagen versuchen wir, Sie zu erreichen. Aber Sie sind ja nie da.«

»Hast du deine Finger da mit drin, Bollinger?«, wollte Luc wissen.

»Quatsch!«, mischte sich Charles ein. Diesmal waren die Rollen unter den Brüdern anders verteilt: Charles, der Gatte von Agneta, hatte den lauten Part, Luc den bedächtigen. »Der doch nicht. Das ist doch 'n Schlappschwanz. Schau ihn dir bloß an ...«

»Ihr haltet jetzt mal die Schnauze!«, wies der Alte sie zurecht. »Also: eine Anzeige. Es geht um Agneta, wie Sie ja schon gehört haben.«

»Um meine Agneta!«, wiederholte Charles. Er schien jeden Moment in Tränen auszubrechen.

Ich versuchte, sachlich zu bleiben – trotz der unbedachten Äußerungen von Agnetas Mann.

»Sie wollen also eine Vermisstenanzeige aufgeben?«

»Keine Vermisstenanzeige. Wir wollen eine Entführung anzeigen.«

»Eine Entführung?«

»Genau. Unsere Agneta ist entführt worden.«

»Von wem?«

»Das herauszufinden, sind Sie ja da, Bollinger, oder?«

Ich kramte ein Formular hervor. Nur um sie zu beruhigen.

»Dann wollen wir die Sache mal aufnehmen.«

Ich schrieb eine Nummer in die rechte obere Ecke des Blattes. Die drei beobachteten mich genau.

»Seit wann ist sie weg?«

»Seit wir aus dem Knast raus sind.«

»Das ist aber schon ein paar Tage her ...«

Die Söhne schwiegen betreten. Der Alte räusperte sich umständlich.

»Als wir nach Hause kamen, lag ein Zettel auf dem Tisch, dass sie für ein paar Tage zu ihrer Mutter will. Nach Katowice. Deshalb dachten wir uns nix dabei. Aber heute Morgen hat Charles dort angerufen. Die Mutter weiß von nix. Agneta ist da nie angekommen ... Jemand muss sie entführt haben. Bollinger, Sie müssen uns helfen! Finden Sie sie! Ohne Agneta sind wir aufgeschmissen.«

Das glaubte ich gerne. »Sie können sich nicht vorstellen, dass Agneta vielleicht freiwillig gegangen ist?«

»Nein!«, sagte der Alte. »Die hat es bei uns gut. Besser als in Polen.«

»Auf jeden Fall«, stimmte Luc zu. »Die war bei uns total happy.«

»Und die Ehe?«

»Welche Ehe?«, fragte der Alte zurück.

»Seine!« Ich schaute Charles Hagenau an.

Bevor er antworten konnte, erklärte der Alte: »Das geht Sie nichts an.«

Ich faltete das Blatt in der Mitte zusammen. »Ohne gewisse Auskünfte kann ich leider auch keine Ermittlungen aufnehmen.«

Der Alte stützte sich mit beiden Händen auf dem Tresen ab und beugte sich weit zu mir herüber.

»Sie sollen sich gefälligst auf die Socken machen und unsere Agneta wieder herholen, haben Sie verstanden?!«

Plötzlich standen Miller und Straßer hinter den Hagenaus. Ich hatte sie nicht kommen hören.

»Was ist denn hier los?«, fragte Straßer.

Der Alte drehte sich langsam um. »Ich rede mit dem *patron*.«

»Was willst du, Hagenau?«

»Sie wollen eine Vermisstenanzeige aufgeben«, erklärte ich und zwinkerte Straßer zu. »Wegen der Polin.«

Straßer drehte sich zu Miller um und grinste. »Tja, die seid ihr los. Der Musicalheini hat sie sich unter den Nagel gerissen. Ihr wisst ja, wie das heutzutage ist mit den Weibern. Wahrscheinlich hat er einfach mehr zu bieten als ihr ...«

Charles wollte auf Straßer losgehen, aber sein Bruder Luc packte ihn von hinten und umklammerte seinen Brustkorb.

Straßer schien das zu gefallen. »So leid es mir tut, aber ihr macht euch jetzt besser vom Acker.«

Die drei zogen wirklich mit hängenden Köpfen ab. Ob es nun die Nachricht war, dass Agneta sich zu Schwierz geflüchtet hatte, oder das Erscheinen von Straßer und Miller – das konnte ich nicht sagen.

»War das jetzt klug?«, wandte ich mich an Straßer.

»Die sollen wissen, woran sie sind. Früher oder später erfahren sie's ja doch«, entgegnete er grinsend.

»Später wäre vielleicht besser gewesen.«

»Später?«

»Wenn dieses Musical erst mal aufgeführt ist. Wenn sie nämlich jetzt durchdrehen, wird das die Pläne des Bürgermeisters arg stören, Straßer.«

Ich hatte ihn überrumpelt. Ich hatte den großen Louis Straßer überrumpelt. Missmutig drehte er sich zu Alain Miller um.

»Behalt die Bagage im Auge, Alain!«

Damit hatte Miller nach der Gaudi nicht gerechnet.

»Aber warum …?«

Zum ersten Mal wurde Straßer seinem Kollegen gegenüber laut: »Bist du taub?!« Er schob den dicken Polizisten hinaus. »Ich will, dass du dich an die Fersen der Hagenaus heftest. Du lässt sie nicht aus den Augen! Vor allem aber verhinderst du, dass die Hagenaus irgendwo Benzin oder andere Brandverstärker organisieren. Ist das klar?«

Miller zog ein langes Gesicht. »Aber heute Abend …«

»Dienst ist Dienst. Los!«

»Und du? Was machst du, Louis?«

»Heute ist Mittwoch. Mittwochs gehe ich zu meinem Stammtisch.«

Als ich allein war, wählte ich wieder die Nummer der Klinik in Lüttich. Diesmal war nicht die Sekretärin, sondern eine freundliche Oberschwester dran. Sie wollte wissen, was ich von Dr. Aaron Dubois wollte.

»Sie müssen verstehen: Der Herr Doktor hat sehr viel zu tun. Patienten aus aller Welt kommen zu uns. Und alle, die hierher kommen, haben einen guten Grund. Schmerzpatienten sind eine besondere Spezies. Und Dr. Dubois opfert sich für seine Patienten auf. Er hat selbst überhaupt kein Privatleben mehr. Er ist fast wie ein ...«

»... ein Heiliger.«

In der Leitung blieb es still. Ich fürchtete schon, sie könnte meine Wortwahl nicht billigen. Doch dann seufzte sie und hauchte: »Ja, das ist das richtige Wort. Dr. Aaron Dubois ist ein Heiliger.«

Die Schwester – sie war jung und noch zu großen Gefühlen in der Lage – hätte sich eher vierteilen lassen, als mich zu ihrem verehrten Dr. Dubois durchzustellen. Wie ich die Verhältnisse in Belgien einschätzte, wäre eine Bitte um Amtshilfe bei den Lütticher Kollegen eine langwierige Sache geworden. In meiner Not improvisierte ich.

»Es geht um seinen Aufnahmeantrag für den Golfklub. Ich wäre bereit, für ihn zu bürgen ...«

Das konnte schiefgehen – dann legte sie auf, und ich hätte all meine Chancen vertan.

»Das würden Sie tun?«, fragte sie freudig.

»Ja, natürlich. Schließlich handelt es sich um Dr. Aaron Dubois. Sogar meinen Onkel hat er behandelt – obwohl der ein Ekel war ...«

»Ja, das Leben mit Schmerzpatienten ist nicht einfach. Wir können hier ein Lied davon singen. Wie war noch mal der Name Ihres Onkels?«

»Hagenau. Jean Hagenau.«

Wieder dieses ungemein tiefe Schweigen, zu dem nur verliebte Krankenschwestern im fernen Lüttich in der Lage waren.

»Sie sind also sein Neffe ... Und Sie wollen für Dr. Dubois bürgen ...«

»Im Golfklub hört man auf mich. Gut, wir haben seit fünf Jahren Aufnahmesperre, sogar der Antrag von Claus von Amsberg wurde abschlägig beschieden ...«

»Der Arme.«

»Obwohl man lange diskutierte – wegen seiner Krankheit. Aber der Schriftführer hat gesagt, die Statuten seien klar: Aufnahmestopp ist Aufnahmestopp.«

»Und Sie meinen, auf Sie hört dieser Schriftführer?«

»Versprechen kann ich nichts. Aber er ist mein Schwager, und wenn meine Frau, also seine Schwester, ihn mal beiseite nehmen würde ...«

»Verstehe.«

»Einfach wird es nicht werden, aber ich wollte trotzdem, dass Dr. Dubois weiß: Es besteht Hoffnung.«

»Das wird ihn sicher glücklich machen. Er hat sich ja auch sehr um Ihren armen Onkel gekümmert.«

»Ich weiß, Onkel Jean war schwierig. Steinreich, aber völlig verwahrlost ...«

»Wir dachten hier, er sei Sozialhilfeempfänger.«

»Das war seine Masche. In Wirklichkeit besaß er Aktien im Wert von mehreren Millionen Euro.«

Plötzlich hatte die Oberschwester viel Zeit. »Wussten Sie, dass Männer und Frauen den Schmerz unterschiedlich stark empfinden? Bis vor zehn, fünfzehn Jahren hat die Schmerzforschung jedoch nur Männer untersucht und die Werte einfach auf die Frauen übertragen. Als man dann das Gehirn mit Computertomografen erforschen konnte, hat man festgestellt, dass Frauen viel weniger schmerzlindernde Endorphine ausschütten als Männer. Und da heißt es immer, Frauen sind auf Schmerz geeicht, sie bringen schließlich Kinder zur Welt. Dabei empfinden sie den Schmerz früher, häufiger, heftiger und länger. Bei Hitze zum Beispiel liegt die weibliche Schmerzgrenze bei 43 Grad Celsius. Männer haben erst bei 46 Grad ein Schmerzempfinden. Genauso bei Elektrizität: Für Frauen sind bereits 15 Volt schmerzhaft, Männer halten es gut bis 21 Volt aus. Interessant, nicht?«

»Sie behandeln also Menschen, die Schmerzen haben?«, fragte ich etwas dämlich.

»Unsere Patienten haben Schmerzen, die sie in den Selbstmord treiben können ...«

Ich dachte an Jean Hagenau. Wenn er bei dem Wunderdoktor Dubois in Behandlung war, hatte er doch keinen Grund mehr, sich umzubringen.

»... da helfen die bekannten Schmerzmittel kaum noch«, fuhr die Oberschwester fort. »Wir greifen zu härteren Medikamenten, die die Patienten vertragen. Die meisten starken Schmerzmittel machen nämlich abhängig oder schädigen wichtige Organe, wenn man sie in hohen Dosen regelmäßig einnimmt.«

»Und was geben Sie für geheimnisvolle Mittel?«

Sie kicherte. »Sie werden es nicht glauben: körpereigene Stoffe. Hormone. Sehen Sie, auch wenn Frauen schmerzempfindlicher sind, gibt es Situationen, in denen sie extrem wirksame Hormone ausschütten, die die Wahrnehmung und Verarbeitung eines Schmerzreizes ausschalten. Langweile ich Sie?«

»Nein«, antwortete ich schnell. Wir kamen der Sache immer näher.

»Zum Beispiel kann die Ausschüttung von Östrogen und Progesteron, so wie sie kurz vor einer Niederkunft auftritt, äußerst schmerzmindernd wirken. So überstehen Frauen besser die für Männer unerträglichen Geburtsschmerzen.«

Hormone – überall Hormone. Man durfte nicht darüber nachdenken, wie diese Wirkstoffe unser Leben bestimmten. Von Freiheit konnte da keine Rede mehr sein.

»Aber der Schmerz sei viel komplexer, sagt Dr. Dubois immer. Es sei nicht allein die Biochemie, auch die Psychologie spiele eine Rolle. Rollenverhalten, Abhängigkeit, Hilflosigkeit bedingen das Schmerzempfinden. Wir hier betreiben deshalb eine ganzheitliche Therapie – wobei die Hormone natürlich die Hauptrolle spielen.«

»Natürlich.«

»Ihr Onkel war ein Musterpatient, ein Glücksfall für die Schmerzforschung, wenn ich das so sagen darf. Aber dann ist ihr Onkel verschwunden ...«

»Der Schmerz hat ihn getrieben. Ihre Hormone konnten ihm nicht helfen.«

»Wir haben Rückfälle – aber auch denen können wir helfen. Auf jeden Fall wäre es für unsere Studie besser gewesen, wenn er geblieben wäre. Wir haben dafür gesorgt, dass die Polizei ihn in Ruhe lässt. Die wollten ihn ständig vernehmen. Wegen irgendwelcher Delikte. Bagatellen, hat Dr. Dubois gesagt. Wir kannten Ihren Onkel schon seit über zehn Jahren. Als er kam, hat er den Schmerz nicht mehr aushalten können. Er hat mehrmals versucht, sich umzubringen. Wegen dieser unsäglichen Kopfschmerzen. Dr. Dubois hat gesagt, es sei eine alte Verletzung, man könne da operativ nichts mehr machen. Wollte man den Fremdkörper entfernen, müsste man in Hirnregionen vorstoßen, die tabu sind für die Chirurgie, hat er gesagt. Aber mit unserer neuen Therapie hat er es geschafft, Monsieur Hagenau fast schmerzfrei zu machen. Trotz der massiven Kopfverletzung. Dr. Dubois wollte nächste Woche mit ihm nach Mailand reisen – zum Internationalen Schmerzkongress. Sogar Leute von der NATO werden dort sein. Sie müssen wissen, die Therapie, die unser Chefarzt für Schwertraumatisierte entwickelt hat, wird den Krieg revolutionieren. Sagt der Doktor. Soldaten werden trotz schlimmster Verletzungen weiter ihren Dienst tun können – zumindest bis zur OP. Die Militärs sind ganz verrückt danach, alles über unsere Therapie zu erfahren.« Ihre Begeisterung schien sie selbst ein wenig zu erstaunen. »Zivile Krankenhäuser natürlich auch. Glauben Sie mir, Ihr Onkel wäre in Mailand die Sensation geworden. Aber der Patient hatte einen schweren Rückfall erlitten.«

»Wann war das?«

»Kurz bevor er verschwand. Dr. Dubois sagt, wenn er hiergeblieben wäre, hätte er ihn wieder von den Schmerzen befreit.

Aber manche Leute bringen einfach nicht die nötige Geduld auf.«

»Jetzt ist er leider tot. Aber ich verhelfe dem Doktor dennoch zu einem Platz im Golfklub.«

Das hob ihre Stimmung wieder. »Ich werde Sie dann mal schnell verbinden. Dr. Dubois wird sich freuen ...«

Den brauchte ich jetzt nicht mehr: Ich hatte genug über Jean Hagenaus Lütticher Leben in Erfahrung gebracht. »Da kommt gerade ein Anruf von der Bank, sagt meine Sekretärin. Sicher wegen Onkels Software-Aktien. Seit ich sie verwalte, sind sie um vierzig Prozent gestiegen. Darf ich später zurückrufen?«

»Ich bitte darum. Adieu!«

An diesem Abend herrschte eine eigenartige Stille in Schauren. Die Straßen waren menschenleer. Es lag etwas in der Luft. Es würde noch etwas geschehen in dieser Nacht.

An meiner Tür klebte ein Zettel: *Einladung zum Abendessen. Um 20 Uhr 30 wird aufgetragen. Bitte gute Laune mitbringen!*

So war Lotte. Sie konnte toben wie eine Furie, wenn man sie verletzte. Aber sie konnte auch vergessen und verzeihen. Lotte war eine Frau, die immer wieder zu mir zurückkam. Darin unterschied sie sich von Agneta. Die war weg – und würde niemals wiederkommen.

Lotte war schnell gekränkt. Das machte es so schwierig mit ihr. Aber sie war gleichzeitig gütig und hatte ein großes Herz. Deshalb liebte ich sie immer noch. Das spürte ich wieder, als ich den Zettel mit ihrer Nachricht las.

Obwohl wir uns entzweit hatten, versuchte sie, mich gnädig zu stimmen. Mit einem guten Essen und natürlich mit Sex. Ich dachte an die wertvollen Oxytocin-Hormone, die mir in letzter Zeit doch sehr fehlten. Und in diesem Augenblick wurde mir klar, dass ich einen weiten Umweg gemacht hatte und nun wieder dahin zurückgekommen war, wo ich hingehörte. Das Blatt würde sich wenden. Ich hatte meine Lotte wieder.

Wenn sie es wagte, mir einen solchen Zettel an die Tür zu hängen, war der Bürgermeister unterwegs. Sicher blieb er auch über Nacht weg. Ich duschte lange und zog mich um. Zur Einstimmung trank ich einen Cognac. Dann war ich bereit, mir meinen Lohn abzuholen.

Ich schlenderte durch den Garten hinüber. Durch das Küchenfenster sah ich Lotte am Herd arbeiten. Sie trug ein rückenfreies Kleid. Es war eine Freude, dieser Frau zuzusehen. Am liebsten wäre ich unterm Fenster stehen geblieben. Doch die Kirchturmuhr schlug halb neun – und Lotte mochte es nicht, wenn man unpünktlich war.

Die Haustür stand offen. Ich wurde also bereits erwartet. Sehnlich erwartet.

Ich betrat den kühlen Flur. Lotte sang ein Küchenlied. Sie hatte keine gute, aber eine bezaubernde Stimme. Die Küchentür war nur angelehnt. Ich öffnete sie zaghaft. Ich war befangen. Obwohl doch das, was geschah, nur mir zur Freude geschah. Meine Frau kochte für mich. Meine Frau hatte sich für mich schön gemacht. Sie konnte es kaum noch erwarten. Sie konnte es kaum noch erwarten, dass ich endlich, endlich wieder in sie eindrang. Ja, ich spürte es. Man spürte diese reife Wollust Lottes überall in der Wohnung.

Und in meinem Hirn begann die so lange brachliegende Produktion der Oxytocin-Hormone wieder zu arbeiten. Meine Stimmung hob sich. Ich war wieder auf der Straße der Sieger.

Hocherregt betrat ich die Küche. Was sprach eigentlich dagegen, sie zu packen, ins Schlafzimmer zu tragen, auf das riesige Bett zu werfen, ihr die schönen Kleider vom Leib zu reißen und das zu tun, was sie erwartete? Es ihr kompromisslos zu besorgen. Ihr zu zeigen, dass ich das mindestens ebenso gut konnte wie ihr großmäuliger Hase. Dass ich es sogar besser konnte. Besser als Pierre Brück, dieser Angeber.

Ich trat hinter sie. Sie bemerkte mich nicht. Oder sie tat zumindest so. Das alte Spiel zwischen Wolf und Wölfin. Sich verstellen, sich zieren. Und dann die Explosion. Das Maß des männlichen

Tieres tief in der Furche des weiblichen. Das war der Lauf der Welt.

In mir brodelte es. Das Oxytocin wurde in die Organe gepumpt. Ich spürte, wie es sich warm und wohlig bis in die letzten Kapillargefäße ergoss. Wie das Gewebe sich genüsslich dehnte. Wie die Lebensfreude zurückkam. Die Lebensfreude, der Tatendrang, das Unbedingte. Das Glück eben. Felix – der Glückliche. Ich war wieder der Alte. Endlich!

Ich griff nach ihr, wollte von hinten ihren prallen Busen umfassen, ihre harten Knospen kneten.

»Sie haben's gut!«

Ich hielt inne. Die Stimme des Bürgermeisters.

»Sie werden bekocht und betütelt und was weiß ich noch alles, und unsereiner muss hinaus in die feindliche Welt und langweilige Kommunalpolitik machen.«

Lotte hatte immerhin die Kraft, sich umzudrehen. »Du bist ja immer noch da. Mensch, Pierre, du kannst nicht jedes Mal eine halbe Stunde zu spät kommen. Die Leute denken, du nimmst sie nicht ernst.«

Es kostete mich eine übermenschliche Kraft – aber ich schaffte es. Auch ich drehte mich um.

Pierre Brück stand in Hut und Mantel in der Küchentür und strahlte.

»Einen guten Appetit wünsche ich Ihnen, Bollinger. Und lassen Sie sich bloß nicht einfallen, nach dem Dessert gleich zu verschwinden! Meine Lotte erwartet eine Gegenleistung, nicht wahr, Kleines?«

Lotte machte ein verblüfftes Gesicht, offensichtlich war sie durch seinen Auftritt ebenso überrascht wie ich.

»Sie möchte mal wieder richtig über Bücher und Musik und all den Kram ... jetzt hätte ich beinahe gesagt: quatschen. Das braucht so eine Frau. Wie gutes Essen und ab und zu, ja, Lotte, auch wenn du das nicht hören willst, eine anständige Nummer. Dafür bin in diesem Hause ich zuständig, Gott sei Dank. Aber die geistige Versorgung übernehmen heute Abend Sie, Bollinger, nicht wahr?«

»Ja«, antwortete ich. Meine Hände zitterten so sehr, dass ich sie ineinander verschränken musste.

Lotte drängte ihn hinaus. Dass sie dazu noch fähig war...

»*Au revoir!*«, rief er noch und lachte laut und schallend. Dann schlug die Tür zu.

Lotte war bleich, als sie in die Küche zurückkam. Sie sagte kein Wort. Sie fiel mir nur noch in die Arme. Als hätte sie all ihre Kraft gegeben.

Das Essen war sicher wunderbar – aber ich konnte es nicht wirklich genießen. Immer wieder schaute ich mich um. Ich fürchtete, Pierre Brück könnte in der Küchentür erscheinen. In Hut und Mantel und unglaublich gut gelaunt.

Als Lotte den Tisch abgeräumt hatte und mit der Flasche Cognac kam, sagte ich ihr, dass es mir lieber wäre, wenn wir zu mir gingen. Aber Lotte versicherte mir, der Bürgermeister würde nicht zurückkommen. Sein Termin binde ihn bis morgen, er übernachte ganz sicher in Metz oder sonstwo.

Dennoch bestand ich darauf, dass wir zu mir gingen. Lotte verstand mich nicht, aber sie lenkte schließlich ein.

Zu Hause fühlte ich mich sofort befreit. Das Hormon, das gefährlich gestaut war, floss wieder ungehemmt und förderte mein unterbrochenes Wohlbefinden. Aber damit es seine Wirkung voll entfalten konnte, musste ich die Sache auch zu Ende bringen.

Kaum hatte ich die Tür abgeschlossen und die Jalousien heruntergelassen, begann ich Lotte zu küssen. Sie war meine Beute. Ich hatte sie vor dem bösen Löwen in meine sichere Höhle gerettet.

Wir zogen uns aus und schlüpften in mein Bett. Lottes Fleisch war warm. Sie schien zu glühen vor Begehren. Ihr hatte das Intermezzo mit ihrem Gatten offensichtlich nichts ausgemacht. Ja, ich hatte sogar den Eindruck, dass Brücks Auftritt ihre Lust noch angestachelt hatte. Sie küsste mein Gesicht ab, zog mich immer fester an sich, griff mir fordernd in den Schritt und verlangte, ich solle die ganze Nacht nicht von ihr lassen.

Sie riss mich mit. Bald war der Bürgermeister vergessen, und

Lottes drängende Küsse taten ihren Teil. Irgendwann zwang ich sie auf den Rücken und war auch gleich über ihr. Lotte stöhnte und spreizte die Schenkel. Ich schaute mir das Tier, das ich erlegt hatte, noch einen Moment lang an, bevor ich es verschlang.

Da läutete das Telefon. Ich hielt in der Bewegung inne. Als würde es etwas nützen, wenn ich mich tot stellte.

»Mach weiter!«, flehte sie. »Mach weiter!«

Das Telefon läutete immer noch.

»Geh nicht ran! Tu mir das nicht an! Geh nicht ran!«

Ich spürte alle Kraft aus meinem Körper weichen. Als wäre sie ein Dämon, den ein Fluch vertrieben hat.

»Es könnte Miller sein. Er ist hinter den Hagenaus her. Vielleicht tut sich was. Das ist wichtig. Auch für deinen Mann.«

Lottes Fingernägel krallten sich in meine Schultern. »Vergiss Pierre, wenn wir uns so nahe sind wie jetzt. Geh nicht ran!«

Ich war mir sicher, dass es Miller war. Wer sonst sollte um diese Zeit noch anrufen? Ja, ich glaubte es schon an der Art des Läutens zu erkennen, wie wichtig, wie dringend es war.

Ich löste mich von Lotte. Sie gab einen gequälten Ton von sich und drehte sich weg. Nun war es sowieso egal, ich ging in den Liegestütz, sah mein durch die Störung erbärmlich gewordenes Geschlecht baumeln und kletterte umsichtig wie eine Spinne aus dem Bett.

Ich meldete mich vergrätzt. Mein Kollege sollte wissen, dass ich auch ein Privatleben hatte.

»Hallo«, sagte eine zarte Stimme. »Hier ist Agneta. Erinnern Sie sich an mich?«

Ein Stromschlag durchfuhr meinen Körper. Ich bekam gleichzeitig Gänsehaut und Fieber. Agneta. Ausgerechnet jetzt. Ich schaute zum Bett hinüber. Lotte starrte die Wand an.

»Ich wollte mich bloß bedanken. Dafür, dass Sie sich so um mich gekümmert haben.«

»Nicht der Rede wert«, sagte ich leise. Lotte hob ihren Kopf.

»Doch, doch! Ohne Sie wäre ich immer noch bei den Hagenaus. Ich habe Ihnen viel zu verdanken. Sie haben den Anstoß gegeben, indem Sie sich so für meine Zukunft eingesetzt haben. Wenn Sie nicht gewesen wären – ich glaube, ich würde den Hagenaus weiter die Unterhosen waschen. Jetzt habe ich die Chance meines Lebens. Herr Schwierz glaubt, ich habe Talent …«

»Das haben Sie zweifellos, aber Sie müssen Geduld haben …«

»Ich werde eine Hauptrolle in seinem neuen Musical spielen. Weil ich der Leschinski so ähnlich sehe. Glauben Sie, ich kann das?«

»Ich traue Ihnen einiges zu, aber …«

Lotte richtete sich auf. Sie hatte mitbekommen, dass das nicht Alain Miller war. Ich versuchte, mich so allgemein wie möglich zu äußern.

»Ich an Ihrer Stelle würde mir so einen Schritt reiflich überlegen. Wollen Sie vorher nicht doch noch in Ruhe mit mir reden?«

»Adieu«, sagte Agneta. »Und danke für alles. Ich werde Sie nie vergessen.«

Ich glaubte, sie weinen zu hören, als sie auflegte. Ich ging zum Bett zurück und legte mich zu Lotte. Ich streichelte sie. Ihre Haut war kalt geworden. Sie reagierte nicht. Ich drückte mich an sie, sie ließ es willenlos geschehen.

»Sieh mal, ich bin schon wieder so weit!«, hauchte ich ihr ins Ohr.

Lotte drehte sich um und stieß mich dabei sanft von sich weg. Sie setzte sich auf.

»Jetzt will ich wissen, was mit dieser Agneta ist! Hast du was mit der? Willst du mit ihr fortgehen? Ich habe ein Recht darauf, es zu erfahren! So kannst du nicht mit mir umspringen. Das wird mein Mann nicht dulden.«

17. KAPITEL

In aller Frühe fuhr schon eine kleine Armada auf. Ein Tieflader karrte die Bestandteile einer mobilen Showbühne heran, von einem Kastenwagen wurden mannshohe Lautsprecherboxen abgeladen. Silbergraue Werkstattwagen einer Filmproduktionsfirma aus Frankfurt erschienen auf dem sonst so ruhigen Marktplatz von Schauren. Techniker stiegen lärmend aus. Überall läuteten Handys, überall wurde herumgebrüllt.

Um zehn Uhr hämmerten schon die Bässe über die Hochebene. Die Tontechniker verursachten beim Aufbau der Musikanlage Rückkopplungen, die bis hinaus auf die Felder zu hören waren. Die Pferde auf den Äckern hoben die Köpfe und schnaubten erschrocken. Auf den umliegenden Gehöften jaulten die Hofhunde.

Über das sonst so stille Schauren erhob sich ein vielstimmiges Oratorium aus Technoklängen, dem metallenen Hämmern der Baubrigade, dem genervten Muhen der Kühe in den Ställen, dem Jaulen der Hunde und dem stündlichen Gebimmel von den Kirchtürmen der Umgebung. Ein Oratorium, das Großes ankündigte.

Zwei Mann kletterten auf das Zeltdach der Bühne und entrollten Transparente. Das neue, international besetzte Musical von Andrew Lloyd Webber. ›Anna Leschinski‹.

Nun war Agnetas Antlitz groß auf den Werbeflächen zu sehen. Sie erinnerte mich an die junge Marlene Dietrich. Die gleiche unterkühlte Schönheit, die gleiche unschuldige Verderbtheit, die gleiche göttliche Herablassung. Schauren hatte sein Musicaltheater. Und die Welt hatte einen neuen Musicalstar: Agneta Hagenau war ›Anna Leschinski‹. Mich fröstelte innerlich, als ich das riesige Plakat sah.

Als um elf Uhr elektronisch verstärkte Gitarrenklänge zu hören waren, verließen wir das Revier, um nach dem Rechten zu schauen. Der Marktplatz war voller Schaulustiger. Wir teilten uns und drehten einige Runden.

Was mir gleich auffiel: Schwierz und Bürgermeister Brück waren zwar da und jeder für sich Mittelpunkt einer Menschentraube. Sie redeten mit jedem, aber sie redeten nicht miteinander.

Cyril Schwierz gab unentwegt Anweisungen an die Technik. Dann verschwand er mit Maskenbildnerinnen und jungen Helferinnen, die Mineralwasser und kleine Snacks aus einer Cateringbox verteilten, in einem Wohnwagen, in dem sich die Schauspieler und Sänger aufhielten. Schließlich erschien er wieder vor der Bühne, machte seine Runde an den Champagnerständen vorbei und begrüßte die Medienvertreter aus Metz und Saarbrücken, die nach und nach eintrafen. Die Fernsehleute bauten ihre Kameras auf. Allein drei TV-Stationen hatten ihre Teams geschickt. Doch nirgendwo hielt er sich lange auf. Entweder wurde er von einem seiner tüteligen Assistenten weggerufen oder sein Handy läutete.

Pierre Brück hingegen schien Wert darauf zu legen, etwas Abstand zum Zentrum des Geschehens zu wahren. Er bewegte sich im Kreis Schaurener Bürger, die zahlreich durch die Aufbauarbeiten angelockt worden waren und sich nun noch etwas scheu in der Nähe der Bühne und der lärmenden Medienleute versammelten.

Ich sah die plappernden Friseurinnen, die noch in Kitteln aus dem Salon von Lydia Alt gerannt kamen. Dr. Chariot hatte seine Sprechstunde verlassen und diskutierte mit den Patienten, die ihm aus dem Wartezimmer gefolgt waren. Sogar der junge Lehrer, der in der Wochenendausgabe der Regionalzeitung Gedichte veröffentlichte, führte eine Horde Schüler auf den Marktplatz.

Brück, der sonst jede Gelegenheit nutzte, ein paar Sätze in jedes offene Mikrofon zu sagen, machte einen Bogen um den Medientross – auch als die ersten Reporter des ›Républicain‹ und zweier Kabelfernsehsender aus Straßburg begannen, Bilder und Töne der Umstehenden zu sammeln, um abends ihre Berichte von der Präsentation des Musicals in Schauren mit Lokalkolorit schmücken zu können. Mir fiel auf, dass er keinem Gespräch mit den Bürgern aus dem Weg ging, ja, dass er sich sogar in die Kreise derer drängte, die auf der Bürgerversammlung in der Mehrzweckhalle Bedenken gegenüber dem Wackesberg-Projekt gezeigt hatten.

Pierre Brück wirkte gut gelaunt und umgänglich. Mir schien es sogar so, als legte er diesmal großen Wert darauf, zu demonstrieren, dass er deren Skepsis nicht nur ernst nahm – ja, dass er sie sogar teilte. Einmal hörte ich ihn zu einem alten Schaurener sagen: »Eines ist klar: Wohlstand hin oder her. Wir werden es nicht zulassen, dass Fremde respektlos mit der Geschichte unseres Dorfes umgehen. Da könnt ihr euch auf mich verlassen. Auch wenn es hier um eine Investition in Millionenhöhe geht.«

Cyril Schwierz übersah den starken Mann von Schauren. Entweder war der Impresario voll und ganz mit den Vorbereitungen seiner Medienpräsentation beschäftigt – oder aber das gute Einvernehmen zwischen den beiden hatte sich erheblich getrübt.

In der Mitte des Marktplatzes traf ich wieder auf meine Kollegen. Louis Straßer ging der Auftrieb über die Hutschnur, das spürte ich sofort. Er war gegen alles, was seine Ruhe störte. Aber er nahm sich zusammen. Schließlich wusste er, dass der Bürgermeister uns im Auge behielt.

»Warum sind die alle bloß so aufgeregt?«, schimpfte er halblaut. »Was ist das schon? Ein Schmierentheater um ein polnisches Flittchen. Firlefanz für Reiche. Von uns wird sich keiner eine Eintrittskarte leisten können. Und wenn – ich jedenfalls werde kein Geld für das Gehopse ausgeben. Ja, wenn sie mal ein Orchester nach Schauren holen würden, das ein anständiges Konzert gibt.

Gute Volksmusik. Dafür würde ich auch gerne Eintritt zahlen. Aber doch nicht für diesen Krampf um polnische Gastarbeiter. Davon haben wir hier wahrlich genug.«

Alain Miller schaute sich nervös um. Obwohl der Himmel bewölkt war, schwitzte er. Der Auftrieb des Musicalensembles und der Medienleute schien ihn zu überfordern.

»Ehrlich gesagt habe ich auch kein gutes Gefühl bei der Sache«, sagte ich.

Miller wandte sich ab. Etwas schien ihn zu quälen. Er murmelte Unverständliches.

»Miller, was sagen Sie?«

»Ist doch gut. So ein Spektakel. Gut für Schauren.«

»Für Schauren oder für Pierre Brück?«, fragte ich.

Alain Miller ächzte. Louis Straßer sprang für ihn ein: »Als ob das nicht dasselbe wäre.«

»Mir wäre am liebsten, die Veranstaltung wäre schon gelaufen«, sagte ich.

Zwei Busse fuhren vor. Einer kam aus Frankfurt, der andere aus Paris. Aus beiden Bussen stiegen noch mehr Gäste, die sich schlecht gelaunt und von der Fahrt verspannt streckten und sich etwas befremdet auf dem Marktplatz von Schauren umschauten.

Eine Cateringfirma aus Saarbrücken hatte ein fahrendes Bierfass aufgestellt, in dem zwei Männer in grünen »Karlsberg«-Schürzen standen und Bier zapften. Der Schaum spritzte den Umstehenden auf die Anzüge, und es entstand ein kleines Gerangel unter den Gästen.

Die Journalisten ließen sich davon nicht abschrecken. Im Nu drängten sie sich an den Zapfhähnen. Es wurde laut, die Deutschen und die Franzosen verbrüderten sich, die Stimmung hob sich. Man sah die ersten geröteten Gesichter.

Die Schaurener jedoch blieben auf Distanz – und mit ihnen ihr Bürgermeister. Nur Auswärtige tranken von dem Freibier, das Cyril Schwierz spendierte.

Plötzlich leuchteten Scheinwerfer auf, aus den Lautsprechern ertönte hämmernde Musik – ein Medley aus dem neuen Musical, frisch aus der Feder von Andrew Lloyd Webber. Die Musik ging ins Blut. Alle Scheinwerfer richteten sich auf die leere Bühne.

Buntes Volk stürmte von hinten zur Rampe. Schwarze Tänzer in engen Lederhosen. Hübsche, groß gewachsene Frauen in hochhackigen Schuhen und mit Bikinioberteilen, die nur spärlich ihre Busen verdeckten. Sie tanzten und sangen. Das heißt, sie rissen beim Tanzen ihre Münder weit auf, aber der Gesang kam aus der Anlage. Die Journalisten an den Bierständen klatschten, die Tänzerinnen warfen Kusshände ins Publikum. Die Musik wurde leiser. Die Tänzer und Tänzerinnen bildeten eine Gasse – alles hielt den Atem an. Agneta erschien auf der Bühne.

Sie hatte sich verändert. Aus der geschundenen Magd war ein Bühnenstar geworden, eine perfekt gestylte Musicalfigur: die schöne Anna Leschinski, die in einer ungewissen Zeit irgendwo in einem idyllischen Frankreich lebte und liebte und ansonsten Dinge tat, die unwichtig waren. Wichtig war nur ihre Erscheinung.

Agneta trug eine operettenhafte Uniformjacke und schwarze Strumpfhosen. Sie machte nur wenige Tanzschritte. Ich sah, dass sie sich noch nicht so gekonnt und mühelos bewegte wie das Ballett, aber das brauchte sie auch nicht. Sie hatte dafür etwas anderes. Sie hatte Ausstrahlung. Sie war gleichzeitig schön und leidenschaftlich und unnahbar. Aus meiner zarten Agneta, dem Lamm, war eine Löwin geworden, ein Schwan, ein edles Tier aus dem Märchen.

Einmal lächelte sie mir kurz zu. Mein Herz drohte auszusetzen. Agneta war mir plötzlich wieder sehr nah – und gleichzeitig weit weg von Schauren und ihrem schwierigen Leben bei den Hagenaus. Kein Mensch hätte jetzt, wo sie auf der Musicalbühne stand, geglaubt, dass sie einmal die Sklavin von Barbaren gewesen war. Vielleicht war sie das aber nie gewesen. Vielleicht hatte sie sich bei den Hagenaus in einem Verpuppungszustand befunden. In Erwartung ihres Durchbruchs.

Sie schien ängstlich zu sein. Es war ja auch ihre Premiere auf der Bühne. Um ehrlich zu sein: Sie bewegte sich hölzern, Agneta war befangen. Ihr fehlte die Routine. Sie wusste nicht, wohin mit den Händen: Erst verbarg sie sie auf dem Rücken, dann streckte sie sie so weit von sich, als flößten sie ihr Furcht ein. Zu allem Unglück begann sie auch noch zu trällern. Warum bloß? Die anderen bewegten doch auch nur ihre Lippen, und die Musik kam vom Band. Offensichtlich wollte Schwierz Agnetas Auftritt durch die Livedarbietung einen besonderen Rang verleihen. Aber das ging schief: Ihre Stimme war zu dünn für die große Bühne, und dann sang sie auch noch falsch. Von den hohen Tönen traf sie nur jeden zweiten.

Dennoch lächelte sie und strahlte, als wäre sie noch nie jemand anderes gewesen als die Kunstfigur Anna Leschinski. Dumm war nur, dass das in starkem Kontrast zu ihren steifen Bewegungen stand.

Dem Text des Medleys war unschwer zu entnehmen, worum es in ›Anna Leschinski‹ ging: Anna ist eine polnische Adlige, die in der sozialistischen Ära mit ihrer Familie nach Frankreich fliehen musste, wo sie seither in einem Restaurant als Kellnerin arbeitet. Dort lernt sie einen Sänger aus Paris kennen und verliebt sich in ihn. Doch da kommt die Ausweisung – Polen ist nicht mehr sozialistisch, und die Emigranten müssen nach Hause. Um bleiben zu können, meldet Anna sich zur Fremdenlegion – deshalb die Uniformjacke. Da sie als Frau nicht in den Kampf geschickt werden kann, muss sie dort vor den Legionären tanzen. Sie leidet und wartet sehnsüchtig darauf, dass der Sänger aus Paris endlich kommt und sie mit nach Hause nimmt. Aber den hört sie nur aus der Musicbox …

Nachdem Anna Leschinski unter dem höflichen Beifall der Medienleute abgegangen war, sah ich, dass sie am Bühnenrand die große, strenge Ellinor umarmte. Die beiden Frauen küssten sich – und es war nicht der Kuss, den eine Frau einer anderen Frau normalerweise gibt. Agneta schien an Ellinor zu kleben. Und diese wich fortan nicht mehr von ihrer Seite.

Agnetas Gesang hatte das Publikum nicht gerade angefeuert.

Um dennoch für etwas Begeisterung zu sorgen, drängten die jungen Mitarbeiter von Schwierz nach vorne und machten Stimmung. Einige schrien ihren Namen.

Agneta betrat zögernd wieder die Bühne. Sie zog Ellinor hinter sich her. An Agnetas Seite, auf der riesigen Bühne, umrahmt von den Tänzern, zeigte sich die sonst so kühle Ellinor plötzlich ebenso scheu wie Agneta.

Die beiden Frauen hielten sich aneinander fest. Agneta strahlte nur noch schwach. Ihre Rolle war ausgespielt, sie wurde wieder die Anfängerin aus Polen, die so lange im Wald von Schauren unter der Fuchtel ihrer verkommenen Sippe gelebt hatte. Nur die Berührung mit Ellinor schien ihr die Kraft zu verleihen, die sie benötigte, um wieder an die Rampe zu treten und sich zu verbeugen.

Die übrigen Schauspieler und Tänzer des Musicals nahmen hinter ihr Aufstellung. Sie sahen nicht gerade glücklich aus. Doch Cyril Schwierz schien zufrieden zu sein. Er wusste, warum er die junge Polin engagiert hatte. Er hatte gespürt, dass sie es war, die seinem Unternehmen Aufschwung verschaffen würde. Nicht das viele Geld aus Paris und Frankfurt. Nicht sein internationales Tanzensemble. Nicht die zündende Musik von Lloyd Webber. Nein, es war dieses einfache polnische Mädel, das er aus den Fängen der Hagenaus befreit hatte. So jedenfalls würde es im ›Stern‹ kolportiert werden. Das war die Story, nicht die Romanze der Anna Leschinski.

Jetzt verstand ich, was die Kunst des Impresarios Cyril Schwierz ausmachte: Er sah die verborgenen Talente. Aber mit Agneta würde er noch viel Arbeit haben.

Einer stand jedoch abseits und zog ein langes Gesicht: Bürgermeister Pierre Brück, der sich doch nichts sehnlicher gewünscht hatte als ein großes Musical in Schauren.

Als unter den Zugabe-Rufen der Anheizer noch einmal der Titelsong lief und die Tänzer hinter Agneta ihre Beine zu schwingen begannen – da geschah es.

Ich nahm zuerst die schnell wachsende schwarze Wolke am

Himmel über dem Wackesberg wahr. Dann hörte ich die Explosion. Sie war gewaltig. Wie bei einer Fliegerbombe.

Pierre Brück betrat die Bühne und ging zur Rampe. Er nahm eines der Mikrofone.

»Ich bitte euch, bleibt ruhig! Unsere Polizei ist vor Ort. Niemand betritt den Wackesberg. Es wurde dort soeben ein Anschlag verübt.«

18. KAPITEL

Es war in den Nachmittagsnachrichten. Man sah die TV-Reporter vor den brennenden Kulissen des Wackesberges stehen, am niedergerissenen Bauzaun gaben sie ihre Statements ab. Ihre Stimmen überschlugen sich geradezu. Es klang auf allen Kanälen gleich: Eine Sensation war zu vermelden. Lothringen wehrt sich mit Bomben gegen das Musical ›Anna Leschinski‹.

Cyril Schwierz verabschiedete sich noch am gleichen Tag von Schauren. Während die Feuerwehren aus Metz und St. Avold den zweiten großen Brand auf dem Wackesberg löschten, ließ er einpacken. In Windeseile waren die Catering- und Versorgungswagen davongefahren und die mobile Bühne abgebaut und verstaut. Seine Helfer rissen sogar die Plakate ab, die überall in Schauren hingen. Als wollten sie in dem Ort, den sie einmal auserkoren hatten, keine Spuren hinterlassen.

Agneta stand in ihrem seidig glänzenden Mantel auf dem leeren Marktplatz und zitterte. Ich ging zu ihr.

»Schade«, sagte ich.

Wir schauten beide auf den brennenden Wackesberg. Die hochschlagenden Flammen sahen von Weitem aus wie das Werk eines geschickten Pyrotechnikers.

»Müssen Sie nicht zum Wackesberg?«, fragte Agneta.

»Zuerst muss die Feuerwehr das Gelände freigeben. Ich nehme an, Sie werden jetzt anderswo Ihre Erfolge als Anna Leschinski feiern, oder?«

Sie nickte ernst. »Ja, auf der anderen Seite der Grenze. In Deutschland. Irgendwo in der Pfalz. Cyril Schwierz sagt, er hat dort schon alles für den Notfall vorbereitet. Er hat wohl selbst nicht so richtig an Schauren geglaubt. Kommen Sie, wenn es soweit ist?«

»Natürlich! Das wird sich hier keiner entgehen lassen.« Ich konnte nur hoffen, dass sie das nicht falsch verstand.

Agneta wirkte besorgt. »Könnten Sie den Hagenaus sagen, dass …«

»Ja?«

»Dass ich ihnen danke. So schlecht war es nicht bei ihnen. Manchmal hatten wir viel Spaß miteinander. Sie sind gar nicht so übel, wie man denkt, sie sind nur anders. Sie freuen sich halt lauter – und sie leiden lauter. Die Hagenaus sollen mir nicht hinterherfahren. Es würde doch nur Tränen geben. Und wie ich sie kenne, würden sie in noch größere Schwierigkeiten geraten.«

»Ich richte es ihnen aus. Die Hagenaus werden Ruhe geben. Wenn das Musicaltheater nicht auf dem Wackesberg steht, wird es ihnen egal sein. Und dass sie Sie nicht halten können – das haben sie bestimmt schon längst geahnt.«

Agneta reichte mir die Hand. Sie schenkte mir ein Lächeln – ein sehr trauriges Lächeln.

Ich war sicher, dass es nicht gespielt war.

Auch Alain Miller war sich seiner Sache sicher. »Die Hagenaus haben nichts damit zu tun. Diesmal nicht. Dafür lege ich meine Hand ins Feuer.«

Miller war trotz der Ereignisse gut aufgelegt. Warum, das sahen wir, als wir zum Revier kamen. Vor der Tür parkte sein Sharan. Mit Sitzen.

»Die Hagenaus haben ihre Verbindungen spielen lassen. Sie sagen, es war ein Versehen. Die polnische Bande hatte es auf den neuen Daimler des Bürgermeisters abgesehen, aber der war in jener Nacht nicht da. Ich habe nicht viel zahlen müssen. Zweihundert Euro. Beim Händler hätte es mich mehr gekostet.«

Mal abgesehen davon, dass ein Polizist keine Geschäfte mit Kriminellen machte – Miller hatte den Auftrag gehabt, die Hagenaus zu beschatten.

»Ich will Rechenschaft über jeden Schritt, den die drei getan haben. Lückenlos! Wir sind hier in Schauren und nicht in Manhattan. Es kann doch nicht sein, dass diese Halunken einen Anschlag auf den Wackesberg vorbereiten, ohne dass wir es mitbekommen. Wir haben sie observiert. Oder haben wir das etwa nicht, Miller?«

Doch der Dicke ließ sich nicht aus der Ruhe bringen. »Ich habe sie nicht aus den Augen gelassen. Sie waren es nicht.«

»Sie sind ihnen gefolgt? Die ganze Zeit?«

»Ich habe das Haus observiert. Wenn ich es Ihnen doch sage: Sie sind auf der falschen Spur. An mir kommt keiner vorbei. Ich hatte meinen amerikanischen Feldstecher dabei und …«

»Sie behaupten also, die drei Hagenaus hätten gestern das Haus nicht verlassen?«, unterbrach ich ihn.

»Nein!«, antwortete Miller trotzig. »Das behaupte ich nicht.«

»Du hast doch gesagt, du hast das Haus belauert«, fuhr Louis Straßer ihn an. Auch er schien langsam die Geduld mit Miller zu verlieren.

»Habe ich auch. Du weißt doch, wie ich bin, wenn ich mich mal in eine Aufgabe verbissen habe. Wie ein Tier.«

»Die Hagenaus haben das Haus also verlassen?«

»Ja.«

»Wann war das?«, wollte ich wissen.

Er schaute mich groß an. »Keine Ahnung. Ich habe nicht auf die Uhr geschaut.«

Straßer brüllte ihn an: »War es spät? War es früh? Warst du besoffen? Oder hast du geschlafen?«

»Das geht jetzt gegen meine Berufsehre, Louis. Ich war hellwach und nüchtern und wusste in jeder Sekunde, was ich tat. Ich habe bloß nicht auf die Uhr gesehen.«

»Schon gut«, sagte ich. »Wichtig ist bloß, dass wir wissen, wohin sie gefahren sind. Sie sind ihnen doch gefolgt, oder?«

Miller schaute mich verständnislos an. »Was denken Sie denn? Und ob ich denen gefolgt bin!«

»Na also. Und wohin sind sie gefahren?«

»Sie sind ... na ja, das ist jetzt schwer zu sagen ...«

»Sie müssen doch irgendwohin gefahren sein, Alain. Konzentriere dich gefälligst!«

»Sie sind eben nicht irgendwohin gefahren.«

Schweigen. Die Situation war absurd.

»Sind sie im Kreis gefahren?«, fragte Straßer irgendwann mit gespielter Trägheit.

»Das nicht.«

»Das nicht. Aha. Was dann?«

Miller wurde wütend: »Sie sind einfach rumgefahren. Aber nicht im Kreis.«

Wenn Straßer ihm weiter zusetzte, würden wir bald überhaupt nichts mehr aus ihm herausbekommen.

»Und Sie? Sie sind den Hagenaus dabei immer gefolgt?«

»Und ob! Wenn ich mal Witterung aufgenommen habe ...«

»Kann es sein, dass sie versucht haben, dich abzuhängen?«, mischte Straßer sich wieder ein.

»Quatsch! Die haben nicht mal mitbekommen, dass ich ihnen auf den Fersen war!«, fuhr Miller ihn an.

Wir schwiegen wieder. Nun hatte auch Straßer verstanden, dass wir so nicht weiterkamen. Irgendwann ertrug ich die Stille nicht mehr.

»Ich rekapituliere mal das, was wir wissen: Die Kollegen von der Spurensicherung haben kaum Spuren gefunden. Aber so viel ist klar: Diesmal waren es keine drei Kanister, sondern ein ganzer Tank Benzin. Der oder die Täter haben einen Öltank, wie ihn manche Leute im Keller haben, mit Benzin gefüllt und in der vergangenen Nacht auf den Wackesberg transportiert. Der Tank wurde heute Mittag während der Präsentation auf dem Marktplatz gezündet. Wahrscheinlich mit einer primitiven Lunte, die den Tätern gerade mal so viel Zeit ließ, zu verschwinden. Die Spezialisten sagen, vielleicht zwei, drei Minuten. Von dem Tank ist nur noch eine verkohlte Kunststoffmasse übrig. Die Hitze war so enorm, dass so ziemlich alles verbrannt ist. Auch die Container der Bauleitung und die Baustoffe, die dort gelagert waren. Unsere Frage muss lauten: Hatten die Hagenaus die Zeit und die Gelegenheit, all das in die Wege zu leiten?«

»Nein«, antwortete Miller fest. »Sie sind die ganze Zeit bloß in der Gegend rumkutschiert. Ziellos.«

Immerhin – das wussten wir nun.

»Es muss sich also um andere Täter handeln.«

»Wer soll das denn sonst gemacht haben?«, fragte Straßer erbost. »Wir haben hier doch niemanden außer den Hagenaus, der dafür in Frage kommt.«

»Dieses Argument wird vor Gericht nicht ziehen, Louis«, erklärte ich.

Straßer reagierte gereizt. »Ich lege meine Hand dafür ins Feuer: Es waren die Hagenaus.«

Es war wohl Mode geworden, für alles seine Hand ins Feuer zu legen. Kein Wunder, bei der Häufigkeit der Brände in Schauren.

»Wenn Miller sie die ganze Nacht observiert hat – wie sollen sie dann so etwas bewerkstelligt haben?«

»Moment!«, widersprach Alain Miller. »Kein Mensch behauptet, ich hätte sie die ganze Nacht observiert.«

Straßer warf mir einen mitleidigen Blick zu. Dann legte er Miller die Hand auf die Schulter.

»Nun erzähl mal in aller Ruhe, Alain – ihr seid also eine Weile rumgefahren. Und dann?«

»Ja – und dann sind die Hagenaus irgendwann zum ›Forêt de Schauren‹ abgebogen und haben sich einen hinter die Binde gegossen.«

»Soso«, sagte Straßer und rieb sich das Kinn. »Und da hast du Feierabend gemacht?«

»Nicht doch, Louis. Ich weiß doch, was sich gehört. Nein, ich bin auf dem Parkplatz vor dem ›Fôret‹ stehen geblieben und habe gewartet.«

»Worauf?«

»Na ja, dass die Hagenaus wieder rauskommen.«

»Und? Sind sie wieder rausgekommen?«

»Klaro. Als Frank und Elvira dicht machten, kamen sie raus. Ziemlich besoffen.«

»Und sie sind trotzdem noch Auto gefahren?«, fuhr ich ihn an.

»Nee, der Bürgermeister hat sie in seinen Wagen verladen. Die waren doch zu nichts mehr in der Lage. Und er ist dann auch mit ihnen weggefahren. Und da es schon nach eins war und sie beim Bürgermeister in den besten Händen waren, habe ich die Observation abgebrochen. War das etwa falsch?« Miller schaute mich groß an.

»Nein, das war in Ordnung«, antwortete ich kraftlos. Was hatte es für einen Sinn, jemandem wie Alain Miller die Grundsätze der Observationstätigkeit beibringen zu wollen?

Straßer zuckte die Achseln. »Wenn das so ist ... dann hatte das seine Richtigkeit.«

»Aber Sie haben keine Ahnung, wohin der Bürgermeister die Hagenaus gebracht hat?«, wandte ich mich an Miller.

Straßer antwortete für ihn: »Nach Hause natürlich. Wohin sonst? Pierre Brück kümmert sich eben um seine Schäfchen.«

Das meinte er ernst. Doch Miller schüttelte den Kopf.

»Das hat mich auch gewundert. Ich fuhr auf meinem Heimweg zwangsläufig noch eine Weile hinter dem Wagen des Bürgermeisters her. Und da ist er an der Straßenmeisterei abgebogen. Mitten in der Nacht. Aber Pierre Brück wird schon wissen, was er tut, dachte ich mir. Das weiß er doch immer.«

19. KAPITEL

Die Schaurener Straßenmeisterei war ein heruntergekommener Bauhof. Er bestand aus einem Schuppen, in dem Sand, Kies und Bauabfälle lagerten, und zwei Fahrzeugen, die davor parkten. Das Tor – zwei mit Maschendraht bespannte Holzrahmen mit einem Vorhängeschloss – stand weit offen. Ich ging über den staubigen Rollsplitt zum Schuppen. Bei jedem Schritt knirschte es.

Das erste Fahrzeug, eine Art Trecker mit Baggerschaufel, war so verrostet, dass es seit Jahren nicht mehr bewegt worden sein konnte. Beim zweiten, einem kleinen Laster, musste ich nicht lange suchen. Auf der Ladefläche roch es nach Benzin. Ein dunkler Fleck, der den Staub angezogen hatte wie ein Magnet, fühlte sich klebrig an. Es war ein schmieriger Benzinrest. Mehrere Liter mussten ausgelaufen sein.

Ich ging hinüber zu dem Schuppen. Dort gab es ein kleines Büro und einen Aufenthaltsraum für die Gemeindearbeiter. Die Fenster waren so schmutzig, dass man nicht hineinsehen konnte.

Im dunklen Flur kamen mir die Hagenaus entgegen. Die beiden Brüder trugen saubere, neue Blaumänner. Luc hatte sogar einen Werkzeugkasten dabei. Der alte Hagenau war in Straßenkleidern. Er spielte den Vorarbeiter.

Als Pierre Brück aus dem hinten gelegenen Büro trat und mich in der Tür entdeckte, erschrak er. Doch er fing sich schnell wieder und scheuchte die drei auf den Hof.

»Zuerst kümmert ihr euch um den Schaufeltrecker! Den werdet ihr doch wieder flottkriegen, oder?«

»Wir haben bisher noch jede Mühle flottbekommen, *patron*!«, brüstete sich Charles.

Sein Vater konnte mir nicht in die Augen schauen. Er drängte seine Söhne zur Tür. Als er sich an mir vorbeidrückte, murmelte er etwas, was ich nicht verstand.

»Du bist mir für alles verantwortlich, Hagenau!«, rief Pierre Brück hinter dem Alten her.

»Ay, ay, Sir«, bellte der Alte.

Pierre Brück tat so, als habe er mich gerade erst entdeckt. »Unser Polizeichef auf dem Bauhof! Haben Sie nicht alle Hände voll zu tun? Was ist mit der Explosion auf dem Wackesberg?«

»Deshalb bin ich hier.«

Der Bürgermeister riss die Augen auf und tat überrascht. »Hier? Wieso hier?«

»Die Hagenaus arbeiten jetzt für die Gemeinde?«

Draußen wurde es laut. Durch eines der verstaubten Fenster konnte man sehen, wie die Hagenaus den alten Trecker begutachteten. So etwas ging bei den dreien nicht ohne Geschrei ab.

Pierre Brück betrachtete seine neuen Mitarbeiter zufrieden, obwohl sich Charles und Luc bereits lauthals um das Werkzeug stritten und der Alte auf dem Trittbrett saß und einen großen Schluck aus seinem Flachmann nahm.

»ABM. Wir haben ein paar Euro Lohnsubvention vom Arbeitsamt in Metz ergattert. Und da dachte ich, warum nicht die Hagenaus? Wenn es jemanden gibt in Schauren, dem ABM guttut, dann ihnen. Und die Allgemeinheit kann aufatmen, wenn die Burschen von der Straße sind. Sie sehen ja selbst: Die Hagenaus sind motiviert.«

»Kann es sein, dass Sie Ihre Meinung über die Hagenaus geändert haben?«

Brück tat versöhnlich. »Ach«, seufzte er, »die Hagenaus sind lange genug aus der Dorfgemeinschaft ausgeschlossen gewesen. Wird Zeit, dass ich den ersten Schritt tue, um die verlorenen Söhne zurückzuholen. Als Bürgermeister sollte man Nachsicht zeigen können. Ein guter Hirte muss sich auch um die schwarzen Schafe kümmern.«

»Ich bin mir sicher, dass die Hagenaus es waren, die die Explosion auf dem Wackesberg ausgelöst haben.«

Ein Schatten huschte über Brücks Gesicht. »Das sind schwerwiegende Vorwürfe, Herr Bollinger. Sie sprechen über Angestellte der Gemeinde Schauren.«

»Hören Sie auf mit dem Theater, *monsieur le maire*! Es wären nicht die ersten Ihrer Gemeindeangestellten, die eine Straftat begehen – oder haben Sie den Einbruch vergessen?«

Brücks Augen wurden klein. Er riss das Fenster auf, die Scheiben vibrierten.

»Kommt mal her, Leute!«, brüllte der Bürgermeister. Seine Unterlippe zitterte leicht.

Die drei Hagenaus trotteten missmutig heran.

»Unser Polizeichef behauptet, ihr hättet den Tank auf dem Wackesberg in die Luft gejagt. Was habt ihr dazu zu sagen?«

»So ein Quatsch!«, sagte der Alte. Seine Söhne nickten bloß.

»Der Tank ist mit dem Laster zum Wackesberg transportiert und dort in Brand gesteckt worden«, sagte ich.

Brück lachte laut. »Das würde ja heißen, der Anschlag ist mit einem Fahrzeug der Gemeinde verübt worden. Lächerlich!«

Die drei Hagenaus lachten auf Kommando.

Brück wurde ernst. »Verschwinden Sie!«, zischte er leise. Er meinte mich.

Als ich in den Wagen stieg, tippte mir Brück auf die Schulter. Ich wandte mich um.

»Das überstehen Sie nicht, glauben Sie mir, Bollinger!«

Ich klingelte Sturm. Es dauerte, bis sie öffnete. Wahrscheinlich hatte sie sich hingelegt, wie oft um diese Zeit. Sie führte eben das Leben einer Bienenkönigin. Etwas Hausarbeit, keine Kinder, keinen Beruf. Ein Dasein, dessen Sinn es war, zu repräsentieren und dem König zu Willen zu sein.

Ich stürmte an ihr vorbei ins Haus. In der Küche holte sie mich ein.

»Was ist los? Was willst du hier um diese Zeit?«

Ihr Haar war zerzaust, sie hatte Ringe unter den Augen. Ich hatte Mühe zu sprechen, die Sache nahm mich mit.

»Ich weiß es jetzt. Ich weiß alles. Dein Mann hat die Hagenaus beauftragt, den Wackesberg in Brand zu stecken.«

Lottes vom Schlaf zerknitterte Gesichtszüge vereisten. Als hätte ich ihr aus heiterem Himmel eine Ohrfeige versetzt.

»Wie kommst du darauf?«, fragte sie, aber sie fragte nur, um etwas zu sagen. Ihre Lippen bewegten sich teilnahmslos. In ihren Augen aber sah ich, dass sie Bescheid wusste, dass sie über alles längst Bescheid wusste. Das war das Schlimmste.

»Du hast mich heute Nacht umgarnt, damit er sich mit den Hagenaus zusammentun konnte. Deshalb war er so gut gelaunt, als er hier in der Küche stand. Und ich dachte noch, mein Gott, er überrascht dich mit seiner Frau. Dabei war alles abgekartet. Ein abgekartetes Spiel zwischen euch beiden. Du hast es für ihn gemacht. Du hast mich bekocht, mich verwöhnt, bist mit mir ins Bett gegangen – alles, damit er ungestört die Explosion auf dem Wackesberg vorbereiten konnte.«

Lottes Augen blitzten wild. »Und? Hast du die Nacht nicht genossen? Na also! Im Übrigen war es nur zu deinem Besten.«

Ich hatte noch nie eine Frau geschlagen. Aber in diesem Moment verstand ich, was es bedeutete, wenn jemand sagte: Mir ist die Hand ausgerutscht.

»Beruhige dich!«, sagte sie leise. Ich dachte, hoffentlich berührt sie mich jetzt nicht. Ich hätte sie weggestoßen. Doch dann fauchte die Wildkatze: »Die Sache mit Cyril Schwierz ist aus dem Ruder gelaufen, mein Lieber. Und Pierre musste etwas tun, um den Schaden von der Dorfgemeinschaft abzuwenden. Dazu gehören alle. Auch du. Pierre hat mal wieder die Kastanien aus dem Feuer holen müssen. Für euch alle.«

»Hör auf!«

»Das werde ich nicht tun! Du hörst dir das jetzt gefälligst an!

Du bist hier in meiner Küche, Bürschchen, nicht auf deinem Polizeirevier.«

Du bist hier in meiner Küche, Bürschchen – das war es, was mich schlagartig ruhiger werden ließ. Wieso sprach sie so mit mir? Wie mit einem Kind. Dabei hatte sie in der Nacht zuvor in meinen Armen gelegen. Dabei waren wir in dieser Nacht glücklich miteinander gewesen. Bis der Anruf von Agneta gekommen war. War das etwa der Grund für den Stimmungswechsel?

»Cyril Schwierz war dahintergekommen, dass es auf dem Wackesberg ein KZ gegeben hat. Frag mich nicht, wie! Wahrscheinlich hat es ihm ein Journalist gesteckt oder ein übereifriger Heimatforscher, diese Deppen gibt's ja überall. Er hat jedenfalls einen Riesenkrach veranstaltet. Angeblich hätte Pierre ihn betrogen. Er hätte ihm reinen Wein einschenken müssen, wegen der Schmutzkampagne, die ihn und sein Musical jetzt erwarte. Diese Tunte hat es wirklich gewagt, Pierre zu erpressen: Er wollte ihn vor Gericht bringen – es sei denn, die Gemeinde bezahle die Erschließungskosten aus der Gemeindekasse und befreie sein feines Unternehmen von der Gewerbesteuer. Das konnte Pierre Schauren nicht zumuten, deshalb musste er Schwierz zum Abzug zwingen. Der Kerl drohte mit einem Schadensersatzprozess und damit, Details des Kaufvertrages offenzulegen. Das wäre eine Katastrophe geworden. Schwierz hat einen schlimmen Ruf, der Mann ist ein Hai. Der hätte uns alle Kosten für seinen Wanderzirkus aufgebürdet. Das Musical ist ein elendes Abschreibungsgrab, das ist Pierre jetzt erst klar geworden. Diese angeblich großen Investoren – das sind Steuerbetrüger und Kriminelle, die ihre Schwarzgelder waschen wollen. Niemand wollte wirklich einen dauerhaften Erfolg. Auch dieser Schwierz nicht. Ein KZ auf dem Wackesberg – auf eine solche Gelegenheit hat dieser Betrüger nur gewartet. Wer weiß, ob er es nicht schon von Anfang an wusste. Kannst du dir vorstellen, was das finanziell heißt? Jahrelange Prozesse bis vor den Europäischen Gerichtshof. Das hat er Pierre angekündigt, diese Ratte. Felix, verstehst du das denn nicht? Pierre musste etwas tun, damit Schwierz freiwillig aufgab.«

»Mithilfe der Hagenaus«, sagte ich. »Sie mussten dafür sorgen, dass Schwierz die Finanziers davonliefen, bevor es überhaupt losging.«

»Wäre dir eine bessere Lösung eingefallen?«

»Nein«, antwortete ich. »Wahrscheinlich nicht.«

»Es war zu unser aller Wohl, Felix! Und ich musste Pierre helfen, das war meine Pflicht. Und dich musste ich beschützen. Damit du keinen Fehler machst. Es wäre ein Riesenfehler gewesen, Pierre daran zu hindern, das zu tun, was er tun musste.«

Wortlos drehte ich mich um und ging. Es war endgültig vorbei.

20. KAPITEL

In den nächsten Tagen trafen endlich die Ergebnisse der Untersuchungen ein, die ich vor Wochen veranlasst hatte. Das erste Gutachten kam aus Metz. Die Kollegen vom dortigen Erkennungsdienst hatten den Schuh untersucht, den wir nach dem ersten Brand gefunden hatten. Mithilfe eines Lederfachmanns der Handwerkskammer war es ihnen gelungen, die Herkunft der Ware festzustellen: Der Schuh kam wahrscheinlich aus belgischer oder niederländischer Fabrikation. Ganz sicher war man sich aber nicht.

»Das ist doch was«, sagte ich. »Offensichtlich liegen wir richtig mit Jean Hagenau und Lüttich.«

Louis Straßer gähnte. Alain Miller war am Computer beschäftigt. Obwohl er den Lautsprecher ausgeschaltet hatte, sah man es seinem roten Kopf an: Er spielte wieder Tetris.

»Was ich euch noch nicht erzählt habe: Ich habe mit dem Klinikum in Lüttich telefoniert und mich mit dem Chefarzt der Schmerzabteilung unterhalten. Unser Jean Hagenau nahm an einer Langzeituntersuchung mit Schmerzpatienten teil. Er litt seit Jahren unter heftigen Kopfschmerzen. Wegen der Kugel in seinem Kopf.«

Das weckte sogar Louis Straßer auf. »Unser Jean Hagenau? Und er soll jahrzehntelang mit 'ner SS-Kugel im Schädel rumgelaufen sein? Und dann kam er nach Schauren zurück und hat sich auf dem Wackesberg erhängt?«

»Genau. Dort, wo die SS ihn ins KZ gesteckt hat.«

»Das glaube ich nicht«, widersprach Straßer. »Das sind doch Hirngespinste.«

Ich schob ihm den zweiten Bericht hin, das Ballistikgutachten.

»Hier. Lesen Sie! Das Projektil im Kopf des Toten stammte aus einer SS-Waffe. Und erinnern Sie sich an das Metallteil, das wir nach dem Brand auf dem Wackesberg gefunden haben? Die Waffe hatte allerdings nichts mit dem Erhängten zu tun. Es war ein Überbleibsel aus dem KZ Wackesberg – wahrscheinlich von den Wachen auf der Flucht vor den Alliierten zurückgelassen. Im Übrigen steht mit großer Wahrscheinlichkeit fest: Der Tote hat sich selbst erhängt – nichts deutet auf eine Gewalteinwirkung durch Dritte hin. Schreibt jedenfalls der Gerichtsmediziner Marc-Joseph Hummer in seinem abschließenden Gutachten.«

Straßer tat so, als überfliege er Hummers Bericht. Er rieb sich das Kinn.

»Komische Geschichte. Sehr komisch.«

Ich lehnte mich zurück. Es war Zeit, dass ich die Ernte einfuhr. Ich hatte lange genug stillgehalten, hatte mich lange genug verwirren lassen.

»Deutsche Dienststellen haben nach der Nummer auf der Erkennungsmarke geforscht, die wir im Grab in Niederbronn gefunden haben: Es ist wirklich die Wehrmachtsmarke von Lothar Wilhelm aus Pirmasens, umgekommen 1944 bei einem Autounfall in der Nähe von Straßburg.«

»Und?«

»Im Grab liegt ein deutscher Soldat. Der Humpel-Jean aber hat den Krieg überlebt. Nach einem halben Jahrhundert ist er nach Schauren zurückgekommen, um hier zu sterben. Er hat die Schmerzen nicht mehr ausgehalten. Oder die Erinnerung.«

Eine ganze Weile war nur das leise Klicken der Tastatur von Millers Computer zu hören.

»Das erklärt aber immer noch nicht, wer den ersten Brand gelegt hat«, sagte Louis. »Der Humpel-Jean kann es ja schlecht gewesen sein.«

»Warum denn nicht!?«, brüllte Miller. Sein Kopf war jetzt noch röter, er schwitzte. Miller war außer sich – und der Grund war nicht *game over*.

21. KAPITEL

Wir verließen Schauren über die Route Nationale. Als wir das Plateau erreicht und die Gewächshäuser der Landschaftsgärtnerei Alt hinter uns gelassen hatten, kurbelte Louis Straßer das Fenster von Millers Sharan hoch. Diesmal fuhr er.

»Es wird langsam kalt. Das mit dem Sommer wird nichts mehr. Endgültig.«

Er beschleunigte den Wagen. Die abgemähten Stoppelfelder rasten vorüber.

»Vielleicht hat der Humpel-Jean den weiten Weg auf den Wackesberg auch aus einem anderen Grund auf sich genommen.«

»Warum?«, fragte ich.

»Um sich an den Schaurenern zu rächen, weil sie ihn an die Deutschen verraten haben.«

»Das klingt plausibel, Louis. Er wollte sich uns vor die Haustür hängen. Aber man muss auch bedenken, in welcher Verfassung er war. Die Schmerzen seien in der letzten Zeit wieder schlimmer geworden, sagte man mir in Lüttich. Das Projektil der Deutschen steckte in seinem Kopf, seit dem Krieg. Und es begann sich zu regen.«

Wir schwiegen. Dann sagte Straßer: »Sie haben recht: Er kann sich nicht erst aufgehängt und dann den Wackesberg in Brand gesetzt haben. Und umgekehrt auch nicht.«

»Der Bürgermeister meinte, es wäre gut für Schauren ...«, ließ sich Alain Miller zaghaft vom Rücksitz vernehmen. »Er sagte, wenn der Wackesberg erst einmal abgebrannt ist, dann kann er das Gelände in Ödland umwidmen und es findet sich leichter ein Käufer... Er sagte: ›Anders werde ich diesen Schwierz nie von

Schauren überzeugen können ... Wenn es klappt, werden wir alle reich.‹ Alle, hat er gesagt, alle!«

»Du hast den Wackesberg angesteckt – damals in der Nacht?«, fragte Straßer tonlos.

»Pierre Brück sagte: ›Tu es für Schauren! Es ist kein Verbrechen, wenn ich dich damit beauftrage. Der Wackesberg gehört der Gemeinde.‹ Wenn die es für richtig hält, eine Brandrodung durchzuführen ... Da habe ich es halt getan. Im Interesse der Gemeinde.«

»Dann waren Sie es auch, der in der Nacht die Metzer Berufsfeuerwehr alarmiert hat?«

»Ich konnte doch nicht warten, bis die Unsrigen sich aus den Betten quälen. Wenn das Feuer auf die Häuser übergriffen hätte, hätte ich mir Vorwürfe gemacht.«

Straßer und ich sahen uns an.

»Du musst verrückt geworden sein, Alain!«, sagte Straßer.

Miller beugte sich vor, sein Kopf erschien zwischen unseren Schultern. Ihm standen Tränen in den Augen.

»Pierre Brück hat gesagt: ›Nur eine beherzte Tat kann Schauren noch nach vorne bringen. Und es gibt nur einen, der den Mut dazu hat: Du!‹ Da habe ich's getan.«

»Idiot!«, sagte Straßer.

»Pierre Brück hat sich die Finger nicht schmutzig gemacht«, sagte ich.

Straßer nickte. »Solange es Dummköpfe gibt, die ihm das abnehmen ...«

»Ich wusste doch nicht, dass der Humpel-Jean sich dort rumtrieb«, stammelte Miller. »Das konnte keiner wissen. Und erst recht nicht, dass der Alte sich ausgerechnet in dieser Nacht auf dem Wackesberg aufknüpfen musste ...«

Wir hielten auf einer kahlen Höhe. Weit entfernt vom nächsten Dorf. Man hörte nur den scharfen Ostwind und das rhythmische Rauschen der Autos, die über die Route Nationale in Richtung Straßburg oder Saarbrücken hetzten.

Alain Miller stieg aus dem Wagen. Straßer kurbelte sein Fenster herunter. Miller bückte sich und zog keuchend seine Lederstiefel aus. Als er sie Straßer in den Wagen reichte, war sein Kopf hochrot. Er tat mir leid.

Straßer warf die Stiefel nach hinten. Dann gab er Gas. Wir schossen davon. Im Rückspiegel sah ich Alain Miller vorsichtig losgehen.

Lotte saß an meinem Schreibtisch. Als ich eintrat, stand sie auf. Sie hatte nur einen dunklen Ledermantel über ihre Kittelschürze gezogen. Sie trug Pumps, ihre Beine waren nackt.

»Was gibt's?«, fragte ich harsch und nahm Platz.

Ich bot ihr keinen Stuhl an. Sie sollte stehen. Sich die Beine in den Bauch stehen. Sich schämen, die Verräterin.

Sie nestelte an den Knöpfen der grellfarbenen Kittelschürze. Sie wusste nicht, wohin mit ihren Händen, die First Lady, die Königin von Schauren. Wie Marie-Antoinette stand sie da. Wie Marie-Antoinette auf dem Karren, als die Revolutionäre sie zum Schafott schafften.

»Ich habe nachgedacht«, begann sie leise.

»Und zu welchem Ergebnis sind Sie gekommen, Frau Bürgermeister?«

Sie war jetzt den Tränen nahe. »Wahrscheinlich musst du mich so quälen. Weil du verletzt bist.«

Ich ließ das dahingestellt. »Ich stecke mitten in schwierigen Ermittlungen. Meine Zeit ist knapp. Kommen Sie bitte auf den Punkt!«

Sie schüttelte leicht den Kopf. »Nie hätte ich gedacht, dass du so hart sein kannst.«

»Würden Sie endlich zur Sache kommen, Madame Brück!«

Lotte schnäuzte ihre Nase. Die Nasenspitze war knallrot. Ihre Wangen glühten.

»Na gut. Egal, wie es ausgeht. Ich kann nicht anders.« Sie machte eine Pause und räusperte sich. »Ich verlasse Pierre Brück.«

Ich schob Dinge auf dem Schreibtisch hin und her. Mein rechtes Knie begann zu wippen.

»Ich bin bereit, mit dir wegzugehen. Weg von Schauren. Wenn du mich noch nimmst ...«

Der letzte Satz war eine Frage. Sie erwartete eine Antwort von mir. Aber ich war perplex. Eben noch hatte ich sie verflucht, hatte mich gefragt, wie ich jemals auf diese Schlange hatte hereinfallen können – und nun legte sie mir ihr Schicksal zu Füßen.

»Du kannst mich ganz haben. Mit Haut und Haaren. Falls du mich noch willst ...« Sie lachte nervös.

Falls du mich noch willst.

Der Satz stand in riesigen Lettern an die Wand geschrieben. Dieser wahnsinnige Satz. Mir blieb die Luft weg.

Falls du mich noch willst.

Ich musste aufstehen. Es kostete mich übermenschliche Kraft. Noch wagte ich nicht, ihr in die Augen zu sehen. Ich wusste nicht, was dann geschehen würde.

Da packte sie mich. Sie überrannte mich geradezu. Es waren Tonnen, die mich mit sich rissen. Sie küsste mich. Ihre Zunge schlängelte sich in meinen Mund wie eine Muräne. Sie packte mich an den Schultern und schüttelte mich.

»Sag schon!«

»Ich ... ich weiß nicht.«

»Du weißt nicht?«

»Einfach flüchten? Meine Arbeit aufgeben? Schauren verlassen? Was sollen wir in Deutschland anfangen? Ich habe eine große Zukunft in Schauren. Ich bin der Leiter des ersten deutsch-französischen EU-Polizei-Versuchsprojektes ... So etwas gibt man doch nicht einfach so auf. Wegen ... wegen ...«

»Wegen einer Affäre?«

Ich schwieg.

Lottes Stimme war plötzlich sehr kühl. »Ein zweites Mal mache ich dir dieses Angebot nicht«, sagte sie. »Damit du's weißt!«

Dann drehte sie sich um und ging mit wehendem Mantel hinaus.

»Nun lauf schon hinterher, *patron*!«, sagte Louis. Keine Ahnung, wie lange er schon in der Tür gestanden hatte.

Ich rannte hinaus. Lotte stieg in den Wagen des Bürgermeisters und gab Gas. Sie fuhr mit quietschenden Reifen davon.

Ich stand eine Weile da und schaute hinter ihr her, als ein anderer Wagen hielt. Ein schrottreifer Peugeot. Alain Miller stieg aus. Barfuß. Bei jedem Schritt verzog er sein Gesicht.

Der Fahrer – ein alter Mann in einem speckigen schwarzen Anzug – kam auf mich zu. Er zog ein Bein nach.

»Den habe ich an der Route Nationale aufgegabelt. Ich nehme an, er gehört hierher.«

Ich nickte.

»Sind Sie Felix Bollinger?«

Wieder nickte ich.

»Dann bin ich ja richtig. Ich habe gehört, Sie suchen mich … Mein Name ist Jean Hagenau.«

ENDE